O AR QUE ELE RESPIRA

Obras da autora publicadas pela Editora Record

ABC do amor
Arte & alma
As cartas que escrevemos
No ritmo do amor
Sr. Daniels
Vergonha
Eleanor & Grey
Um amor desastroso

Série Elementos
O ar que ele respira
A chama dentro de nós
O silêncio das águas
A força que nos atrai

Série Bússola
Tempestades do Sul
Luzes do Leste
Ondas do Oeste
Estrelas do Norte

Com Kandi Steiner
Uma carta de amor escrita por mulheres sensíveis

BRITTAINY CHERRY

O AR QUE ELE RESPIRA

Tradução de
Meire Dias

20ª edição

EDITORA RECORD
RIO DE JANEIRO • SÃO PAULO
2023

CIP-BRASIL. CATALOGAÇÃO-NA-FONTE
SINDICATO NACIONAL DOS EDITORES DE LIVROS, RJ

Cherry, Brittainy C.
C419a   O ar que ele respira / Brittainy C. Cherry; tradução de
20. ed. Meire Dias. – 20. ed. – Rio de Janeiro: Record, 2023.

Tradução de: The Air He Breathes
ISBN 978-85-01-07566-6

1. Romance americano. I. Dias, Meire. II. Título.

16-32488   CDD: 813
                                                  CDU: 821.111(73)-3

Título original:
THE AIR HE BREATHES

The Air He Breathes ©Brittainy C. Cherry 2015

Esta obra foi negociada pela Bookcase Literary Agency.

Texto revisado segundo o Acordo Ortográfico da Língua Portuguesa de 1990.

Todos os direitos reservados. Proibida a reprodução, no todo ou em parte, através de quaisquer meios. Os direitos morais da autora foram assegurados.

Editoração eletrônica: Abreu's System

Direitos exclusivos de publicação em língua portuguesa somente para o Brasil adquiridos pela
EDITORA RECORD LTDA.
Rua Argentina, 171 – Rio de Janeiro, RJ – 20921-380 – Tel.: (21) 2585-2000, que se reserva a propriedade literária desta tradução.

Impresso no Brasil

ISBN 978-85-01-07566-6

Seja um leitor preferencial Record.
Cadastre-se no site www.record.com.br e receba informações sobre nossos lançamentos e nossas promoções.

Atendimento e venda direta ao leitor:
sac@record.com.br

**Para todas as plumas brancas,
obrigada por me fazerem recordar**

Prólogo

Tristan

2 de abril de 2014

— Pegou tudo? — perguntou Jamie, parada no meio do hall de entrada da casa dos meus pais, roendo as unhas. Quando seus belos olhos azuis sorriram para mim, pensei na sorte que tinha por ela ser minha.

Fui até ela e a abracei, apertando seu corpo *mignon* junto ao meu.

— Peguei. É isso, meu amor. A hora é essa.

Ela entrelaçou os dedos na minha nuca e me beijou.

— Estou tão orgulhosa de você.

— De *nós* — eu a corrigi.

Depois de tantos anos vivendo de planos e sonhos, meu objetivo de criar e vender minhas próprias peças de mobília artesanal estava prestes a se tornar realidade. Eu e meu pai, que também era meu melhor amigo e sócio, estávamos a caminho de Nova York para uma reunião com alguns empresários que se mostraram muito interessados em investir em nosso negócio.

— Sem o seu apoio, eu não seria nada. Essa é a nossa chance de conseguir tudo que a gente sempre sonhou.

Ela me beijou de novo.

Nunca imaginei que pudesse amar alguém tanto assim.

— Antes de ir, é melhor saber logo que a professora do Charlie me ligou. Ele arranjou confusão na escola outra vez. O que não me surpreende, já que puxou tanto ao pai...

Sorri.

— O que ele aprontou agora?

— Segundo a Sra. Harper, ele disse para uma menina que zombava dos óculos dele que esperava que ela engasgasse com uma lagartixa, já que ela se parecia com uma. Que engasgasse com uma lagartixa. Dá pra acreditar?

— Charlie! — chamei.

Ele veio da sala de estar com um livro nas mãos. Não estava de óculos, e eu sabia que era por causa do bullying.

— Que foi, pai?

— Você disse para uma menina que queria que ela se engasgasse com uma lagartixa?

— Disse — confirmou ele, como se não fosse nada de mais.

Para um menino de 8 anos, Charlie parecia se preocupar muito pouco com a possibilidade de deixar os pais irritados.

— Cara, você não pode dizer uma coisa dessas.

— Mas, pai, ela tem mesmo cara de lagartixa! — retrucou ele.

Tive que me virar para disfarçar a risada.

— Vem aqui e me dá um abraço.

Ele me abraçou apertado. Eu ficava apavorado ao pensar no futuro, no dia em que ele não quisesse mais abraçar o velho pai.

— Vê se você se comporta enquanto eu estiver fora. Obedéça à sua mãe e à sua avó, está bem?

— Tá, tá...

— E coloque os óculos pra ler.

— Por quê? Eles são ridículos.

Eu me agachei, o dedo em riste tocando o nariz dele.

— Homens de verdade usam óculos.

— Você não usa! — reclamou Charlie.

— Tá, alguns homens de verdade não usam. Só ponha os óculos, tá legal?

Ele resmungou antes de sair correndo para a sala. Eu ficava feliz por ele gostar mais de ler do que de jogar videogame. Sabia que ele havia herdado da mãe, bibliotecária, o amor pela leitura. Mas, no fundo, sempre achei que o fato de eu ter lido para ele durante a gravidez também influenciou um pouco sua paixão por livros.

— O que vocês pretendem fazer hoje? — perguntei a Jamie.

— À tarde vamos ao mercado central. Sua mãe quer comprar flores. Provavelmente também vai comprar alguma bobagem para o Charlie. Ah, já ia esquecendo... Zeus mastigou seu Nike favorito. Vou tentar comprar um novo.

— Meu Deus! De quem foi a ideia de termos um cachorro?

Ela riu.

— Sua. Eu nunca quis um, mas você nunca soube dizer não a Charlie. Você e sua mãe são muito parecidos. — Ela me beijou novamente antes de me entregar minha bolsa. — Tenha uma ótima viagem e transforme nossos sonhos em realidade.

Eu a beijei de leve e sorri.

— Quando eu voltar, vou construir a biblioteca dos seus sonhos. Com aquelas escadas altas e tudo mais. E depois, vou fazer amor com você entre a *Odisseia* e *O sol é para todos*.

Ela mordeu o lábio.

— Promete?

— Prometo.

— Me liga quando pousar, tá?

Fiz que sim com a cabeça e saí de casa para encontrar meu pai, que já estava no táxi, me esperando.

— Tristan! — chamou Jamie, enquanto eu guardava a bagagem no porta-malas. Charlie estava ao seu lado.

— Sim?

Eles colocaram as mãos em torno da boca e gritaram:

— NÓS TE AMAMOS.

Sorri e disse o mesmo para eles, em alto e bom som.

Durante o voo, meu pai não parava de dizer que essa era nossa grande oportunidade. Quando aterrissamos em Detroit para aguardar a conexão, pegamos o celular para dar uma olhada nos e-mails e enviar notícias para minha mãe e Jamie.

Assim que ligamos os telefones, nós dois recebemos um bombardeio de mensagens da minha mãe. Soube instantaneamente que alguma coisa estava errada. Senti um frio na barriga e quase deixei o telefone cair enquanto eu lia.

Mãe: Aconteceu um acidente. Jamie e Charlie não estão bem.
Mãe: Venham para casa.
Mãe: Rápido!!!

Num piscar de olhos, num breve momento, tudo que eu sabia sobre a vida mudou.

Capítulo 1

Elizabeth

3 de julho de 2015

Todas as manhãs, leio cartas de amor escritas para outra mulher. Nós duas temos muito em comum: os olhos cor de chocolate e o mesmo tom de loiro no cabelo. Também temos a mesma risada: discreta no início, mas que se torna mais alta quando estamos na companhia das pessoas que amamos. Quando ela sorri, ergue o canto direito da boca, exatamente como eu.

Encontrei as cartas na lixeira, dentro de uma caixa de metal em formato de coração. Centenas delas. Algumas longas, outras mais curtas; algumas felizes, outras incrivelmente tristes. Pelas datas, são muito antigas. Bem mais velhas do que eu. Algumas assinadas por KB, e outras, por HB.

Imaginei como meu pai se sentiria se soubesse que mamãe havia jogado tudo fora.

Mas, ultimamente, tem sido difícil para mim imaginar que ela já foi como aquela carta.

Inteira.

Completa.

Parte de algo esplêndido.

Agora, ela parecia ser exatamente o oposto.

Acabada.

Incompleta.

Sozinha o tempo todo.

Depois que meu pai morreu, mamãe se tornou uma vadia. Não existe modo mais educado de dizer isso. Não foi de uma hora para outra, apesar de a Srta. Jackson — a vizinha do final da rua — ter espalhado para um monte de gente que minha mãe abria as pernas para todo mundo antes mesmo que meu pai nos deixasse. Eu sabia que não era verdade, pois nunca me esqueci de como ela olhava para ele quando eu era criança. Era como se ele fosse o único homem na face da Terra. Sempre que ele tinha que sair bem cedo para trabalhar, a mesa do café já estava posta, e o almoço, pronto, para ele levar. Ela até preparava uns lanchinhos, porque meu pai vivia reclamando que sentia fome entre as refeições, e mamãe sempre se preocupava em fazer com que ele se alimentasse bem.

Papai era poeta e dava aulas em uma universidade que ficava a uma hora da nossa casa. Não foi surpresa descobrir que eles trocavam cartas de amor. Palavras eram o ponto forte dele, sua grande vantagem. E mesmo não sendo tão boa quanto o marido, minha mãe conseguia expressar tudo o que sentia em cada carta que escrevia.

De manhã, quando ele saía de casa, ela cantarolava e sorria enquanto limpava a casa e me arrumava. E falava dele, dizendo o quanto o amava, como sentia sua falta e que escreveria uma carta de amor antes que ele voltasse, à noite. Quando ele chegava em casa, mamãe sempre o servia com duas taças de vinho, e então era ele quem cantarolava a música favorita dos dois e beijava a mão dela. Eles riam juntos e cochichavam como adolescentes que estão vivendo seu primeiro amor.

— Você é meu amor eterno, Kyle Bailey — dizia ela, enquanto o beijava.

— Você é meu amor eterno, Hannah Bailey — respondia ele, girando-a em seus braços.

O amor dos dois era capaz de provocar inveja até nos contos de fada.

Quando papai morreu, naquele dia abafado de agosto, uma parte de minha mãe também se foi. Lembro-me de ter lido um romance em que o autor dizia algo do tipo: "Nenhuma alma gêmea deixa esse mundo sozinha. Ela sempre leva consigo um pedaço de sua outra metade." Odiei aquilo, pois sabia que era verdade. Minha mãe ficou enclausurada em casa por meses. Eu a obrigava a se alimentar todos os dias, na esperança de que ela não definhasse de tanta tristeza. Nunca a tinha visto chorar até aquele momento. Não demonstrava minhas emoções quando estava perto dela, pois sabia que isso só a deixaria mais triste.

Eu já chorava o suficiente quando ficava sozinha.

Quando finalmente saiu da cama, foi para ir à igreja. Eu a acompanhei durante algumas semanas. Lembro-me de me sentir totalmente perdida, aos 12 anos, sentada no banco de uma paróquia. Nunca fomos uma família religiosa, só rezávamos quando algo de ruim acontecia. Nossas visitas à igreja não duraram muito tempo, pois mamãe chamou Deus de mentiroso e desrespeitou os fiéis, dizendo que deveriam parar de perder tempo, de ser enganados com esperanças vazias e inúteis de uma terra prometida.

O pastor Reece pediu que ficássemos algum tempo sem aparecer. Pelo menos até as coisas se acalmarem.

Até então, nunca tinha passado pela minha cabeça que alguém pudesse ser banido de um templo sagrado. Quando o pastor dizia "venham todos", acho que não estava se referindo a "todos" de fato.

Recentemente, mamãe adotou outro passatempo: homens diferentes em curtos intervalos de tempo. Uns para dormir, outros para ajudar a pagar as contas. E há ainda aqueles que ela gosta de manter por perto em momentos de solidão, ou também porque lembram meu pai. Alguns ela até chama de Kyle. Agora à noite havia um carro parado em frente a nossa casa. Azul-escuro, com alguns cromados e bancos de couro vermelho. Dentro dele, um homem estava sentado com um charuto na boca, minha mãe no colo. Pareciam ter acabado de sair dos anos 1960. Ela ria baixinho enquanto ele sussurrava algo em seu ouvido, mas não era o mesmo tipo de risada da época do papai.

Era vazia, frívola e triste.

Dei uma olhada na rua e vi a Srta. Jackson cercada de outras fofoqueiras, apontando para mamãe e o homem da semana. Queria ouvir o que elas diziam e mandar que ficassem quietas, mas elas estavam na calçada oposta. Até mesmo as crianças que brincavam de bola na rua, driblando alguns gravetos, observavam os dois com os olhos arregalados.

Carros caros como aquele nunca transitavam numa rua como a nossa. Tentei convencer minha mãe a se mudar para uma vizinhança melhor, mas ela se recusou. Na época, achei que era porque ela e papai tinham comprado a casa juntos.

Talvez ela não tivesse se esquecido completamente dele.

O homem soltou a fumaça do charuto no rosto dela, e os dois riram. Mamãe usava seu melhor vestido: amarelo, tomara-que-caia, com cintura justa, saia rodada. A maquiagem era tão pesada que a fazia parecer ter 30 e poucos anos, em vez de 50. Ela era bonita sem toda aquela porcaria na cara, mas dizia que se maquiar transformava uma menina em mulher. O colar de pérolas era da minha avó, Betty. Eu nunca a vi usar aquele colar com um estranho, e não entendi o porquê de ela fazer isso agora.

Os dois olharam na minha direção, e me escondi na varanda, de onde continuei espiando-os.

— Liz, se você está tentando se esconder, pelo menos faça isso direito. Venha aqui conhecer meu novo amigo — falou minha mãe bem alto.

Saí de trás da pilastra e caminhei na direção dos dois. O homem soprou a fumaça mais uma vez e, conforme eu me aproximava, observando seus cabelos grisalhos e seus olhos azul-escuros, o cheiro do charuto chegou ao meu nariz.

— Richard, esta é a minha filha, Elizabeth. Mas todo mundo a chama de Liz.

Richard me olhou de cima a baixo, o que fez com que eu me sentisse um objeto. Ele me analisou como se eu fosse uma boneca de porcelana prestes a se quebrar. Tentei disfarçar o desconforto, mas não consegui, então baixei os olhos.

— Como vai, Liz?

— Elizabeth — corrigi, ainda olhando para o chão. — Só os mais íntimos me chamam de Liz.

— Liz, isso não é jeito de falar! — repreendeu minha mãe, franzindo a testa e deixando as rugas à mostra. Ela não teria falado dessa forma se soubesse que isso acentuava as linhas de expressão em seu rosto. Eu odiava quando um homem novo aparecia e ela sempre escolhia ficar do lado dele e não do meu.

— Tudo bem, Hannah. Além do mais, ela está certa. Leva tempo para conhecermos alguém. E apelidos têm que ser merecidos. Não são oferecidos a troco de nada.

Havia algo nojento na forma como Richard me encarava e baforava seu charuto. Eu usava uma calça jeans larga, com uma camiseta bem grande, mas, mesmo assim, me sentia exposta.

— A gente está indo à cidade comer alguma coisa. Quer ir? — convidou ele.

— Emma ainda está dormindo — recusei. Olhei em direção à casa, onde minha menininha estava deitada num sofá-cama. Nós duas já o dividíamos há um bom tempo, desde que viemos para a casa da minha mãe.

Ela não foi a única que perdeu o amor de sua vida.

Eu tinha esperanças de não acabar como ela.

Esperava ficar só na fase da tristeza.

Steven tinha morrido há um ano, e eu ainda tinha dificuldade para respirar. Emma e eu morávamos em Meadows Creek, no Wisconsin, nossa casa de verdade. O lugar foi reformado, e nós o transformamos em um lar. Foi ali que eu e Steven nos apaixonamos, brigamos e fizemos as pazes inúmeras vezes.

Bastava a nossa presença para tornar a casa um lugar aconchegante. Mas, depois que Steven se foi, parecia que uma nuvem escura pairava sobre ela.

Foi no hall de entrada que ficamos juntos pela última vez. Seu braço envolvia minha cintura, e nós achávamos que nos lembraríamos daquele instante para sempre.

Mas o "para sempre" foi bem mais curto do que todos imaginavam.

Durante muito tempo, a vida seguiu seu curso, até que, um dia, tudo ruiu.

Eu me senti sufocada pelas lembranças e pela tristeza, e então corri para a casa da minha mãe.

Voltar ao nosso lar significava encarar a verdade: ele não estava mais entre nós. Por mais de um ano, vivi um faz de conta, fingindo que ele tinha saído para comprar leite e que voltaria a qualquer momento. Todas as noites, quando me deitava, ficava do lado esquerdo da cama e fechava os olhos, imaginando que Steven estava ali comigo.

Mas minha filha merecia mais do que isso. Minha pobre Emma precisava de mais do que um sofá-cama, homens estranhos e vizinhos fofoqueiros dizendo coisas que uma garotinha de 5 anos nunca deveria ouvir. Ela também precisava de mim. Eu estava vagando pela escuridão, não era a mãe que ela merecia. Enfrentar as lembranças do nosso lar talvez me trouxesse paz.

Voltei para dentro de casa e olhei para meu anjinho dormindo, seu peito subindo e descendo em um ritmo perfeito. Nós duas temos muito em comum: as covinhas na bochecha e o mesmo tom loiro no cabelo. Também temos a mesma risada: discreta no início, mas que se torna mais alta quando estamos na companhia das pessoas que amamos. Quando ela sorri, ergue o canto direito dos lábios, exatamente como eu.

Mas tínhamos uma grande diferença.

Os olhos dela eram azuis como os dele.

Deitei-me ao lado de Emma, beijando suavemente seu nariz. Depois, peguei a caixa no formato de coração e li mais uma carta. Já tinha lido aquela antes, mas mesmo assim ela tocou minha alma.

Às vezes, eu fazia de conta que as cartas eram de Steven.

E sempre derramava algumas lágrimas.

Capítulo 2

Elizabeth

— Vamos mesmo pra casa? — perguntou Emma de manhã, sonolenta, quando a luz entrou pela janela, iluminando seu rostinho. Tirei-a da cama, peguei Bubba, seu ursinho e companheiro de todas as horas, e fiz os dois se sentarem na cadeira mais próxima. Bubba não era simplesmente um ursinho de pelúcia, era um ursinho-zumbi. Minha garotinha era um pouco diferente, e, depois de assistir ao *Hotel Transilvânia*, cheio de zumbis, vampiros e múmias, ela decidiu que adorava coisas estranhas e assustadoras.

— Vamos, sim — respondi, sorrindo ao fechar o sofá-cama. Não consegui dormir a noite toda e fiquei arrumando nossas coisas.

Emma estava com um sorriso bobo no rosto, igualzinho ao do pai.

— Oba! — exclamou, contando a Bubba que íamos para casa.

Casa.

Sentia uma pontada no coração cada vez que ouvia essa palavra, mas continuei sorrindo. Aprendi que tinha que sorrir na frente de Emma, porque ela acabava ficando triste quando percebia que eu estava mal. Nesses momentos ela me dava os melhores beijos de esquimó, mas esse era o tipo de responsabilidade que ela não precisava ter.

— Acho que vamos chegar a tempo de ver os fogos no telhado. Lembra quando fazíamos isso junto com o papai? Lembra, lindinha? — perguntei.

Ela estreitou os olhos, tentando se lembrar. Como seria bom se nossa mente funcionasse como um grande arquivo e pudéssemos simplesmente reviver nossos momentos favoritos a qualquer instante, escolhendo-os num sistema bem-organizado.

— Não lembro — respondeu ela, abraçando Bubba.

Aquilo partiu meu coração.

Continuei sorrindo mesmo assim.

— Que tal pararmos no mercado e comprarmos picolés para tomar enquanto vemos os fogos?

— E salgadinho pro Bubba!

— Claro!

Ela sorriu e deu um gritinho, animada. Dessa vez, meu sorriso foi de verdade.

Eu a amava mais do que ela poderia imaginar. Se não fosse por ela, com certeza já teria me rendido ao luto. Emma salvou minha alma.

Não me despedi da minha mãe porque ela não voltou para casa depois do jantar com o aventureiro da vez. Logo que me mudei, eu telefonava, preocupada, quando ela demorava a chegar, mas ela acabava gritando comigo, dizendo que era adulta e sabia o que estava fazendo.

Deixei um bilhete:

Indo pra casa.
Amamos você.
Até breve.
E&E

A viagem durou horas no meu carro velho, e ouvimos a trilha sonora de *Frozen* tantas vezes que cheguei a pensar em cortar os pulsos.

Emma ouviu um milhão de vezes cada música e ainda incluiu seu toque pessoal nos versos. Sinceramente, gostei mais da versão dela.

Assim que ela dormiu, dei um descanso também para *Frozen*, e o carro finalmente ficou silencioso. Apoiei minha mão no banco do carona, esperando que outra a envolvesse, mas isso não aconteceu.

Estou bem, dizia a mim mesma, repetidamente. *Estou muito bem.*

Um dia, isso seria verdade.

Um dia, eu ficaria bem.

Na entrada da rodovia I-64, meu estômago embrulhou. Queria muito que existisse outro caminho para chegar a Meadows Creek, mas esta era a única via de acesso à cidade. O movimento na estrada era grande por causa do feriado, mas o asfalto novo tornava a rodovia, que antes era toda esburacada, mais segura. Meus olhos se encheram de lágrimas quando me lembrei do momento em que ouvi a notícia.

Acidente grave na I-64!

Caos!

Tumulto!

Feridos!

Mortos!

Steven.

Uma respiração de cada vez.

Continuei dirigindo e não permiti que as lágrimas caíssem. Forcei-me a permanecer inerte; assim não sentiria nada. Caso contrário, acabaria desabando, e eu simplesmente não podia fazer isso. Olhei pelo retrovisor e encontrei forças ao ver minha filha. Chegamos ao final da estrada e respirei fundo novamente. Eu me concentrava em uma respiração de cada vez. Não conseguia ir além disso; tinha a sensação de que poderia sufocar com o ar.

Uma placa de madeira branca e bem polida anunciava: "Bem-vindos a Meadows Creek".

Emma tinha acordado e estava olhando pela janela.

— Mamãe?

— Oi, querida.

— Acha que papai vai saber que a gente se mudou? Será que ele vai saber onde deixar as plumas?

Quando Steven faleceu e nós nos mudamos para a casa da mamãe, apareceram plumas brancas no jardim. Emma perguntou o que eram, e mamãe respondeu que eram pequenos sinais dos anjos, demonstrando que eles estavam sempre por perto cuidando de nós.

Ela adorou a ideia e, cada vez que encontrava uma pluma, olhava para o céu, sorria e sussurrava: "Eu também te amo, papai." Depois, tirava uma foto com a pluma e a colocava na caixa "Papai & Eu".

— Tenho certeza de que ele sabe onde nos encontrar, minha querida.

— Sim — concordou Emma. — Ele sabe onde nos encontrar.

As árvores pareciam mais verdes do que eu lembrava, e as lojinhas no centro de Meadows Creek estavam enfeitadas de vermelho, azul e branco para o feriado da Independência. Era tudo tão familiar e, ao mesmo tempo, tão diferente. A bandeira americana da Srta. Frederick tremulava ao vento enquanto ela colocava pétalas de rosas secas no vaso. Era possível sentir seu orgulho patriótico ao vê-la ali, admirando sua casa.

Ficamos paradas no único sinal de trânsito da cidade por uns dez minutos, o que não fazia nenhum sentido. Enquanto aguardávamos, pensei em todas as coisas que me lembravam de Steven. De nós. Quando o sinal abriu, pisei no acelerador, querendo chegar logo em casa para afastar as sombras do passado. Assim que o carro começou a descer a rua, minha visão periférica captou um cachorro vindo em minha direção. Pisei no freio bem rápido, mas a lata-velha demorou a parar. Quando finalmente freou, ouvi um latido alto.

Meu coração quase saiu pela boca. Fiquei paralisada; parecia incapaz de respirar novamente. Estacionei o carro de qualquer jeito, enquanto Emma perguntava o que estava acontecendo, mas não dava tempo de responder. Abri a porta do carro, precipitei-me em direção ao pobre cachorro e vi um homem correndo na mesma direção. Ele me encarava com um olhar desesperado, praticamente me forçando a enxergar a intensidade de seus olhos azuis acinzentados. A maioria dos olhos azuis parece trazer consigo um sentimento caloroso e gentil, mas não os dele. Os dele eram intensos, assim como sua própria postura. Fria, reservada. Em torno de suas íris, era possível ver o azul profundo em meio às manchas prateadas e pretas, que tornavam seu olhar ainda mais impenetrável. Lembrava as sombras no céu quando uma tempestade estava prestes a cair.

Esse olhar me era familiar. Será que eu o conhecia? Jurava que já o tinha visto em algum lugar. Ele parecia amedrontado e furioso ao se aproximar do cachorro, que imaginei ser dele, parado no chão. Estava com um grande fone de ouvido no pescoço, conectado a alguma coisa na mochila.

Usava roupas de ginástica. A camisa branca de manga comprida acentuava os músculos dos braços, o short preto deixava as pernas grossas à mostra, e o suor escorria de sua testa. Imaginei que estivesse levando o cachorro para correr e acabou perdendo a coleira, mas ele não estava de tênis.

Por que estava descalço?

Não importava. Será que o cachorro estava bem?

Eu deveria ter prestado mais atenção.

— Desculpe, eu não vi... — comecei a dizer, mas ele soltou um grunhido ríspido, como se minhas palavras o ofendessem.

— Que droga! Você só pode estar de sacanagem... — berrou de volta.

Sua voz me fez estremecer. Ele pegou o cachorro nos braços como se fosse seu próprio filho. Nós nos levantamos ao mesmo tempo. Então ele olhou ao redor, eu também.

— Deixa eu levar vocês ao veterinário — sugeri, estremecendo ao ouvir o cachorro ganir nos braços do homem. Sabia que não deveria ficar nervosa com seu tom de voz, pois não se deve julgar alguém numa situação de pânico. Ele não respondeu, mas percebi hesitação em seu olhar. O rosto era emoldurado por umâ barba grossa, escura e indomada; sua boca estava escondida em algum lugar daquela selva. Eu só podia confiar na história que seus olhos contavam.

— Por favor — insisti. — É muito longe para ir a pé.

Ele assentiu num gesto quase imperceptível, abriu a porta do carona e entrou com o cachorro no colo.

Corri para dentro do carro e comecei a dirigir.

— O que aconteceu? — perguntou Emma.

— Vamos levar esse cachorrinho ao veterinário, querida. Está tudo bem. — Eu realmente esperava não estar mentindo.

Em vinte minutos, chegamos à clínica veterinária mais próxima, que ficava aberta vinte e quatro horas, e o percurso não foi exatamente o que eu esperava.

— Vire à esquerda na Cobbler Street — mandou ele.

— A Harper Avenue vai ser mais rápida — discordei.

— Você não sabe o que está fazendo. Entre na Cobbler! — gritou, irritado.

Respirei fundo.

— Eu sei dirigir.

— Sabe mesmo? Porque acho que esse é o motivo de estarmos aqui.

Eu estava prestes a jogar aquele idiota para fora do carro, mas o ganido do cachorro me impediu.

— Já me desculpei.

— Isso não ajuda meu cachorro.

Idiota.

— A Cobbler é a próxima à direita — insistiu.

— A Harper é a segunda.

— Não entre na Harper.

Ah, não? Acho que vou pegar a Harper só para irritar esse cara. Quem ele pensa que é?

Virei na Harper.

— Não acredito que você pegou a droga da Harper! — reclamou ele.

Sua raiva me fez sorrir, até o momento em que vi as obras e a placa de "rua fechada".

— Você é sempre burra mesmo?

— E você é sempre... sempre... sempre... — gaguejei porque, ao contrário dele, eu não era boa em discutir com as pessoas. Normalmente, engolia tudo e acabava chorando como uma criança, porque as palavras não se formavam na minha cabeça com a mesma velocidade em que as brigas aconteciam. Eu era uma idiota que só conseguia responder a um insulto três dias depois. — Você é sempre... sempre...

— Sempre o quê? Fala logo! Use palavras! — exclamou ele, zombando.

Girei o volante e fiz o retorno para pegar a Cobbler.

— Você é sempre um...

— Vamos lá, Sherlock, você consegue — debochou.

— UM BABACA! UM PUTO! — berrei, entrando na rua que ele indicou.

O carro ficou em silêncio. Meu rosto ficou vermelho, e apertei o volante com força.

Assim que parei no estacionamento, ele abriu a porta sem dizer absolutamente nada, pegou o cachorro e entrou em disparada na emergência. Fiquei na dúvida se não era melhor ir embora, mas sabia que não ia me acalmar até ter certeza de que o cachorro ficaria bem.

— Mamãe? — chamou Emma.

— Sim, querida?

— O que é um puto?

Falha materna número 582 de hoje.

— Não é nada, amor. Eu disse "Pluto". Como o cachorro do desenho.

— Então você chamou aquele moço de cachorro?

— Sim. Um cachorro grande e desengonçado.

— E o cachorrinho dele, vai morrer? — perguntou ela logo em seguida.

Espero que não.

Depois de tirar Emma da cadeirinha, entramos na clínica. O desconhecido estava esmurrando a mesa da recepção. Ele falava algo, mas eu não conseguia escutá-lo.

A recepcionista foi ficando cada vez mais desconcertada.

— Senhor, só estou pedindo para preencher o formulário e informar um cartão de crédito. Do contrário, não poderemos cuidar do seu bichinho. Além do mais, o senhor não pode entrar aqui descalço, e sua atitude não está ajudando em nada.

O desconhecido deu outro murro na mesa e começou a andar de um lado para o outro, passando a mão nos cabelos compridos e escuros e descendo-a até a nuca. Sua respiração estava pesada, seu peito subia e descia em ritmo acelerado.

— E você acha que eu trouxe um cartão de crédito? Eu estava correndo, sua idiota! E se não vai fazer nada, chame outra pessoa.

Assim como eu, a mulher recuou ao ouvir aquelas palavras e sentir sua raiva.

— Eles estão comigo — falei, caminhando até a recepção. Emma agarrou meu braço e apertou Bubba. Abri a bolsa, peguei a carteira e entreguei um cartão para a moça.

— Você está com *ele*? — perguntou ela, num tom quase ofensivo, como se o estranho merecesse ficar sozinho.

Ninguém merece ficar sozinho.

Vi que a raiva e a confusão não tinham desaparecido do olhar dele. Não queria prestar atenção, mas aquela tristeza era muito familiar, e eu não consegui me afastar.

— Sim. Ele está comigo.

Ela continuou hesitante. Aproximei-me e perguntei:

— Algum problema?

— Não, nenhum. Só preciso que vocês preencham esse formulário.

Peguei a prancheta da mão dela e fui para a sala de espera.

A televisão estava ligada no Animal Planet. Havia um trenzinho de brinquedo em um canto e Emma foi brincar com Bubba. O estranho continuava a me encarar daquele jeito frio e distante.

— Preciso de algumas informações — falei. Ele se aproximou devagar, sentou-se ao meu lado e apoiou as mãos nas pernas.

— Qual é o nome dele? Do cachorro — perguntei.

Ele abriu a boca e hesitou, antes de falar:

— Zeus.

Sorri. Que nome perfeito para um labrador.

— E o seu?

— Tristan Cole.

Depois de terminar o formulário, entreguei tudo para a recepcionista.

— Pode debitar todas as despesas do Zeus no meu cartão.

— Tem certeza?

— Absoluta.

— Pode ficar caro — alertou ela.

— Pode cobrar.

Sentei-me ao lado de Tristan novamente. Ele começou a dar tapinhas de leve nas pernas, e percebi seu nervosismo. Quando olhei para ele, estava me encarando com a mesma confusão de quando nossos caminhos se cruzaram.

Tristan começou a murmurar algo e a esfregar as mãos uma na outra. Em seguida, colocou os fones de ouvido e apertou o play.

Emma vinha de vez em quando perguntar se estava na hora de ir para casa, e eu dizia que iria demorar mais um pouco. Antes de voltar a brincar com o trem, ela parou e olhou para Tristan.

— Ei, moço!

Ele a ignorou. Ela levou as mãos ao quadril.

— Ei, moço! Estou falando com você! — insistiu, batendo o pé no chão. Tristan olhou para ela. — Você é um grande PLUTO!

Ai, meu Deus.

Alguém devia ter me proibido de ser mãe. Sou péssima nisso.

Estava prestes a dar uma bronca nela quando vi um pequeno sorriso se formar, rapidamente, por trás da barba de Tristan. Era quase imperceptível, mas juro que vi seus lábios se moverem. Emma tinha o dom de fazer as almas mais sombrias sorrirem. Fu era a prova viva disso.

Cerca de meia hora depois, o veterinário veio nos informar que Zeus ficaria bem. Só tinha alguns ferimentos e uma fratura na pata dianteira. Agradeci, e ele se afastou. As mãos de Tristan relaxaram, e ele ficou imóvel. De repente, seu corpo todo começou a tremer. Com um longo suspiro, o babaca furioso desapareceu e deu lugar a um homem desesperado. Ele não conteve suas emoções e começou a chorar e soluçar de forma incontrolável. As lágrimas caíam dolorosamente. Meus olhos ficaram marejados, e juro que uma parte do meu coração compartilhou sua dor.

— Pluto! Pluto! Não chore — disse Emma puxando a camisa dele. — Está tudo bem.

— Está tudo bem — consolei-o, usando as mesmas palavras da minha doce garotinha. Pousei a mão em seu ombro para confortá-lo. — Zeus vai ficar bem. Ele está bem. Você está bem.

Tristan virou a cabeça na minha direção e fez que sim, como se acreditasse em mim. Respirou fundo e secou as lágrimas, balançando a cabeça para a frente e para trás. Estava tentando ao máximo esconder seu constrangimento, sua vergonha.

Ele pigarreou e se afastou de mim. Ficamos longe um do outro até a hora em que o veterinário liberou Zeus. Tristan segurou o cachorro nos braços. O animal estava muito cansado, mas mesmo assim abanou o rabo e farejou o dono. Ele deu um sorriso e, dessa vez, pude vê-lo claramente. Foi um grande sorriso de alívio. Se o amor fosse feito apenas de momentos, este com certeza era um deles.

Não invadi seu espaço. Os dois saíram da clínica. Segurei Emma pela mão e os seguimos.

Tristan começou a caminhar com Zeus nos braços. Queria detê-lo, mas não tinha um motivo para pedir que ele voltasse. Coloquei Emma na cadeirinha e fechei a porta. Levei um susto quando vi Tristan bem perto de mim, me encarando. Não desviei o olhar. Minha respiração falhava, e tentei recordar a última vez que fiquei tão próxima de um homem.

Ele chegou mais perto.

Não me mexi.

Ele respirou.

Respirei também.

Uma respiração de cada vez.

Isso era tudo que eu conseguia controlar.

Nossa proximidade fez com que eu sentisse um aperto no estômago. Já estava pronta para dizer "de nada" ao "obrigado" que eu certamente ouviria.

— Vê se aprende a dirigir a droga do carro — esbravejou ele, furioso, antes de se afastar.

Nada de "obrigado por você ter pagado a conta do veterinário", nem "obrigado por ter me trazido até aqui", e sim "vê se aprende a dirigir a droga do carro".

Muito bem.

Com um sussurro, respondi ao vento que batia em meu rosto gelado:

— De nada, Pluto.

Capítulo 3

Elizabeth

— Nossa, como demoraram a chegar! — reclamou Kathy, sorrindo, ao aparecer na porta da frente. Não esperava que ela e Lincoln fossem nos receber, mesmo sabendo que eles não nos viam há muito tempo e moravam a apenas cinco minutos da nossa casa.

— Vovó! — gritou Emma enquanto eu abria o cinto da cadeirinha. Ela pulou do carro e correu, muito feliz, para a avó. Kathy pegou a neta no colo e a levantou para dar um abraço apertado. — Voltamos, vovó!

— Eu sei! Estamos muito felizes — disse Kathy, beijando o rosto de Emma.

— Cadê o vovô? — perguntou, referindo-se a Lincoln.

— Tem alguém me procurando?

Lincoln saiu da casa. Ele aparentava ter bem menos que 65 anos. Sempre achei que Kathy e Lincoln nunca iriam envelhecer, pois eram bem mais ativos do que qualquer pessoa da minha idade e tinham o espírito muito jovem. Uma vez, tentei correr com Kathy durante trinta minutos e quase morri. E ela ainda me disse que aquilo era só um quarto do que corria normalmente.

Lincoln tirou Emma do colo da esposa e jogou-a para cima.

— Ora, ora, ora, quem está aqui?

— Sou eu, vovô! Emma! — Ela riu.

— Emma? Não pode ser. Você é muito alta para ser a minha pequena Emma.

Ela balançou a cabeça e disse:

— Sou eu, vovozinho!

— Bem, acho que preciso de uma prova. Minha pequena Emma sempre me dava beijos especiais. Sabe como são? — Emma encostou o nariz de leve nas bochechas dele, como se desse beijinhos de esquimó em seu rosto. — Meu Deus, é você mesmo! O que estamos esperando? Trouxe picolés de várias cores para você. Vamos entrar!

Lincoln olhou para mim e piscou carinhosamente. Os dois correram para dentro, e eu parei por um segundo para olhar tudo à minha volta.

A grama estava alta, cheia de ervas daninhas e dentes-de-leão, que, segundo Emma, fazem nossos desejos se tornarem realidade. A cerca que começamos a construir para evitar que ela invadisse a rua ou o bosque nos fundos da casa ficou pela metade, pois Steven não teve tempo de terminá-la.

As tábuas brancas de madeira estavam arrumadas numa pilha ao lado da casa, esperando alguém completar a tarefa. Olhei para o quintal e para as árvores que demarcavam nossa propriedade. Atrás da cerca havia um grande bosque. Parte de mim queria correr ali, se perder naquela mata por horas.

Kathy se aproximou de mim e me envolveu num abraço bem apertado. Praticamente desmoronei junto dela.

— Como você está? —perguntou.

— Ainda de pé.

— Pela Emma?

— Sim, pela Emma.

Kathy me abraçou mais uma vez.

— O jardim está uma bagunça. Ninguém veio aqui desde... — Ela não conseguiu terminar, e o sorriso desapareceu de seu rosto. — Lincoln disse que vai cuidar de tudo.

— Não precisa. De verdade. Posso cuidar disso.

— Liz...

— É sério, Kathy. Eu quero fazer isso, quero reconstruir.

— Bom, se você quer mesmo... Pelo menos não é o pior jardim da vizinhança — brincou ela, olhando para a casa do meu vizinho.

— Tem gente morando aí? — perguntei. — Achei que o Sr. Rakes nunca conseguiria vender a casa depois daquela história de que o lugar era mal-assombrado.

— Pois é. Alguém finalmente a comprou. E olha, não sou de fazer fofoca, mas o cara que mora aí parece meio estranho. Já ouvi dizer que ele está fugindo de alguma coisa que aprontou no passado.

— É mesmo? Acham que ele é um criminoso?

Kathy deu de ombros.

— Marybeth disse que ouviu falar que ele esfaqueou uma pessoa. E Gary me contou que ele matou um gato que não parava de miar.

— Ah, não! Era só o que me faltava: ter um vizinho psicopata!

— Ah, tenho certeza de que você vai ficar bem. Você sabe, são só fofocas de cidade pequena. Duvido que sejam verdade. Mas ele trabalha na loja do Henson, aquele excêntrico, então não deve ser muito certo da cabeça. Não se esqueça de trancar as portas à noite.

O Sr. Henson era dono da loja Artigos de Utilidade no centro da cidade, e era uma das pessoas mais esquisitas de que já tinha ouvido falar. Mas eu só conhecia sua excentricidade pelos comentários dos outros.

Os moradores locais adoravam fofocar e ter uma vida típica de cidade pequena. As pessoas estavam sempre ocupadas, mas ninguém fazia absolutamente nada.

Olhei para o outro lado da rua e vi três pessoas cochichando enquanto pegavam as correspondências na caixa de correio. Duas mulheres caminhavam depressa, passando na frente da minha casa, e eu as ouvi falar do meu retorno — elas sequer me cumprimentaram ou acenaram, mas fizeram comentários sobre mim. Na esquina, vi um pai ensinando uma menininha a andar de bicicleta pela primeira vez sem as rodinhas. Pelo menos foi isso que pensei.

Dei um leve sorriso. A vida numa cidade pequena era tão clichê. Todo mundo sabia da vida de todo mundo, e as notícias corriam rápido.

Kathy sorriu e me trouxe de volta à realidade.

— Bem, trouxemos coisas para fazer um churrasco. Também abastecemos a geladeira, e você não precisa se preocupar em fazer compras por, pelo menos, uma ou duas semanas. E já colocamos os cobertores no telhado para assistirmos aos fogos, que devem começar daqui a pouco... — O céu se iluminou de azul e vermelho. — Começou!

Olhei para cima e vi Lincoln se acomodando no telhado com Emma nos braços, gritando:

— Veja! Ah... — dizia ela cada vez que um dos fogos explodia. — Vem, mamãe! — chamou Emma, sem tirar os olhos do céu colorido.

Kathy passou o braço pela minha cintura e me conduziu até a casa.

— Depois que Emma dormir, tenho algumas garrafas de vinho guardadas para você.

— Para mim? — perguntei.

— Para você. Bem-vinda de volta ao lar, Liz — disse ela, sorrindo.

Lar.

Eu me perguntei quando aquela pontada no peito iria desaparecer.

Lincoln foi colocar Emma na cama e, como estava demorando mais do que o normal, decidi dar uma olhada neles. Toda noite ela dava trabalho para dormir, e eu tinha certeza de que estava fazendo o mesmo com o avô. Fui até o corredor na ponta dos pés e não a ouvi gritando, o que já era um bom sinal. Espiei dentro do quarto e vi os dois estirados na cama, dormindo, o pé de Lincoln do lado de fora do colchão.

Kathy deu uma risadinha bem atrás de mim.

— Não sei quem está mais animado com o reencontro, Lincoln ou Emma.

Ela me levou até a sala, e lá nos sentamos diante das duas maiores garrafas de vinho que já tinha visto na vida.

— Você está querendo me embebedar? — Eu ri.

— Se isso fizer você se sentir melhor, sim — respondeu ela, sorrindo.

Sempre fomos muito próximas. Depois de ser criada por uma mãe instável, conhecer Kathy foi um verdadeiro bálsamo. Ela me recebeu de braços abertos e sempre me tratou muito bem. Quando descobri que estava grávida, ela chorou mais do que eu.

— Estou me sentindo péssima por ter ficado tanto tempo longe — falei, bebendo um gole e olhando na direção do quarto da Emma.

— Querida, sua vida virou de cabeça para baixo. Quando tragédias acontecem e há crianças envolvidas, ninguém consegue raciocinar direito. Agimos da forma que nos parece ser a mais correta. Você só tentou sobreviver e fez o melhor que pôde. Não fique se culpando por isso.

— Eu sei, mas acho que saí correndo daqui por minha causa, não por Emma. Ela sentiu falta de tudo. — Meus olhos se encheram de lágrimas. — E eu deveria ter visitado você e Lincoln. Deveria ter ligado mais. Sinto muito, Kathy.

Ela colocou as mãos no meu joelho.

— Querida, escute. São dez e quarenta e dois da noite, e a partir deste minuto você vai parar de se culpar. Trate de se perdoar, porque tanto eu quanto Lincoln compreendemos tudo. Sabemos que você precisava de um tempo. Não sinta como se devesse nos pedir perdão, você não nos deve nada.

Sequei as lágrimas que continuavam a cair e retruquei, envergonhada:

— Droga de lágrimas.

— Sabe o que faz com que elas parem de cair? — perguntou Kathy.

— O quê?

Ela colocou mais vinho na taça. *Mulher inteligente.*

Ficamos conversando e bebendo por horas, e quanto mais vinho, mais risadas. Eu tinha me esquecido de como era gostoso rir. Ela perguntou sobre minha mãe, e não consegui disfarçar minha expressão de desgosto.

— Ela ainda está perdida, andando em círculos e repetindo os mesmos erros. Às vezes, me pergunto se as pessoas chegam a um ponto em que não conseguem dar a volta por cima. Acho que isso pode ter acontecido com ela, e não sei se ela vai conseguir mudar.

— Você ama sua mãe?

— Sim, sempre. Mesmo quando não gosto dela.

— Então, não desista. Mesmo que você precise ficar longe por um tempo. Continue amando-a e acreditando nela, mesmo que a distância.

— Como você se tornou tão sábia? — perguntei. Ela sorriu, levantou a taça na minha direção e colocou mais vinho. *Mulher muito inteligente.* — Você poderia tomar conta da Emma amanhã? Queria ir até a cidade procurar um emprego. Talvez perguntar ao Matty se ele não precisa de uma ajudinha no café.

— Que tal se nós ficarmos com ela durante o final de semana? Seria ótimo se tirasse uns dias só pra você. Podemos retomar nossa tradição de ficar com ela todas as sextas. Até porque não acredito que Lincoln vá largá-la tão cedo.

— Vocês fariam isso por mim?

— Faremos o que você precisar. Além do mais, todas as vezes que vou ao café, Faye pergunta: "Como vai minha melhor amiga? Ela já voltou?" Então acho que ela adoraria passar um tempo com você.

Não via Faye desde a morte de Steven. Naquela época, conversávamos quase todos os dias, mas ela entendeu que eu precisava de um tempo para mim. Sabia que ela entenderia que eu precisava da minha melhor amiga para começar essa nova fase.

— Sei que talvez não seja o melhor momento, mas você pensou em reabrir seu negócio? — perguntou Kathy.

Steven e eu tínhamos uma empresa de design, a Dentro & Fora, que abrimos há três anos. Ele reformava a parte externa das casas, enquanto eu fazia projetos de decoração de interiores para residências e empresas. Tínhamos uma loja no centro de Meadows Creek, e essa fase foi, com certeza, uma das melhores da minha vida. Mas, na verdade, eram as habilidades de Steven que sustentavam o negócio; ele era formado em administração de empresas. Eu nunca conseguiria cuidar daquilo sozinha. Ter um diploma de designer de interiores em Meadows Creek significava trabalhar em uma loja de móveis vendendo cadeiras absurdamente caras. Era isso ou voltar aos tempos da faculdade e trabalhar como garçonete.

— Não sei. Provavelmente não. Acho que não consigo cuidar de tudo sem Steven. Só preciso arrumar um emprego fixo e abrir mão desse sonho.

— Entendo, mas não tenha medo de sonhar com coisas novas. Você é muito competente, Liz, e não deve desistir do que te faz feliz.

Depois que Kathy e Lincoln foram embora, me atrapalhei toda para fechar os trincos da porta da sala, os quais Steven deveria ter trocado há tempos. Bocejando, parei na porta do meu quarto. A cama estava arrumada, mas não tive força suficiente para entrar. Parecia uma traição deitar na cama e fechar os olhos sem ele ao meu lado.

Uma respiração de cada vez.

Um passo.

Entrei e escancarei a porta do armário. As roupas de Steven estavam penduradas. Passei as mãos por elas antes de começar a soluçar. Arranquei tudo dos cabides e joguei no chão, lágrimas escorrendo pelo meu rosto. Abri as gavetas e tirei o restante das coisas: calças jeans, camisetas, roupas de ginástica, cuecas. Tudo que pertencia a Steven estava no chão.

Deitei sobre a pilha de roupas e fiquei inspirando seu cheiro, fazendo de conta que ele ainda estava ali. Sussurrei seu nome, como se ele pudesse me ouvir, e me agarrei às lembranças de seus beijos e abraços. Lágrimas de dor brotavam do meu coração destroçado e, ao segurar sua camisa favorita, me afundei ainda mais em meu sofrimento. Chorei como louca, como uma criatura que sentia uma dor inimaginável. A dor tornou meus olhos inchados e vazios. Tudo em mim doía; tudo estava destruído. E, à medida que o tempo passava, eu ficava ainda mais cansada dos meus próprios sentimentos. Adormeci profundamente, vítima da serenidade nascida da minha terrível solidão.

Quando abri os olhos, ainda estava escuro lá fora. Uma linda garotinha estava deitada ao meu lado com Bubba. Um pedacinho pequeno de seu cobertor a cobria, enquanto a maior parte estava sobre mim. Sempre que uma coisa assim acontecia, eu me sentia um pouco como minha mãe. Eu me lembrava de quando tive que cuidar dela e abrir mão da minha infância. Isso não era justo com Emma. *Ela precisava de mim*. Eu me aconcheguei ao seu lado, beijei sua testa e prometi a mim mesma que não desabaria novamente.

Capítulo 4

Elizabeth

Na manhã seguinte, Kathy e Lincoln chegaram bem cedo, animados para levar Emma para um final de semana repleto de aventuras. Já estava pronta para sair quando ouvi alguém bater na porta. Assim que a abri, tive que forçar um sorriso ao ver minhas três vizinhas — três mulheres que não me fizeram a menor falta.

— Oi, Marybeth, Susan e Erica.

Eu devia ter imaginado que não demoraria muito para as três maiores fofoqueiras da cidade aparecerem na minha porta.

— Ah, Liz — falou Marybeth ofegante, me abraçando. — Como você está, querida? Ouvimos alguns rumores de que você tinha voltado, mas você sabe, nós odiamos fofocas, então decidimos vir aqui pessoalmente para confirmar.

— Fiz rocambole de carne! — exclamou Erica. — Você foi embora tão rápido quando Steven morreu que nem tive tempo de fazer um agrado. Então aqui está, finalmente pude fazer esse prato para ajudá-la nesse momento de luto.

— Obrigada. Na verdade, eu estava indo para...

— Como está Emma? — interrompeu Susan. — Ela está superando a perda? Minha Rachel sempre pergunta por ela. Será que elas podem brincar juntas lá em casa? Acho que seria ótimo. — Ela fez uma pausa e se aproximou de mim. — Mas cá entre nós, Emma não está com depressão, né? Ouvi dizer que pode contagiar outras crianças.

Que ódio. Que ódio. Que ódio.

— Ah, não, Emma está bem. Estamos bem. Está tudo ótimo — respondi sorrindo.

— Então você vai voltar ao nosso clube do livro? Estamos nos reunindo todas as quartas na casa da Marybeth. As crianças ficam brincando no andar de baixo enquanto nós comentamos sobre o romance da vez. Esta semana, estamos lendo *Orgulho e preconceito*.

— Eu... — *Não quero ir de jeito nenhum.* Elas ficaram me observando, e eu sabia que, se dissesse não, causaria mais problemas. Além do mais, seria bom para Emma passar um tempo com meninas da idade dela. — Eu vou, sim.

— Perfeito! — Marybeth olhou ao redor. — Seu jardim tem uma personalidade e tanto — comentou com um sorrisinho nos lábios, mas o que ela queria mesmo dizer era: "Quando você vai cortar essa grama? Isso é uma vergonha para todas nós."

— Vou dar um jeito nele — respondi. Peguei o rocambole de Erica, coloquei-o dentro de casa e fechei a porta, esforçando-me para deixar claro que eu estava de saída. — Obrigada pela visita, meninas. Preciso ir à cidade.

— O que você vai fazer na cidade? — quis saber Marybeth.

— Vou dar uma passada na Doces & Sabores para ver se o Matty precisa de alguma ajuda.

— Mas ele acabou de contratar uma pessoa. Duvido que tenha vaga pra você — retrucou Erica.

— Ah, então é verdade? Você não vai mesmo reabrir a empresa? Faz sentido, agora que você não tem mais Steven — disse Marybeth.

— Ele era muito competente — acrescentou Susan, concordando. — E sei que você só tem o diploma de designer de interiores. Deve ser difícil deixar um negócio tão interessante e voltar para um trabalho tão... inferior, como garçonete. Eu não conseguiria. É dar um passo para trás.

Vão se ferrar, vão se ferrar, vão se ferrar.

— Bem, vamos ver. Foi ótimo revê-las. Com certeza nos encontraremos em breve — falei, sorrindo.

— Quarta, às sete! — Susan riu.

Revirei os olhos ao passar por elas e as ouvi cochichar, dizendo que engordei e que estava com olheiras profundas.

Andei na direção da Doces & Sabores e tentei disfarçar meu nervosismo. E se eles não precisassem mesmo de ajuda no café? O que eu ia fazer? Os pais de Steven disseram que eu não deveria me preocupar com dinheiro, que eles ajudariam por um tempo, mas eu não queria ajuda. Precisava encontrar uma maneira de me sustentar. Assim que abri a porta do café, ri ao ouvir um grito vindo de trás do balcão.

— Por favor, me diga que não é um sonho e que minha melhor amiga voltou! — berrou Faye, pulando e me agarrando. Assim sem me soltar, ela olhou para o dono do café. — Matty, me diga que você está vendo o mesmo que eu e que não estou tendo alucinações por causa das drogas que usei antes de vir trabalhar.

— Ela está aqui mesmo, sua maluca.

Ele riu. Matty era bem mais velho e sempre revirava os olhos e dava risinhos afetados diante da personalidade vibrante de Faye. Seus olhos castanhos encontraram os meus, e ele acenou para mim.

— Bom te ver, Liz.

Faye se aconchegou no meu peito como se fosse o travesseiro dela.

— Agora que voltou, você nunca, nunca mais vai embora.

Faye era bonita de uma maneira singular. Seus cabelos eram tingidos num tom prateado com mechas cor-de-rosa e roxas, algo incomum para uma mulher de 27 anos. As unhas estavam sempre pintadas com cores vibrantes, e seus vestidos sempre ressaltavam suas curvas perfeitas. O que a fazia ser tão bonita, no entanto, era sua autoconfiança. Faye sabia que era deslumbrante, mas não pela aparência. Ela tinha orgulho de si mesma, não precisava da aprovação de ninguém.

Eu a invejava por isso.

— Bom, vim até aqui pra saber se vocês estão contratando. Sei que não trabalho aqui desde a época da faculdade, mas estou precisando de um emprego.

— É claro que estamos! Ei, Sam — chamou Faye, apontando para um rapaz que eu não conhecia —, você está despedido.

— Faye! — protestei.

— O quê?!

— Você não pode simplesmente demitir as pessoas — eu a repreendi ao ver o medo nos olhos de Sam, coitado. — Você não está demitido.

— Ah, está, sim.

— Cala a boca, Faye. Não, não está. Como você pode demitir alguém?

Ela levantou a cabeça e bateu no crachá com seu nome, apontando para o seu cargo.

— Alguém tinha que ser gerente, mulher.

Virei para Matty, em choque.

— Você promoveu Faye à gerência?

— Acho que ela me drogou — disse ele, rindo. — Mas se precisa mesmo de emprego, sempre vamos ter um lugar pra você aqui, mesmo que por meio período.

— Meio período seria ótimo. Qualquer coisa está bom — respondi sorrindo, agradecida.

— Ou eu posso demitir Sam — insistiu Faye. — Ele já tem outro emprego de meio período e é meio esquisitão.

— Eu estou ouvindo — interveio Sam, envergonhado.

— Não interessa. Está demitido.

— Não vamos demitir Sam — interveio Matty.

— Você é sem graça. Mas quer saber de uma coisa? — Ela tirou o avental e soltou um grito: — Hora do almoço!

— São nove e meia da manhã — retrucou Matty.

— Hora do café, então! — corrigiu Faye, me pegando pelo braço. — Voltamos em uma hora.

— Os intervalos são de apenas trinta minutos.

— Tenho certeza de que Sam vai me dar cobertura. Sam, você não está mais demitido.

— Você nunca foi demitido, Sam. — Matty riu. — Uma hora, Faye. Traga-a de volta, Liz, ou ela é que vai ser demitida.

— Ah, é? — Faye colocou as mãos na cintura, quase... sedutora? Matty deu um sorrisinho e passou os olhos pelo corpo dela, de um modo quase...sexual?

Mas o que foi isso?

Saímos do café, o braço de Faye agarrado ao meu, enquanto eu tentava entender o que havia acabado de acontecer entre ela e Matty.

— O que foi aquilo? — Ergui a sobrancelha.

— Aquilo o quê?

— *Aquilo* — falei, apontando na direção de Matty. — Aquela ceninha sensual entre vocês dois? — Ela não respondeu e mordeu o lábio. — Meu Deus! Você *dormiu* com *Matty*?

— Cala a boca! Quer que a cidade inteira escute? — Ela olhou para os lados, envergonhada. — Foi sem querer.

— Ah, sério? Sem querer? Você estava distraída, andando pela rua principal, quando Matty veio em sua direção, e o pau dele saiu da calça por acidente? E aí bateu um vento forte e o pau dele foi parar dentro da sua vagina? Foi *esse* tipo de acidente? — perguntei, tirando sarro.

— Não foi bem assim. — Ela passou a língua pelos cantos da boca. — O vento meio que levou o pau dele até a minha boca primeiro.

— PELO AMOR DE DEUS, FAYE!

— Eu sei, eu sei! É por isso que as pessoas não deveriam sair de casa quando venta. As pirocas ficam agitadas nos dias de ventania.

— Não estou acreditando nisso. Ele tem o dobro da sua idade.

— O que eu posso fazer? Acho que estou curtindo homens mais experientes... Uma figura paterna.

— Bom, seu pai é incrível.

— Exatamente. Nenhum cara da nossa idade se compara a ele! E Matty... — Ela suspirou. — Acho que estou gostando dele.

Aquilo foi um choque. Faye nunca usou a palavra "gostar" para se referir a um cara. Ela era a maior pegadora que eu conhecia.

— O que significa "gostar dele"? — perguntei, com a voz cheia de esperança de que minha amiga, finalmente, fosse sossegar.

— Calma aí, Nicholas Sparks. O que eu quis dizer é que gosto do pau dele. Até dei a ele um apelido. Quer saber qual é?

— Pelo amor de tudo que é mais sagrado nesse mundo, não.

— Ah, mas agora vou dizer.

— Faye — murmurei.

— Matty Grossinho — contou ela, com um sorriso safado.

— Você sabe que não precisa me contar essas coisas. Tipo nunca, nunca, nunca mesmo!

— Estou falando: pensa em duas salsichas alemãs. Esse é Matty Grossinho. É como se o deus da salsicha finalmente tivesse ouvido minhas preces. Você se lembra do Peter Dedinho e do Nick Cabeludo? Então, é muito melhor! Matty Grossinho é o paraíso das salsichas.

— Estou quase vomitando. Literalmente. Dá pra mudar de assunto?

Ela riu e me puxou para perto.

— Como senti sua falta! Vamos para o nosso lugar de sempre? O que acha?

— Claro.

Andamos por alguns quarteirões, e Faye me fez rir muito. Perguntei-me por que fiquei tanto tempo longe. Talvez uma parte de mim se sentisse culpada por saber que, se eu ficasse aqui, me recuperaria aos poucos. Essa ideia me apavorava. Mas, naquele momento, rir era exatamente o que eu precisava. Quando eu ria, não tinha muito tempo para chorar, e eu já estava cansada das lágrimas.

— É estranho estar aqui sem Emma — comentou Faye, sentando na gangorra do parquinho. Começamos a subir e descer no brinquedo, rodeadas de crianças correndo e brincando com seus pais e suas babás. Uma delas olhou para nós como se fôssemos loucas, mas Faye foi bem rápida e gritou: — Nunca cresçam, crianças! É uma armadilha!

Ela era ridícula o tempo todo.

— Então, há quanto tempo está rolando esse lance com Matty? — perguntei.

— Sei lá... tipo, um mês ou dois — respondeu ela, corando.

— Dois meses?

— Talvez sete. Ou oito.

— O quê? Oito?! Nós nos falamos pelo telefone quase todos os dias. Como você nunca comentou nada?

— Não sei. — Faye deu de ombros. — Você estava passando por tantas coisas... E parecia um pouco insensível falar do meu *sex-cionamento*. — Faye nunca teve relacionamentos, mas era profissional nos *sex-cionamentos*. — Meus problemas eram pequenos, mas os seus... — Ela franziu a testa, deixando-me no alto da gangorra. Faye quase nunca assumia uma expressão séria, mas Steven era como um irmão para ela. Eles brigavam o tempo todo, muito mais do que quaisquer irmãos de verdade que conheci, mas também se importavam muito um com o outro. Foi ela quem nos apresentou, na faculdade. Os dois se conheciam desde a quinta série e eram grandes amigos. Eu nunca havia visto tristeza nos olhos dela até o dia em que Steven morreu, e eu tinha certeza de que agora esse sentimento era mais frequente em seu semblante. Eu provavelmente estava vivendo o meu próprio desespero e não percebi que minha melhor amiga também sofria com a morte de seu irmão postiço. Ela pigarreou e abriu um meio sorriso. — Meus problemas eram pequenos, Liz. Os seus, não.

— Olha, quero que você saiba que sempre pode me dizer tudo, Faye. — Ela se colocou no alto da gangorra. — Quero saber tudo sobre essas aventuras sexuais com o velho Matty. Além do mais, não há nada na sua vida que seja pequeno. Pelo amor de Deus, olha o tamanho dos seus peitos!

— Eu sei! Esses peitos não são brincadeira. — Ela riu alto, jogando a cabeça para trás. Quando Faye ria, o mundo inteiro sentia sua felicidade.

— Temos que voltar antes que você seja demitida.

— Se Matty me demitir, as bolas dele vão ficar roxas pelo resto da vida.

— Faye... — Ruborizei, olhando para as pessoas a nossa volta. — Você precisa de um filtro.

— Filtros são para cigarros, não para humanos, Liz — brincou ela.

Começamos a andar na direção do café, seu braço agarrado ao meu, nossos pés caminhando juntos.

— Estou tão feliz por você meio que ter voltado, Liz — murmurou, apoiando a cabeça no meu ombro.

— Meio que ter voltado? Como assim? Estou aqui, estou de volta.

Ela olhou para mim com um sorriso sábio.

— Ainda não. Mas daqui a pouco você chega lá, meu docinho.

A forma como ela enxergava a minha dor, muito além das aparências, era impressionante. Eu a puxei para perto e, com certeza, não a soltaria tão cedo.

Capítulo 5

Elizabeth

— Liz, você teve coragem de ir embora com a Emma sem nem me ligar! — reclamou mamãe, muito irritada. Emma e eu já tínhamos voltado há dois dias, e ela só estava ligando agora. Existiam apenas duas explicações para a atitude dela: ou estava muito magoada por termos ido embora e deixado só um bilhete, ou estava passeando pela cidade com algum desconhecido e havia acabado de chegar em casa.

Achei que a segunda opção fazia mais sentido.

— Sinto muito, mas você sabia que eu estava pensando em ir embora. Precisamos de um novo começo — tentei explicar.

— Um *novo* começo na sua *velha* casa? Isso não faz sentido.

Eu sabia que ela não ia entender, então mudei de assunto.

— Como foi o jantar com Roger?

— Richard — corrigiu ela. — Não finja que não sabe o nome dele. Foi incrível. Acho que encontrei o cara certo.

Revirei os olhos. Todos os homens que ela conhecia eram "o cara certo", até que deixavam de ser.

— Você está revirando os olhos? — perguntou ela.

— Não.

— Está sim, não está? Às vezes você consegue ser tão grosseira...

— Mamãe, preciso ir para o trabalho — menti. — Posso ligar pra você depois?

Talvez amanhã.

Talvez na próxima semana.

Só preciso de um tempo.

— Tudo bem. Mas não se esqueça de quem ficou ao seu lado quando você não tinha ninguém, filhinha. É claro que os pais do Steven devem estar ajudando, mas vai chegar o momento em que você vai perceber quem é sua verdadeira família e quem não é.

Nunca me senti tão aliviada por desligar o telefone.

De vez em quando, eu olhava para o jardim coberto de mato, tentando me lembrar de como era antes. Steven havia transformado aquele espaço em um lugar lindo; ele era um ótimo paisagista e cuidava dos mínimos detalhes. Eu quase conseguia sentir o aroma das flores que ele plantou — que, obviamente, estavam mortas agora.

— *Feche os olhos* — *sussurrou Steven, apoiando a mão nas minhas costas. Fiz o que ele pediu.* — *Qual é o nome dessa flor?* — *perguntou. O aroma chegou ao meu nariz, e eu sorri.*

— Jacinto.

Abri um sorriso ainda maior quando senti seus lábios nos meus.

— *Jacinto* — *repetiu ele. Eu abri os olhos, e ele colocou a flor atrás da minha orelha.* — *Pensei em plantar mais algumas perto do lago*

— *É minha flor favorita.*

— *Você é a minha garota favorita.*

Pisquei e, em um instante, estava de volta, sentindo falta do cheiro do passado.

Olhei para a casa do meu vizinho; seu jardim estava muito pior que o meu. A casa era toda de tijolos marrom-avermelhados, com colunas brancas de marfim dos dois lados. A grama estava dez vezes maior que a minha, e vi pedaços do que um dia foi um anão de jardim na varanda dos fundos da casa. Tinha um taco de beisebol de brinquedo, feito de plástico amarelo, escondido na grama alta junto com um pequeno dinossauro.

Uma mesa vermelha, toda descascada, estava ao lado de um galpão. Havia também algumas pilhas de madeira apoiadas ali, e me perguntei se alguém, de fato, já havia morado naquele lugar. Parecia mais abandonado do que nunca, e me preocupei com a sanidade do meu vizinho.

Atrás das casas do meu quarteirão ficava o bosque de Meadows Creek. Eu sabia que, bem mais adiante, quase escondido no meio daquela floresta sombria, havia um riacho que se estendia por vários quilômetros. A maioria das pessoas nem sabia que ele existia. Steven e eu o descobrimos ainda nos meus tempos de faculdade. Na margem havia uma pequena pedra e, nela, estavam gravadas as iniciais ST e EB. Fizemos isso no dia em que ele me pediu em casamento. Sem me dar conta, acabei entrando no bosque e me sentei em meio às árvores, encarando meu reflexo na água.

Uma respiração de cada vez.

Pequenos peixes nadavam ali tranquilamente, até que ouvi o som da água se agitando e percebi uma ondulação em sua superfície. Virei a cabeça em busca de alguma explicação e fiquei vermelha ao ver Tristan de pé ao lado do rio, sem camisa e vestindo apenas um short de corrida. Ele se abaixou e começou a lavar o rosto, passando os dedos com força pela barba grossa. Olhei para ele de cima a baixo, para seu peitoral definido coberto de pelos, e o vi jogar a água no corpo. Seu braço esquerdo era repleto de tatuagens, que se estendiam pelo tórax. Fiquei observando os desenhos em seu corpo, incapaz de desviar o olhar. Eram muitos, nem consegui contá-los, mas tentei distinguir cada um deles. *Conheço essas tatuagens.* Eram clássicos infantis: Aslam, de *As crônicas de Nárnia*; o monstro, de *Onde vivem os monstros*; O vagão de trem, de *The boxcar children*. No peito, a frase "We're all mad here", de *Alice no país das maravilhas*.

Achei aquilo brilhante. Não existia nada mais impressionante do que um homem que não apenas conhecia as histórias mais clássicas da literatura, mas também havia transformado o próprio corpo numa biblioteca particular.

A água escorreu do cabelo até o peitoral. E, de repente, fiquei imóvel. Será que ele sabia o quanto era bonito e, ao mesmo tempo, assustador?

Meu Deus, por quanto tempo posso continuar olhando esse homem, antes de ser politicamente incorreta?

Não sei, Liz. Vamos descobrir. Um, dois, três...

Ele não tinha me visto, e comecei a me afastar do riacho com o coração disparado, na esperança de que ele não percebesse minha presença.

Mas Zeus estava amarrado a uma árvore e, assim que me viu, começou a latir.

Droga!

Tristan olhou na minha direção com a mesma frieza de antes. Ele parou, e a água começou a escorreu do seu tórax até o cós do short. Continuei encarando-o e percebi que minha atenção estava voltada para o volume dentro de sua roupa. Ergui o olhar rapidamente de volta para seu rosto, que continuava sem se mover um centímetro sequer. Zeus continuou latindo e abanando o rabo, tentando se soltar da coleira.

— Você está me seguindo? — perguntou ele. As palavras foram ríspidas e diretas, sem dar margem à conversa.

— O quê? Não.

Ele ergueu a sobrancelha.

Continuei observando suas tatuagens. Ah, *Ovos verdes e presunto*, do Dr. Seuss. Ele notou meu olhar.

Que merda, Liz. Pare com isso.

— Desculpe — murmurei, meu rosto pegando fogo, tamanho constrangimento. O que ele estava fazendo ali?

Tristan olhou para mim sem sequer piscar. Ele poderia ter falado qualquer coisa, mas tive a impressão de que se divertia muito mais me deixando envergonhada e ansiosa. Era difícil olhar para ele. Parecia um homem devastado, mas cada uma das cicatrizes de sua existência me atraía.

Continuei observando-o enquanto ele tirava a coleira de Zeus da árvore e voltava pelo mesmo caminho que eu tinha vindo. Eu o segui, rumo à minha casa.

Ele parou.

Virou-se devagar.

— Pare de me seguir — sibilou.

— Não estou seguindo você.

— Está sim.

— Não.

— Está.

— Não, não, não!

Ele ergueu a sobrancelha de novo.

— Você parece uma criança de 5 anos.

Ele se virou e continuou andando. Também continuei. De vez em quando, ele olhava para mim e grunhia, mas não falou nada. Chegamos ao final da trilha, e ele e Zeus seguiram para o jardim maltratado ao lado da minha casa.

— Acho que somos vizinhos — observei, com uma risada sem graça.

O modo como Tristan olhou para mim me provocou um frio na barriga. Um desconforto persistia em meu peito, mas, por trás daquilo, eu ainda podia perceber aquela pontada familiar que eu sentia todas as vezes em que o encontrava.

Nós dois seguimos para nossas respectivas casas sem nos despedirmos.

～

Jantei sozinha à mesa da sala de jantar. Quando olhei pela janela, vi Tristan, também sentado a uma mesa, comendo. A casa dele parecia muito escura e vazia. Solitária. Ele olhou pela janela e me viu. Acenei e sorri para ele. Ele se levantou, foi até a janela e fechou a cortina.

Não demorei muito para perceber que as janelas dos nossos quartos ficavam uma de frente para a outra, e ele fechou a cortina novamente, bem depressa.

Liguei para checar se estava tudo bem com Emma e, pelo barulho, deu para perceber que ela estava muito agitada. Provavelmente por ter comido muitos doces e por estar se divertindo muito na casa dos avós. Mais ou menos às oito da noite, sentei-me no sofá da sala, olhando para o nada e tentando não chorar, quando recebi uma mensagem de texto de Faye.

Faye: Você está bem?
Eu: Sim, estou.
Faye: Quer companhia?
Eu: Hoje, não. Cansada.
Faye: Tem certeza?
Eu: Quase dormindo…
Faye: Absoluta?
Eu: Amanhã.
Faye: Amo você, vadia.
Eu: Amo você, piranha.

O barulho de alguém batendo na porta assim que enviei a última mensagem não me surpreendeu. Eu tinha certeza de que Faye viria, porque ela sabia que, quando eu falava que estava bem, na verdade queria dizer o contrário. O que me surpreendeu foi ver outras pessoas além dela na minha porta. *Amigos*. Faye segurava a maior garrafa de tequila do mundo.

— Quer companhia? — Ela riu.

Meu olhar foi do meu pijama para a garrafa de tequila.

— Com certeza!

— Achei que você fosse bater a porta na nossa cara — falou uma voz familiar atrás de mim enquanto eu servia quatro shots na cozinha. Eu me virei e vi Tanner me observando, jogando para o alto a moeda que ele sempre trazia consigo. Eu me joguei em seus braços, abraçando-o bem apertado. — Oi, Liz — murmurou ele, retribuindo meu abraço com força.

Tanner era o melhor amigo de Steven, e eles eram tão próximos que cheguei a pensar que meu marido ia me trocar por um homem. Ele era forte, tinha olhos escuros e cabelos loiros. Trabalhava na oficina mecânica do pai, que passou a administrar depois que ele ficou doente. Ele e Steven tornaram-se melhores amigos quando dividiram o quarto no primeiro ano da faculdade. Apesar de Tanner ter desistido da universidade para trabalhar com o pai, ele e meu marido continuaram muito próximos.

Tanner deu um sorriso amigável e me soltou. Pegou dois shots, me passou um deles e bebemos juntos. Em seguida, ergueu os outros dois e fizemos o mesmo. Sorri.

— Sabe, essas quatro doses eram para mim.

— Eu sei. Só estou tentando poupar seu fígado.

Vi quando ele colocou a mão no bolso e pegou uma moeda. A mesma moeda que ele sempre girava entre os dedos. Era um hábito estranho que ele já tinha antes de nos conhecermos.

— Você ainda tem sua moeda.

— Nunca saio de casa sem ela — respondeu, rindo, antes de guardá-la no bolso.

Estudei seu rosto. Provavelmente ele não sabia disso, mas, de vez em quando, dava para ver a tristeza em seu olhar.

— Como você está?

Ele deu de ombros.

— É muito bom ver você de novo. Cara, faz tanto tempo. E você praticamente sumiu depois... — Ele parou de falar. Ninguém sabia o que dizer sobre a morte do Steven. O que eu achava bom.

— Agora estou de volta. — Fiz um gesto enquanto servia mais quatro shots. — Emma e eu voltamos pra ficar. Só precisávamos de um tempo. Só isso.

— Você ainda dirige aquela lata-velha? — perguntou Tanner.

— Sim, com certeza. — Mordi o lábio. — Outro dia atropelei um cachorro.

— Não!

Ele ficou boquiaberto.

— Verdade. O cachorro está bem, mas a droga do freio não funcionou direito e quase passei por cima dele.

— Vou cuidar disso pra você.

— Tudo bem. Eu normalmente vou andando pra todos os lugares da cidade. Sem problemas.

— Vai ser um problema quando o inverno chegar.

— Não se preocupe, Tanner Michael Chase, vai dar tudo certo.

— Odeio quando você me chama pelo nome completo — disse ele, fazendo uma careta.

— É exatamente por isso que eu te chamo assim.

— Então vamos fazer um brinde — sugeriu ele. Faye veio correndo e pegou um dos copos.

— Adoro fazer brindes com tequila. — Ela soltou uma risada. — Ou vodca, uísque, rum, álcool...

Sorri, e nós três levantamos os copos. Tanner pigarreou:

— A velhos amigos e novos começos. Sentimos falta de você e da Emma, Liz. Estamos muito felizes com o retorno de vocês. Que os próximos meses sejam mais fáceis, e que você nunca se esqueça de que não está sozinha.

Com um único movimento, viramos as doses rapidamente.

— Aqui vai uma pergunta aleatória. Eu queria mudar todas as fechaduras da porta. Você conhece alguém que possa fazer esse serviço?

— Sam, com certeza — respondeu Faye.

— Sam?

— Sabe aquele cara que eu tentei demitir pra contratar você? Aquele esquisitão do café? O pai dele tem uma loja, e ele trabalha meio período lá fazendo esse tipo de coisa.

— Sério? Será que ele me ajudaria?

— Claro que sim. Vou pedir pra ele te ajudar, caso contrário eu o demito novamente. — Faye piscou. — Ele é esquisito, mas trabalha bem e é rápido.

— E desde quando você gosta de caras rápidos? — debochei.

— Às vezes, tudo que uma garota precisa é de um pau, uma cerveja e um reality show, tudo isso em meia hora. Nunca subestime o poder de uma rapidinha — retrucou Faye enquanto enchia seu copo e saía dançando para beber com meus outros amigos.

— Sua melhor amiga talvez seja a única mulher que conheço que pensa como um homem — brincou Tanner.

— Você sabia que ela e o Matty estão...

— Fodendo? Claro que sim! Depois que você foi embora ela precisava de uma amiga para despejar suas reclamações e decidiu que eu tinha uma vagina. Ela ia até a oficina todo dia falar do "Matty Grossinho", o que aliás me deixava bastante constrangido.

— Você não se interessa pelos apelidos e sex-cionamentos dela? — Soltei uma risadinha.

— Frankie Descamado? É sério? — perguntou ele.

— Faye não é de contar mentira.

— Coitado do Frankie.

Eu ri. Não sei se por causa do álcool ou porque ver Tanner me lembrava de coisas boas. Ele se sentou no balcão da cozinha e deu um tapinha ao seu lado, me convidando para sentar também. Aceitei na hora.

— Então, como está a senhorita Emma?

— Moleca como sempre — respondi, pensando na minha garotinha.

— Igualzinha à mãe. — Ele sorriu.

Bati de leve no ombro dele.

— Ainda acho que ela herdou isso do pai.

— Verdade. Ele dava muito trabalho. Lembra aquele Halloween em que ele achou que poderia lutar com todo mundo só porque estava vestido de ninja? Ele ficou dando aqueles gritinhos de ninja para quem se aproximava da gente, mas, em vez de ser um ninja de verdade, acabou com um olho roxo e nós três fomos presos. — Gargalhamos, lembrando como meu marido era terrível quando bebia.

— Se bem me recordo, você também nunca foi uma boa influência. Sempre bebia demais e virava um babaca, provocando as pessoas até elas baterem em Steven.

— Verdade. Não sou flor que se cheire depois de algumas doses, mas Steven me entendia. Droga, sinto falta daquele cretino. — Ele suspirou. Paramos de rir, e meus olhos se encheram de lágrimas, assim como os dele. Ficamos em silêncio, sentindo saudades. — Bom — disse Tanner, mudando de assunto —, o jardim está uma merda. Posso cortar a grama se você quiser. E aumentar um pouco a cerca, também para você ter mais privacidade.

— Não precisa. Na verdade, eu mesma quero cuidar disso. Estou trabalhando só meio período, e vai ser bom ter o que fazer enquanto não encontro um emprego fixo.

— Você pensou em voltar a trabalhar com decoração?

A pergunta da semana. Dei de ombros.

— Não pensei muito neste último ano.

— Entendo. Tem certeza de que não quer uma mãozinha aqui? Não seria problema nenhum pra mim.

— Tenho, sim. Cheguei ao ponto em que preciso começar a fazer as coisas sozinha, sabe?

— Sei. Mas acho que você deveria dar uma passada na oficina no domingo. Queria te dar uma coisa.

— Um presente? — Sorri.

— Mais ou menos.

Cutuquei o ombro dele com o meu e disse que poderíamos nos encontrar qualquer dia desses. Perguntei se Emma poderia ir junto.

Ele concordou, olhou para mim e perguntou baixinho:

— Qual é a pior parte?

Essa era fácil de responder.

— Tem horas que Emma faz algo muito engraçado, e eu chamo Steven pra ver. Depois, paro e lembro. — A pior parte de perder uma pessoa amada é que você também se perde. Levei o dedo à boca e comecei a roer a unha. — Chega de falar de tristeza. E você? Ainda namorando Patty?

Ele se encolheu.

— Nós não nos falamos mais.

Não fiquei surpresa. Tanner levava os relacionamentos tão a sério quanto Faye.

— Bem, somos parecidos e tristes.

Ele riu e ergueu a garrafa de tequila, servindo mais um shot.

— Um brinde a nós.

O resto da noite meio que passou batido. Lembro que ri de coisas que não eram engraçadas, chorei por coisas que não eram tristes e foi a melhor noite que tive nos últimos tempos. Quando acordei na manhã seguinte, estava deitada na minha cama sem saber como tinha chegado lá. Eu não dormia ali desde o acidente. Peguei o travesseiro de Steven e o abracei. Senti o cheiro da fronha de algodão e fechei os olhos. Eu não podia mais negar que aquela era a minha casa, mesmo que não sentisse isso naquele momento. Essa era minha nova normalidade.

Capítulo 6

Elizabeth

Sam apareceu durante a semana para trocar as fechaduras. Eu sabia que Faye o chamava de esquisito, mas ele era tão simpático que achei fácil gostar dele. Seu cabelo loiro era todo espetado, e os óculos retangulares escondiam seus olhos castanhos e suaves. Ele falava comigo bem baixinho, desculpando-se o tempo todo, gaguejando um pouco e achando que havia me ofendido quando não tinha feito nada de mais.

— Algumas estão bem ruins, mas a maioria das fechaduras, na verdade, está em bom estado. Quer que eu troque todas? Tem certeza? Desculpe, foi uma pergunta idiota. Eu não estaria aqui se você não quisesse trocar todas elas. Me perdoe — desculpou-se.

— Imagina, está tudo bem. — Sorri. — Só quero recomeçar minha vida com tudo novo.

Ele ajeitou os óculos no nariz.

— É claro. Acho que consigo terminar tudo em algumas horas.

— Perfeito.

— Olha, deixa eu te mostrar uma coisa. — Ele correu até o carro e voltou com um objeto pequeno na mão. — Acabou de chegar uma câmera de segurança na loja do meu pai, caso você tenha interesse. Elas são pequenas e bem fáceis de esconder. Poderíamos colocar algumas para você se sentir mais segura. Se eu fosse uma mulher bonita como você, e morasse sozinha com uma filha pequena, iria querer me sentir mais segura.

Sorri, mas dessa vez com cautela.

— Vou pensar no assunto. Muito obrigada, Sam.

— Sem problemas. — Ele riu. — A única pessoa que comprou até agora foi o Tanner. Acho que as câmeras não vão vender tanto quanto meu pai esperava.

Sam era ágil e muito bom. Antes que eu me desse conta, todas as fechaduras da casa estavam trocadas, novinhas em folha.

— Posso ajudar em algo mais? — perguntou.

— Não, só isso mesmo. Preciso ir, tenho que estar no café em dez minutos. Meu carro simplesmente morreu, e vou andando até lá.

— De forma alguma. Eu te dou uma carona — ofereceu ele.

— Não precisa. Posso ir andando.

— Já está garoando, e a chuva pode ficar mais forte. Não tem problema, eu te levo.

— Tem certeza?

— Claro que sim. — Ele abriu a porta do passageiro de sua caminhonete. — Sem problemas.

Durante o caminho, Sam me perguntou por que Faye não gostava dele, e tentei explicar, da melhor maneira possível, que Faye não gostava de ninguém à primeira vista.

— Dê um tempo a ela, vocês vão acabar se entendendo.

— Ela disse que eu tinha todas as características de um psicopata.

— Eu sei. Ela é um pé no saco.

— E é sua melhor amiga.

— A melhor que alguém poderia ter — respondi, orgulhosa.

O restante do caminho foi tranquilo. Sam apontava para todas as pessoas pelas quais passávamos e relatava tudo que sabia sobre elas. Ele me contou que, como todos o achavam esquisito, normalmente o ignoravam, e ele acabava ouvindo todas as fofocas da cidade.

— Aquela ali é a Lucy — indicou Sam, apontando para uma garota que estava ao celular. — Ela é a melhor soletradora da cidade. Ganhou o concurso anual de soletração nos últimos cinco anos. E aquela ali é a Monica. O pai dela é um alcoólatra que finge estar sóbrio, mas, cá entre nós, sei que ele bebe no bar da Bonnie Deen todas as sextas-feiras. E aquele lá é o Jason. Ele me deu uma surra alguns meses atrás porque achou que eu o xinguei. Depois se desculpou e disse que estava chapado.

— Uau! Você realmente sabe tudo sobre todo mundo.

Ele concordou:

— Você tem que ir comigo a um desses conselhos de moradores da cidade. Vou te mostrar a loucura que é esse lugar.

— Ótima ideia. — Sorri.

Quando estacionamos o carro, senti um frio na barriga ao olhar para o outro lado da rua.

— E aquele ali? — perguntei ao ver Tristan passar correndo, com fones no ouvido. Quando chegou à loja do Sr. Henson, ele tirou os fones e entrou. — Qual é a história dele?

— Tristan? Ele é grosseiro e meio desequilibrado.

— Desequilibrado?

— Bom, ele trabalha para o Sr. Henson. A pessoa tem que ter um parafuso a menos pra lidar com ele. O Sr. Henson pratica vodu e essas esquisitices no quartinho dos fundos. É muito bizarro. Ainda bem que Tanner está tentando fechar a loja.

— Por quê?

— Você não soube? Tanner quer aumentar a oficina, e a loja do Sr. Henson está impedindo a expansão. Parece que ele está tentando iniciar uma campanha para forçar o Sr. Henson a desistir da loja, com o argumento de que o local é um desperdício de espaço para a cidade, já que ninguém entra lá.

Fiquei imaginando qual era a verdadeira história por trás da loja do Sr. Henson e o motivo de Tristan estar trabalhando lá.

~

Durante meu turno, eu olhava de vez em quando para a loja do outro lado da rua, onde Tristan estava arrumando alguns objetos. O local era cheio de coisas esotéricas; cristais, cartas de tarô, varinhas mágicas...

— Você tem um vibrador?

Quando a pergunta saiu da boca da minha melhor amiga, quase derrubei os três pratos de hambúrguer com fritas que estava carregando.

— Faye! — protestei baixinho, nervosa e ruborizada.

Seu olhar percorreu o café; ela estava chocada com minha reação diante da pergunta, digamos, inapropriada.

— O que foi? Parece até que estou perguntado se você tem herpes. Vibradores são objetos normais nos dias de hoje, Liz. Outro dia mesmo eu estava pensando em sua pobre vagina, velha e seca.

, Meu rosto pegou fogo.

— Quanta consideração. — Ri, colocando os pratos diante de três senhoras que olhavam para nós com desprezo. — Mais alguma coisa? — perguntei a elas.

— Talvez sua amiga precise de um filtro.

— Acreditem, eu já disse isso a ela. — Dei um sorriso e caminhei até Faye, suplicando para que ela fosse mais discreta com relação a vaginas e afins.

— Liz, só estou dizendo que já faz tempo, né? Como está a situação aí embaixo? Está tipo *George, o rei da floresta* encontra *As supergatas*? Você tem mais cabelo aí embaixo do que aqui em cima? — Ela deu um leve tapinha na minha cabeça.

— Eu me nego a responder isso.

Ela colocou a mão no bolso do avental e tirou um caderninho preto que antigamente sempre nos metia em encrenca.

— O que você está fazendo? — perguntei, preocupada.

— Vou procurar um pau pra te ajudar hoje à noite.

— Faye, não estou pronta para sentir qualquer coisa por alguém.

— E o que sexo tem a ver com sentimentos? — argumentou ela, séria. Eu não sabia nem como abordar o assunto. — Enfim, conheço um cara que pode tirar as ervas daninhas do seu jardim. O nome dele é Edward. Ele é um gênio criativo pra essas coisas. Uma vez, ele até fez um coraçãozinho lá embaixo pra mim no dia dos namorados.

— Você é muito perturbada.

Faye sorriu.

— Eu sei, mas posso marcar um horário pra você com o *Edward mãos de tesoura*, e depois você vai escolher um cara bem legal no meu caderninho e vai passar uma noite com ele — sugeriu ela.

— Uma noite de sexo casual... Isso não é para mim.

— Tudo bem. Pode ser de manhã, se você preferir. — Ela deu um risinho. — É sério, Liz. Você já pensou em voltar a namorar? Pelo menos sair com alguns caras? Não precisa ser nada sério, mas poderia fazer bem a você. Não quero que fique presa nesse limbo!

— Não estou presa num limbo — retruquei, um pouco ofendida. — É só que... eu tenho uma filha e faz apenas um ano que Steven morreu.

Uau.

O modo como aquela frase saiu da minha boca, quase sem emoção, me deixou impressionada.

— Não falei por mal. Você sabe que eu te amo e o quanto Steven era importante pra mim.

— Eu sei...

— Olha, sei que sou meio promíscua, mas mesmo pessoas como eu já tiveram decepções amorosas, e, pra mim, quando as coisas estão complicadas, sexo sempre ajuda.

— Acho que não estou pronta pra isso, mas prometo que vou pensar no assunto.

— Eu entendo, amiga. Quando você achar que chegou a hora e que precisa do meu caderninho, é só avisar.

— Seu caderninho está meio pequeno. Jurava que ele era maior. — Dei uma risada.

Ela colocou a mão no bolso do avental de novo e pegou mais dois cadernos iguais ao primeiro.

— Imagina. Eu só estava fingindo humildade mostrando um de cada vez.

~

Na hora do intervalo, fui vencida pela minha curiosidade e acabei entrando na loja do Sr. Henson. Em poucos segundos, pude perceber que ele vendia todo tipo de artigo esotérico. Metade do espaço da loja era ocupado por um café, e a outra metade mais parecia um closet repleto de objetos que eu conhecia apenas de histórias sobrenaturais.

A sineta da porta tocou quando eu entrei, e o Sr. Henson e Tristan se entreolharam, confusos. Tentei agir da forma mais natural possível. Explorei a loja, mesmo sabendo que eles ainda me observavam.

Parei por um momento e peguei um livro de uma prateleira. Um livro de feitiços? *Ok, tudo bem.* As páginas estavam unidas por um barbante e cobertas de poeira. Peguei outro. Os dois pareciam mais velhos do que empoeirados, mas mesmo assim eram bonitos. Meu pai adorava descobrir grandes pérolas da literatura em sebos. Ele tinha uma coleção enorme de livros de diferentes gêneros e idiomas em seu escritório. Muitos não tinham qualquer utilidade para ele, mas ele adorava sentir a textura das capas e admirá-las.

— Quanto por esses dois? — perguntei ao Sr. Henson. Ele continuou em silêncio e ergueu a sobrancelha. — Desculpe, a loja está fechada? — Quando vi o olhar de Tristan, segurei os livros junto ao peito e fiquei vermelha na hora. — Oi.

Para meu alívio, o Sr. Henson interveio.

— Ah! Não, não. Está aberta. É que não recebemos muitas clientes. Especialmente, tão bonitas como você — respondeu o dono da loja, sentando-se no balcão. — Qual é o seu nome, minha querida? — A pergunta dele fez com que eu parasse de olhar para Tristan, e então pigarreei, aliviada pela distração.

— Elizabeth. E o do senhor?

— Sou o Sr. Henson. Se eu não fosse quatrocentos anos mais velho que você e não me sentisse tão atraído pela anatomia masculina, provavelmente iria convidá-la para dançar.

— Dançar? Por que o senhor acha que uma garota como eu gostaria de dançar?

O Sr. Henson não respondeu, mas ficou com aquela expressão de deleite no rosto.

Sentei-me ao lado dele e perguntei:

— Essa loja é sua?

— É, sim. Cada pedacinho e metro quadrado. A não ser que você a queira. — Ele riu. — Porque, se você quiser, ela é sua. Cada pedacinho e metro quadrado.

— É uma oferta tentadora. Mas tenho que confessar que já li todos os livros de Stephen King pelo menos umas cinco vezes, e a ideia de ter uma loja como esta chamada Artigos de Utilidade me assusta.

— Cá entre nós, pensei no nome Artigos Para Sua Prece Ser Atendida, mas não sou muito religioso.

Tristan e eu rimos.

Olhei para ele, feliz por estarmos achando graça da mesma coisa, mas, na mesma hora, ele fechou a cara.

Voltei a olhar para os livros.

— Tudo bem se eu levar estes?

— São seus, pode levar. De graça.

— Ah, não... quero pagar.

Acabamos entrando numa discussão sobre eu pagar pelos livros ou não, mas eu não cederia. O Sr. Henson entregou os pontos.

— É por isso que prefiro homens. As mulheres são muito parecidas comigo. Volte outro dia e vou fazer uma leitura de tarô de graça pra você.

— Parece uma ótima ideia.

Ele se levantou e começou a andar.

— Tristan, cuide dela. — O Sr. Henson virou-se na minha direção e assentiu levemente com a cabeça antes de desaparecer no estoque.

62

Tristan foi até o caixa, e eu o segui.

Coloquei os livros lentamente sobre o balcão. Vi algumas fotos em preto e branco de uma floresta emolduradas em uma parede atrás dele.

— Que bonito — falei, admirando o trabalho.

Tristan calculou o valor dos livros.

— Obrigado.

— Foi você quem tirou?

— Não — respondeu ele, olhando para as fotos. — Esculpi e acrescentei a tinta preta.

Meu queixo caiu quando cheguei mais perto da imagem. Ao observá-la com atenção, vi que as "fotos", na verdade, eram desenhos entalhados em madeira.

— Que lindo! — murmurei novamente. Quando nossos olhares se cruzaram, senti de novo aquele frio na barriga. — Oi — repeti, suspirando. — Como vai?

Ele continuou a fazer as contas, ignorando minha pergunta.

— Vai pagar por essa porra ou não vai?

Franzi a testa, mas ele nem ligou.

— Desculpe. Sim. Aqui está — falei, entregando-lhe o dinheiro. Agradeci antes de sair da loja e olhei para ele mais uma vez. — Você age com estupidez o tempo todo, e a cidade acha que você é um grosso, mas eu te vi naquela sala de espera quando soube que Zeus ia ficar bem. Vi você chorar. Você não é um monstro, Tristan. Só não entendo por que finge ser.

— Esse é o seu maior erro.

— Qual? — perguntei.

— Você pensa que sabe alguma coisa sobre mim.

Capítulo 7

Tristan

2 de abril de 2014
Cinco dias antes do adeus

Quando o táxi deixou meu pai e eu no hospital, corri para a emergência. Passei os olhos pela recepção à procura de algo, de alguém conhecido.

— Mãe — chamei, e então ela me viu da sala de espera. Tirei o boné e corri em sua direção.

— Ah, filho.

Ela me abraçou, chorando.

— Como eles estão? Como...

Mamãe começou a soluçar, seu corpo estremecendo.

— Jamie... Jamie se foi, Tristan. Ela lutou muito, mas não conseguiu. Eu a soltei.

— Como assim, ela se foi? Ela não foi a lugar algum. Ela está bem. *— Olhei para meu pai, que me encarava, chocado. — Pai, fala pra ela. Fala que Jamie está bem.*

Ele abaixou a cabeça.

Tudo dentro de mim se inflamou.

— Charlie? — perguntei, sem saber se queria mesmo saber a resposta.

— Está no CTI. Ele não está reagindo muito bem, mas...

— Aqui. Ele está aqui. — Passei a mão pelo cabelo. Ele estava bem. *— Posso vê-lo? — perguntei.*

Minha mãe assentiu. Corri para a recepção e falei com as enfermeiras, que me levaram até o quarto de Charlie. Levei as mãos à boca quando olhei para o meu filho e todas as máquinas ligadas a ele. Estava entubado, vários medicamentos sendo injetados em suas veias, e seu rosto estava machucado, roxo.

— Meu Deus... — murmurei.

A enfermeira me deu um sorriso cauteloso.

— Você pode segurar a mão dele.

— Por que o tubo? P-p-por que ele está entubado? — gaguejei. Minha cabeça tentava se concentrar em Charlie, mas a ficha começou a cair. Jamie se foi, minha mãe disse. Ela se foi. Mas como? O que aconteceu?

— O acidente provocou um pneumotórax no pulmão esquerdo, e ele está com muita dificuldade pra respirar. O tubo é para ajudá-lo.

— Ele não consegue respirar sozinho?

Ela balançou a cabeça.

— Ele vai ficar bem? — perguntei para a enfermeira e vi o remorso em seu olhar.

— Não sou médica. Só eles podem...

— Mas você pode me dizer, não pode? Coloque-se no meu lugar. Acabei de perder minha esposa. — Falar isso em voz alta mexeu com minhas emoções e respirei fundo, em choque. — Se esse garotinho fosse tudo que te restasse no mundo, você iria querer saber se ainda resta uma esperança, certo? Você imploraria a alguém que te dissesse o que fazer. Como fazer. O que você faria?

— Senhor...

— Por favor — supliquei. — Por favor.

Ela olhou para o chão e depois para mim.

— Eu seguraria a mão dele.

Assenti. Soube naquele momento que ela havia acabado de me dizer a verdade que eu não queria ouvir. Sentei na cadeira do lado da cama de Charlie e peguei sua mão.

— Oi, filho, sou eu. O papai está aqui. Sei que eu estava longe, mas agora estou aqui, tá? Estou aqui e preciso que você lute. Você consegue fazer isso, cara? — Lágrimas escorriam pelo meu rosto, e beijei sua testa. — Papai precisa que você volte a respirar sozinho. Você tem que *melhorar, porque preciso de você. Sei que as pessoas dizem que os filhos precisam dos pais, mas é mentira. Preciso de você pra seguir em frente. Pra continuar acreditando no mundo. Cara, preciso que você acorde. Não posso perder você também, tá? Preciso que você volte pra mim... Por favor, Charlie... Volte para o papai.*

O peito dele começou a inflar, mas, quando ele tentou expirar, as máquinas começaram a apitar. Os médicos correram até o leito e tiraram minha mão da dele. Charlie tremia incontrolavelmente. Eles gritavam um com o outro, dizendo coisas que eu não entendia, fazendo coisas que eu não compreendia.

— O que está acontecendo? — berrei, mas ninguém me ouviu. — O que houve? Charlie! — gritei, e duas enfermeiras tentaram me tirar do quarto. — O que eles estão fazendo? O que... Charlie! — gritei cada vez mais alto enquanto elas finalmente me arrancavam do quarto. — CHARLIE!

~

Na sexta-feira à noite, sentei-me à mesa de jantar e disquei um número que um dia foi muito familiar para mim, mas que eu não usava há algum tempo. Segurei o telefone junto ao ouvido.

— Alô? — respondeu uma voz suave. — Tristan, é você? — O tom cauteloso em sua voz provocava um aperto no meu estômago. — Filho, por favor, fale alguma coisa... — murmurou ela.

Levei a mão fechada à boca e a mordi, sem responder.

Desliguei o telefone. Sempre desligava. Continuei ali sozinho pelo resto da noite, deixando a escuridão me engolir.

Capítulo 8

Elizabeth

No sábado de manhã, pensei que fosse acordar toda a vizinhança com minhas tentativas de ligar o cortador de grama, que falhava o tempo todo. Steven sempre fazia isso parecer fácil quando aparava a grama do jardim, mas eu não tinha a mesma sorte.

— Vamos lá. — Puxei a corda novamente e, depois de titubear, o aparelho morreu. — Jesus Cristo!

Fiz várias tentativas e fiquei vermelha de vergonha quando alguns vizinhos olharam pela janela para ver o que estava acontecendo.

Eu estava prestes a puxar a cordinha do cortador de grama mais uma vez quando senti uma mão em cima da minha. Tive um sobressalto.

— Pare — advertiu Tristan, irritado. — Que diabos você está fazendo?

Franzi o cenho, olhando para os lábios dele.

— Cortando a grama.

— Você não está cortando a grama.

— Sim, estou.

— Não, não está.

— Então o que eu estou fazendo?

— Acordando o mundo todo, porra!

— Tenho certeza de que as pessoas na Inglaterra já estão acordadas.

— Cala a boca.

Hummm. Acho que alguém não gosta muito de papo de manhã. Ou de tarde. Ou de noite. Ou de papo. Ele pegou o cortador e o levou para longe de mim.

— O que você está fazendo? — perguntei.

— Vou cortar sua grama. Assim você não acorda o mundo todo. Menos a Inglaterra, é claro.

Não sabia se ria ou se chorava.

— Você não vai conseguir cortar a grama. Acho que o cortador está quebrado. — Em questão de segundos, ele puxou a corda com força, e o motor começou a funcionar. *Ai, que vergonha.* — É sério. Você não pode fazer isso.

Ele nem se virou para me olhar. Simplesmente começou seu trabalho, fazendo algo que jamais pedi que ele fizesse. Quase iniciei uma discussão, mas me lembrei da história de que ele tinha matado um gato só porque estava miando muito e, bem, achei melhor preservar minha existência patética. Preferi não correr o risco.

≈

— Ficou ótimo — elogiei quando Tristan desligou o cortador. — Meu marido... — Fiz uma pausa e respirei fundo. — Meu falecido marido sempre cortava a grama em linhas diagonais. E sempre dizia: "Amor, vou recolher os tufos de grama amanhã. Estou muito cansado agora." — Dei um sorriso triste e olhei para Tristan, sem vê-lo de fato. — Os tufos ficavam por aí pelo menos uma semana. Às vezes, duas. Era estranho, ele sempre cuidava muito melhor do gramado dos outros. Mesmo assim, eu gostava daqueles tufos — falei, meio ofegante, e lágrimas brotaram em meus olhos. Virei-me para Tristan, secando-as. — Enfim, achei legal você também ter cortado em diagonal. — *Lembranças idiotas.* Coloquei a mão na maçaneta da porta, mas meus pés se detiveram quando o ouvi.

— Elas aparecem sem você perceber e acabam te derrubando — comentou ele baixinho, como uma alma abandonada que se despede de sua família. Sua voz estava muito mais suave. Ainda soava meio ríspida, mas dessa vez havia um pouco de inocência nela. — As pequenas lembranças.

Voltei-me e vi que ele estava encostado no cortador de grama. Seu olhar tinha mais vida do que das outras vezes, mas era uma vida triste. Um olhar sombrio e devastado. Apoiei-me para não perder o equilíbrio.

— Às vezes, acho que as pequenas recordações são as piores. Consigo lidar com as lembranças do aniversário dele e até do dia em que ele morreu, mas quando as pequenas coisas vêm à tona, como o modo como ele cortava a grama, ou ele pegando o jornal só pra ler as tirinhas, ou fumando charuto na véspera do ano-novo...

— Ou a forma como ela amarrava os sapatos, pulava as poças de água da chuva, tocava a palma da minha mão com o indicador e fazia o desenho de um coração nela...

— Você também perdeu alguém?

— Minha esposa.

Ah.

— E meu filho — sussurrou ele, ainda mais baixo.

Fiquei de coração partido.

— Sinto muito. Não imaginei... — Não achei as palavras enquanto ele olhava para minha grama recém-cortada. A ideia de perder tanto o amor da minha vida quanto minha filha era demais para mim; não consegui nem imaginar essa possibilidade.

— O jeito como ele rezava, a forma como escrevia o R ao contrário, os carrinhos de brinquedo que ele desmontava para depois consertar...

A voz de Tristan estava trêmula, assim como seu corpo. Ele não se dirigia mais a mim. Nós dois estávamos em mundos separados, feitos de nossas pequenas recordações, e, ainda assim, conseguíamos sentir a dor um do outro. A solidão reconhecia a solidão. E hoje, pela primeira vez, consegui enxergar o homem por trás da barba.

Vi a comoção em seus olhos quando ele colocou os fones de ouvido. Começou a varrer os tufos de grama e não falou mais nada.

As pessoas da cidade achavam que ele era um idiota, e eu até entendia o porquê. Ele não estava bem, sentia-se completamente destruído, mas eu não o culpava pela frieza. Na verdade, eu meio que invejava a maneira como Tristan escapava da realidade, se desligava do mundo e se fechava para tudo ao seu redor. Devia ser bom se sentir vazio de vez em quando. Só Deus sabe que eu pensava em me desligar do mundo todos os dias, mas eu tinha Emma para manter minha sanidade.

Se eu a tivesse perdido, também abriria mão de todo o sentimento, de toda a dor.

Quando terminou tudo no jardim, Tristan permaneceu imóvel, mas sua respiração ainda estava pesada. Ele me encarou com os olhos vermelhos e os pensamentos provavelmente confusos. Enxugou a testa com a mão e pigarreou.

— Pronto.

— Quer tomar café? — perguntei. — Tem o suficiente pra nós dois.

Ele colocou o cortador de grama de volta na minha varanda.

— Não. — E saiu, desaparecendo de vista. Fiquei lá, de pé, com os olhos fechados. Levei as mãos ao coração e, por um breve momento, também me desliguei do mundo.

Capítulo 9

Elizabeth

Na manhã seguinte, dei uma passada na oficina do Tanner para ver a surpresa que ele havia mencionado na semana anterior. Emma, Bubba e eu fomos até o centro da cidade. Ela cantando sua própria versão de *Frozen*, eu querendo cortar os pulsos e Bubba sendo o agradável e silencioso bichinho de pelúcia zumbi.

— Tio T! — gritou ela, correndo e quase derrubando Tanner, que estava com a cabeça dentro do capô de um carro. Ele usava uma camisa branca cheia de manchas de óleo, a mesma substância que tinha no rosto.

Tanner virou-se e pegou Emma no colo, girando-a no ar antes de abraçá-la bem apertado.

— Oi, garotinha. O que é isso atrás da sua orelha? — perguntou ele.

— Não tem nada atrás da minha orelha.

— Ah, acho que você está enganada. — Ele tirou a moeda de trás da orelha dela, fazendo-a rir muito, como sempre. — Tudo bem com você?

Emma sorriu e começou a contar, com uma expressão muito séria, que eu a deixei se vestir sozinha naquele dia. O resultado foi uma saia de tutu preta, meias de arco-íris e uma camisa de pinguins zumbis.

Eu ri. Tanner a encarava como se estivesse muito interessado na história. Depois de alguns minutos, deu a ela algumas notas de 1 dólar para que comprasse doces na máquina de venda automática com a ajuda de um de seus funcionários, Gary. Ouvi Emma repetir toda a história da roupa para o pobre homem.

— Ela está ainda mais linda do que eu me lembrava. Tem seu sorriso.

Mesmo achando que o sorriso dela era mais parecido com o de Steven, agradeci o elogio.

— Então, tenho uma coisa pra você, vem cá.

Ele me conduziu até uma sala nos fundos, onde um lençol cobria um carro. Quando ele arrancou o pano, minhas pernas ficaram bambas.

— Como? — perguntei ao contornar o jipe, passando meus dedos por ele. O carro de Steven parecia novinho em folha. — Foi perda total.

— Bobagem. Amassados e arranhões sempre podem ser consertados.

— Isso deve ter custado uma fortuna.

Ele deu de ombros.

— Steven era meu melhor amigo. Você é uma das minhas melhores amigas. Só quis fazer alguma coisa boa para quando você voltasse.

— Você sabia que eu ia voltar?

— Tínhamos esperança. — Tanner mordeu o lábio e olhou para o carro. — Ainda me sinto culpado. Na semana anterior ao acidente, implorei a ele que trouxesse o carro aqui pra uma revisão. Ele disse que ainda dava pra esperar alguns meses, que o jipe ainda estava bom. Não consigo deixar de pensar que, talvez, se eu tivesse feito uma revisão e encontrado algum problema... Se ele tivesse deixado eu dar uma olhada no motor, talvez ele ainda estivesse... — Ele levou a mão ao rosto e parou de falar.

— Não foi culpa sua, Tanner.

Ele fungou e deu um sorriso triste.

— Bem... é que isso passa pela minha cabeça de vez em quando. Agora, vem aqui, vamos entrar.

Entrei pelo lado do motorista e sentei. Fechei os olhos e respirei fundo algumas vezes antes de colocar a mão no banco do carona, esperando aquele toque, aquela sensação gostosa de segurar a mão de uma pessoa. *Não chore. Não chore. Estou bem. Estou bem.* Então, senti o calor de outra mão segurando a minha e abri os olhos, deparando-me com Emma, o rosto todo lambuzado de chocolate. Ela sorriu, e eu automaticamente fiz o mesmo.

— Tudo bem, mamãe?

Uma respiração de cada vez.

— Sim, querida. Estou bem.

Tanner se aproximou e me entregou as chaves.

— Bem-vindas de volta, senhoritas. Lembrem-se: se precisarem de mim pra cortar a grama ou qualquer outra coisa, é só ligar.

— O Pluto já cortou! — exclamou Emma.

— O quê? — perguntou Tanner, erguendo a sobrancelha.

— Acabei contratando um cara pra fazer o serviço. Bem, mais ou menos. Ainda tenho que pagar a ele de alguma forma.

— O quê? Liz, você sabe que eu faria isso de graça. Quem você contratou?

Sabia que ele não ia gostar da resposta.

— O nome dele é Tristan...

— Tristan Cole?! — Tanner passou a mão pelo rosto, prestes a ficar vermelho. — Liz, ele é um babaca.

— Não é.

Bem, sim, ele é.

— Acredite em mim, ele é um desequilibrado. Você sabia que ele trabalha para o Sr. Henson? Devia estar num hospício.

Não sei por que, mas parecia que Tanner estava falando de mim.

— Você está exagerando, Tanner.

— Ele é doente. E Tristan é perigoso. Só... deixa que eu cuido do jardim pra você. Meu Deus, ele é seu vizinho. Odeio isso.

— Ele cortou o gramado muito bem. Não precisa se preocupar.

— Preciso. Você confia demais nas pessoas. Liz, use mais a cabeça que o coração. Você tem que pensar. — *Ai, isso doeu.* — Não estou gostando nada disso e duvido que Steven também fosse gostar.

— Bom, ele não está mais aqui — sibilei sentindo-me um pouco constrangida e muito magoada. — Eu não sou boba, Tanner. Posso cuidar disso. Eu só... — Fiz uma pausa, dando um sorriso forçado. — Obrigada. Pelo jipe. Você não tem ideia do que significa pra mim.

Ele deve ter percebido meu sorriso forçado, pois colocou a mão no meu ombro e disse:

— Desculpe, eu sou um idiota. Só fico preocupado. Se acontecer algo com você...

— Estou bem. Estamos em segurança. Prometo.

— Está bem. Então vá embora antes que eu fale mais alguma coisa de que vá me arrepender. — Ele riu. — Emma, cuide da sua mamãe, tá?

— Por quê? Eu sou a criança, não ela — respondeu minha filha, insolente. Não consegui disfarçar uma risada, porque aquilo era cem por cento verdade.

Capítulo 10

Elizabeth

Todas as sextas-feiras, depois de deixar Emma na casa dos avós, eu caminhava rumo ao mercado central. Os moradores vinham até o centro de Meadows Creek para vender e trocar seus produtos. O cheiro de pão fresco, os arranjos de flores e as fofocas de uma cidade pequena faziam o passeio valer a pena.

Steven e eu gostávamos de ver as flores, então, quando a sexta-feira chegava e trazia consigo o aroma das rosas recém-colhidas, eu sempre ficava bem ali, no meio de todo aquele movimento, inspirando as recordações e expirando a dor.

Durante minhas visitas ao mercado, sempre via Tristan andando por lá. Não tínhamos trocado nenhuma palavra desde que ele cortou a grama do meu jardim, mas eu não conseguia parar de pensar naqueles olhos tristes. Não conseguia parar de pensar na esposa e no filho dele. Quando eles morreram? Como? Há quanto tempo Tristan vivia esse pesadelo?

Eu queria saber mais.

De vez em quando, eu o via sair do galpão no quintal. Ele ficava lá por horas e saía apenas para cortar madeira na serra de mesa.

Toda vez que ele passava por mim parecia que meu rosto ia pegar fogo, e eu fazia de conta que não o via. Mas eu o via, sim. Eu *sempre* o via, e não sabia exatamente o porquê.

Todo mundo falava que ele era grosseiro, e eu acreditei nisso. Vi sua hostilidade. Mas também vi uma parte dele que ninguém conhecia. Vi quando ele desmoronou ao saber que Zeus ficaria bem. Vi quando ele se abriu com timidez, falando da perda da esposa e do filho. Vi o lado gentil e devastado de Tristan, coisa que a maioria das pessoas não enxergava.

Quando eu estava parada no meio do mercado central, ocorreu-me que havia mais um lado de Tristan que me intrigava. Todas as sextas, ele andava como se não enxergasse ninguém. Concentrava-se apenas em sua missão, que consistia em comprar sacolas de mantimentos e flores. Depois, ele desaparecia ladeira acima, até uma ponte, onde entregava as compras e as flores para um mendigo.

Só soube disso quando retornei para casa um dia e o vi entregar as sacolas. Sem conseguir disfarçar o sorriso, me aproximei. Mas ele começou a andar para casa.

— Oi, Tristan.

Ele olhou para mim sem dar a mínima.

Continuou andando.

Parecia até que estávamos voltando à estaca zero. Corri para alcançá-lo.

— Só queria dizer que achei seu gesto muito legal. Foi muito lindo o que você fez por aquele homem. Acho que...

Ele parou e se virou na minha direção. Com o semblante fechado, estreitou os olhos.

— Que diabos você pensa que está fazendo?

— O quê? — gaguejei, confusa com seu tom de voz.

Ele se aproximou.

— Você acha que não percebo como olha para mim?

— Do que você está falando?

— Quero deixar uma coisa bem clara — disse ele com rispidez. Seus olhos se tornaram sombrios novamente. — Não quero me envolver com você de maneira alguma, entendeu? Cortei a merda da grama do seu jardim porque você estava me irritando. Só isso. Não quero nada com você. Então, para de me olhar assim.

— Você... você acha que eu estou a fim de você? — perguntei bem alto quando chegamos no topo da ladeira. Ele ergueu a sobrancelha e me lançou aquele olhar que dizia *claro que sim*. — Só achei sua atitude legal, tá? Você deu comida para um mendigo, seu idiota! Não estava querendo te convidar pra sair ou algo assim. Só estava tentando bater um papo com você.

— E por que você quer bater um papo comigo?

— Não sei! — respondi, as palavras saltando da minha boca. Não sei por que queria conversar com alguém tão volúvel. Um dia, ele estava falando sobre seus demônios interiores, no outro, gritava por eu ter dito oi. *Não dava pra entender*. — Fui muito burra por achar que poderíamos ser amigos.

— E por que eu iria querer ser seu amigo?

Senti um arrepio percorrer meu corpo. Eu não sabia se era a brisa fresca ou se era porque ele estava muito perto de mim.

— Não sei. Talvez porque você pareça tão sozinho quanto eu. E pensei...

— Você não pensou.

— Por que você tem que ser sempre tão cruel?

— Por que você está sempre me observando?

Fiz menção de responder, mas nenhuma palavra saiu da minha boca. Olhamos um para o outro, nossos corpos tão próximos que pareciam interligados, tão próximos que nossos lábios quase se tocavam.

— Todos na cidade têm medo de mim. Você tem medo de mim, Elizabeth? — murmurou ele, sua respiração tocando minha boca.

— Não.

— E por que não?

— Porque eu vejo você como você é.

A frieza no olhar de Tristan se suavizou por um segundo, como se ele estivesse confuso com aquelas palavras. Mas era verdade. Eu o enxergava além da raiva em seu olhar, percebia a dor em sua expressão severa. Via seu coração arruinado, que de alguma forma se parecia com o meu.

Sem pensar, Tristan envolveu minha cintura e pressionou seus lábios contra os meus. A confusão que tomou conta da minha mente começou a desaparecer quando senti a língua dele entrando em minha boca, e retribuí o beijo, até com mais vontade que ele. Céus, como sentia falta daquilo. Sentia falta de beijar. A sensação de estar nos braços de alguém, de se agarrar a essa pessoa para não cair no abismo. O calor que toma conta da sua pele quando outra pessoa te fornece o ar para respirar naquele momento.

Eu sentia falta de ser abraçada, de ser tocada, de alguém que me quisesse...

Sentia falta de Steven.

O beijo de Tristan era furioso e triste, agonizante e pesaroso, **verdadeiro e bruto**.

Exatamente como o meu.

Minha língua passou pelo meu lábio inferior e pressionei as mãos em seu peito, sentindo as batidas rápidas do seu coração na ponta dos meus dedos, em todo meu corpo.

Por alguns segundos, eu me senti como antes.

Inteira.

Completa.

Parte de algo esplêndido.

Tristan se afastou rapidamente, trazendo-me de volta à realidade, à minha triste existência.

Acabada.

Incompleta.

Sozinha o tempo todo.

— Você não sabe quem eu sou, então pare de agir como se soubesse — disse ele, voltando a caminhar e me deixando para trás, imóvel, perplexa.

O que foi isso?!

— Você também sentiu, não é? — perguntei, vendo-o ir embora.

— Parecia... parecia que eles ainda estavam aqui. Senti que Steven estava aqui. Você sentiu sua esposa...

Ele se virou para mim com um olhar flamejante.

— Nunca mais fale da minha esposa como se você nos conhecesse.

Tristan voltou a andar depressa.

Ele sentiu.

Sei que sentiu.

— Você não pode... não pode simplesmente ir embora, Tristan. Precisamos conversar. Sobre eles. Podemos nos ajudar a nos lembrar deles.

Meu maior medo era esquecer.

Ele continuou andando.

Corri para alcançá-lo mais uma vez.

— Além do mais, essa é a razão de se ter um amigo. Conhecer a pessoa. Ter alguém pra conversar. — Meu coração batia disparado, e eu ficara cada vez mais irritada ao vê-lo ir embora depois do beijo mais doloroso e saciável que eu já havia experimentado. Tristan me fez lembrar de como era se sentir feliz, e eu o odiava por ter me abandonado. Odiava vê-lo acabar com aquele pequeno instante de desejo, com aquela recordação do amor que tinha sido arrancado de mim. — Meu Deus, você tem que ser um... um... *monstro*?

Ele se virou e, por um segundo, vi a tristeza escurecendo seu olhar, antes de sua expressão ficar fria novamente.

— Não quero você, Elizabeth. — Ele ergueu as mãos e veio na minha direção. — Não quero nada com você. — Ele deu um passo para a frente, e eu recuei. — Não quero falar sobre a droga do seu marido morto. — Um passo para a frente. — E não quero ouvir você falar merda nenhuma sobre a minha mulher morta. — Recuo. — Não quero tocar você. — Outro passo. Recuo. — Não quero te beijar. — Mais dois passos. Recuo. — Não quero passar a língua pelo seu corpo. — Passos. Recuo. — Tenho certeza de que não quero ser a porra de um amigo. Então, me deixe sozinho e *cala a porra da boca!* — gritou ele, praticamente em cima de mim, as palavras saindo de sua boca como um foguete, e sua voz, como um trovão. Tive um sobressalto, senti medo.

Quando ele finalmente recuou, o salto do meu sapato ficou preso numa pedra, e eu acabei caindo. Rolei ladeira abaixo. Apesar de alguns arranhões e da vergonha, fiquei bem.

— Merda — murmurou Tristan, aparecendo diante de mim num instante. — Você está bem? Aqui — disse ele, estendendo a mão para mim.

Recusei a ajuda e me levantei sozinha. Os olhos dele demostravam preocupação, mas eu nem liguei. Em alguns segundos, provavelmente estariam repletos de raiva.

Pouco antes de eu cair, ele tinha me dito para calar a boca, e era exatamente o que eu estava fazendo. Pude notar seu olhar patético em minha visão periférica, mas fui mancando para casa em silêncio.

∾

— Ele te empurrou? — gritou Faye ao telefone. Liguei para ela assim que cheguei e contei sobre o incidente com Tristan. Eu precisava da minha melhor amiga para confirmar que, apesar de tudo, eu estava certa, e Tristan, errado.

Mesmo que eu o tivesse chamado de monstro.

— Não foi bem assim. Ele gritou, e eu meio que tropecei.

— Depois que ele te beijou?

— Sim.

— Argh, eu odeio esse cara. Odeio.

Assenti.

— Eu também.

Era mentira, mas eu não podia contar a ela meus verdadeiros sentimentos por Tristan. O quanto tínhamos em comum. Eu não podia contar a ninguém. Eu não queria admitir nem a mim mesma.

— Mas já que estamos falando nisso, me conta... — disse Faye, e eu quase pude ouvir o risinho dela pelo telefone. — Ele beijou de língua? Ele fez algum som? Estava sem camisa? Ele te deixou excitada? Você passou a mão no peito dele? Mordeu o queixo? Qual é o tamanho? É grande? Você ficou tonta? Apalpou?

— Você me cansa. — Ri, mas minha cabeça ainda estava analisando o beijo. Talvez não tivesse sido nada. Ou tivesse sido tudo.

Ela suspirou.

— Anda, me conta. Estou tentando trepar agora, e essa conversa está me distraindo.

— O que você quer dizer com tentando trepar? Faye, você está transando agora?

— O que você considera "transar"?

— Transar, oras, sexo!

— Olha, se você está querendo saber se tem um pênis tentando entrar na minha vagina, então a resposta é sim. Acho que isso é quase transar.

— Pelo amor de Deus, Faye! Por que você atendeu o telefone?

— Bem, primeiro as amigas, depois as trepadas, certo?

Bufei diante da risada dela.

— Oi, Liz — ouvi Matty dizer ao fundo. — Se desligar agora, te dou um turno de trinta horas na semana que vem.

— Vou desligar.

— O quê? Não. Ainda tenho muito tempo.

— Você é louca.

— Ai, Matty, para. Eu disse pra não morder aí. — Cacete! Minha melhor amiga era uma aberração. — Tá bom, meu docinho, preciso ir. Acho que estou sangrando. Mas acho que você deveria encontrar um tempo pra meditar e esfriar a cabeça.

— E o que significa meditar pra você?

— Tequila. Prateleira de cima, desce queimando, ajuda nas decisões difíceis. Tequila.

Parecia uma boa ideia.

Capítulo 11

Tristan

3 de abril de 2014
Quatro dias antes do adeus

De pé na varanda dos meus pais, eu observava a chuva forte que caía no balanço feito de pneu que eu e meu pai tínhamos feito para Charlie. Ele ia e voltava, batendo contra a moldura de madeira.

— Como você está? — perguntou meu pai, aproximando-se de mim. Estava acompanhado de Zeus, que logo encontrou um canto seco para se deitar. Virei-me e olhei para ele, um rosto muito parecido com o meu, apenas mais velho e mais sábio.

Não respondi e continuei observando a chuva.

— Sua mãe comentou que você não está conseguindo escrever o obituário — continuou ele. — Posso ajudar.

— Não quero sua ajuda — resmunguei, minhas mãos se fechando, as unhas cravadas nas palmas. Eu odiava sentir a raiva aumentar com o passar dos dias. Odiava culpar pessoas próximas pelo acidente. Odiava aquela pessoa fria que eu estava me tornando a cada momento. — Não preciso de ninguém.

— Filho... — Ele suspirou, colocando a mão no meu ombro.

— Só quero ficar sozinho — respondi, me afastando.

Ele abaixou a cabeça e passou a mão pela nuca.

— Tudo bem. Estarei lá dentro com sua mãe. — Ele se afastou e abriu a porta de tela. — Mas, Tristan, só porque você quer ficar sozinho, não

significa que esteja sozinho. *Lembre-se disso. Sempre estaremos aqui quando você precisar.*

Ouvi a porta se fechar e respirei fundo.

Sempre estaremos aqui quando você precisar.

A verdade era que o "sempre" não durava para sempre.

Coloquei a mão no bolso e peguei o pedaço de papel que eu estava encarando há três horas. Eu tinha terminado o obituário de Jamie de manhã, mas o de Charlie ainda estava em branco, apenas com o nome dele escrito.

Como eu poderia fazer aquilo? Como eu escreveria a história de sua vida, quando ele nem teve a chance de viver?

A chuva começou a cair no papel, e as lágrimas, dos meus olhos. Pisquei algumas vezes antes de enfiá-lo de novo no bolso.

Eu não ia chorar.

As lágrimas que se fodam.

Meus pés desceram os degraus da varanda, e em segundos eu estava encharcado da cabeça aos pés, me tornando parte da tempestade que caía.

Precisava de ar. Precisava de tempo. Precisava escapar.

Precisava correr.

Comecei a correr descalço, sem pensar, sem ter uma direção.

Zeus veio correndo atrás de mim.

— Volta pra casa, Zeus! — gritei para o cachorro, que já estava tão molhado quanto eu. — Vai embora! — berrei, querendo ficar sozinho. Corri mais rápido, mas ele me acompanhou. Fiz tanto esforço que meu peito parecia queimar, e respirar se tornou essencial. Corri até minhas pernas não aguentarem mais e desabei no chão. Os raios caíam acima de nós, riscando o céu como se fossem cicatrizes, e comecei a soluçar de maneira inconsolável.

Eu queria ficar só, mas Zeus estava bem ali. Ele acompanhou minha loucura e ficou do meu lado quando cheguei no fundo do poço. Ele não ia me abandonar. Chegou perto de mim e lambeu meu rosto, demonstrando seu amor, me dando seu apoio quando eu mais precisava.

— Tudo bem. — Suspirei, as lágrimas caindo enquanto eu o abraçava. Ele uivou, como se também lamentasse. — Tudo bem — repeti, beijando sua cabeça e afagando-o.

Tudo bem.

~

Eu adorava correr descalço.

Correr era algo que eu fazia muito bem.

Gostava de sentir meus pés no chão quando corria.

Gostava de sentir a pele rasgando, de vê-la sangrar com o impacto dos meus pés no concreto da rua.

Gostava de me lembrar dos meus pecados através das dores do meu corpo.

Eu adorava me machucar.

Mas só a mim. Adorava me ferir. Ninguém mais precisava sofrer. Fiquei longe das pessoas para não machucar ninguém.

Machuquei Elizabeth, mas não foi de propósito.

Sinto muito.

Como eu poderia me desculpar? Como poderia consertar o estrago que fiz? Como apenas um beijo pôde me fazer recordar?

Ela caiu por minha causa. Poderia ter quebrado um osso. Poderia ter batido a cabeça. Poderia ter morrido...

Morte.

Jamie.

Charlie.

Lamento tanto.

Naquela noite, corri ainda mais. Corri pelo bosque. Rápido. Mais rápido. Com força. Mais força.

Vai, Tris. Corra.

Meu pé sangrou.

Meu coração chorava, batendo no peito, confundindo minha cabeça, envenenando meus pensamentos, desenterrando as lembranças. Ela podia ter morrido, e a culpa seria minha. Eu seria o responsável.

Charlie.
Jamie.
Não.
Tentei não pensar neles.
Senti a dor atravessando meu peito. Era uma dor boa. Seja bem-vinda. Eu a merecia. Mais ninguém, só eu.
Sinto muito, Elizabeth.
Meu pé doía. Meu coração doía. Tudo doía.
A dor era assustadora, perigosa, real, boa. Eu me sentia muito bem, de uma forma terrível. Céus, como eu adorava aquilo. Muito.
Porra, eu adorava a dor.

A noite foi ficando mais escura.
Sentei no galpão, pensando num jeito de pedir desculpas sem que ela quisesse ser minha amiga. Pessoas como ela não precisavam de pessoas como eu para complicar suas vidas.
Pessoas como eu não mereciam amigos.
Mas o beijo dela...
O beijo dela me fez recordar. Por um momento, a recordação foi boa, mas eu estraguei tudo, porque é isso que eu faço. Eu não conseguia tirar da cabeça a imagem de Elizabeth caindo. Qual era o meu problema?
Talvez eu sempre acabasse machucando as pessoas.
Talvez por isso eu tenha perdido tudo o que tinha.
Mas eu só queria que ela parasse de falar comigo, só queria evitar que ela se machucasse.
Não deveria ter dado aquele beijo nela. Mas eu queria beijá-la. Eu precisava do beijo. Eu fui egoísta.
Não saí do galpão até a lua estar bem alta. Quando saí, ouvi um barulho... alguém estava gargalhando?
Vinha do bosque

Eu não devia ter me importado. Devia cuidar da minha vida. Mas, em vez disso, segui o som e encontrei Elizabeth cambaleando entre as árvores e rindo sozinha, segurando uma garrafa de tequila.

Ela era bonita. Na verdade, quis dizer que ela era linda. O tipo de beleza que não precisava de muito esforço, que não era difícil de manter. O cabelo loiro caía em ondas, e ela usava um vestido amarelo que parecia ter sido feito somente para o corpo dela. Eu odiava achar que ela era bonita, porque a minha Jamie tinha aquele mesmo tipo de beleza.

Elizabeth dançava, tropeçando pelo bosque. Um valsa bêbada.

— O que está fazendo? — perguntei, chamando sua atenção.

Ela dançou até mim, na ponta dos pés, e colocou a mão no meu peito.

— Olá, olhos sombrios.

— Olá, olhos castanhos.

Ela riu novamente, com desdém. Estava completamente bêbada.

— Olhos castanhos. Gostei disso. — Ela encostou o dedo no meu nariz. — Você tem algum senso de humor? Você é sempre tão sério, mas aposto que pode ser divertido. Diga algo engraçado.

— Algo engraçado.

Ela gargalhou bem alto. Era quase irritante. Mas não, não era nada irritante.

— Gosto de você. Nem sei por que, seu cabeça-dura. Quando você me beijou, eu me lembrei do meu marido. O que é ridículo, porque você não se parece nada com ele. Steven era tão carinhoso. Ele sempre cuidou de mim, me abraçava e me amava. E quando me beijava, era porque ele queria me beijar. Quando parava de me beijar, era só pra tomar fôlego e continuar. Ele queria que eu ficasse grudada nele. Mas você, olhos sombrios... quando se afastou, pareceu ter nojo de mim. Você me fez ter vontade chorar. Porque você é cruel. — Ela tropeçou de novo, quase caiu para trás, e segurei-a pela cintura. — Hum, pelo menos dessa vez você evitou meu tombo. — Ela riu.

Eu me senti mal quando vi o machucado e o corte em seu rosto, provocados pela queda.

— Você está bêbada.

— Não. Estou feliz. Não dá pra perceber que estou feliz? Estou demonstrando todos os sinais de felicidade. Estou rindo, gargalhando, bebendo e dançando. É iiiiiiisso que pessoas felizes fazem, Tristan — retrucou ela, afundando o dedo no meu peito — Pessoas felizes dançam.

— É mesmo?

— Siiiim. Eu não esperava que você entendesse, mas vou tentar explicar — disse, a fala engrolada. Ela fez uma pausa, se afastou, tomou um gole da tequila e começou a dançar novamente. — Quando você está bêbado e dançando, nada mais importa. Você fica rodando, rodando, rodando, e o ar fica mais leve, a tristeza diminui e você consegue esquecer um pouco seus sentimentos.

— E o que acontece quando você para?

— Ah, veja bem, só tem um pequeno problema quando a gente dança. Quando você para de dançar... — Os pés dela pararam, e ela soltou a garrafa, que se espatifou no chão. — Tudo desmorona.

— Você não está tão feliz quanto diz.

— É só porque parei de dançar.

Lágrimas escorreram de seus olhos, e ela começou a se abaixar para pegar os cacos de vidro. Agachei, tentando impedi-la.

— Eu pego.

— Seus pés estão sangrando — comentou ela. — Você pisou na garrafa?

Olhei para baixo, para meus pés machucados e cortados por causa da corrida.

— Não.

— Bem, então, infelizmente, você tem pés muito feios. — Eu quase ri. Ela estreitou os olhos. — Não estou me sentindo bem, olhos sombrios.

— Bom, você bebeu tequila suficiente para embebedar uma pequena multidão. Vamos lá, vou pegar água. — Ela assentiu antes de vomitar nos meus pés. — Ou então pode vomitar em mim, você que sabe.

Ela riu ao limpar a boca com as costas da mão.

— Acho que é o seu carma, porque você foi muito babaca. Agora estamos quites.

Parecia justo, afinal.

Eu a levei para minha casa após o incidente do vômito. Depois de lavar meus pés com a água mais quente que a raça humana poderia suportar, encontrei-a sentada no sofá da sala, observando tudo. Seus olhos estavam pesados, embriagados.

— Sua casa é chata. E feia. E escura.

— Que bom que você gostou da minha decoração.

— Posso emprestar meu cortador de grama para você arrumar seu jardim — ofereceu ela. — A não ser que você prefira morar no castelo da Fera antes de conhecer a Bela.

— Não dou a mínima para o jardim.

— Por quê?

— Porque, diferente de certas pessoas, eu estou pouco me importando com o que os vizinhos pensam de mim.

— Isso significa que você se importa de alguma forma. O que você quer dizer é que *definitivamente não se importa com o que eles pensam*.

— Foi exatamente o que eu disse.

Ela continuou rindo.

— Não foi, não.

Meu Deus, que irritante. E linda.

— Bem, *eu definitivamente não me importo* com o que as pessoas pensam de mim.

Ela bufou.

— Mentiroso.

— Não é mentira.

— É, sim. — Ela mordeu o lábio inferior. — Todo mundo se preocupa com o que os outros pensam. Todos se importam com a opinião dos outros. É por isso que eu ainda não consegui falar pra minha melhor amiga que acho meu vizinho muito atraente, apesar de ele ser um idiota. E viúvas não deveriam sentir isso por ninguém, nunca mais. Temos que ficar tristes pelo resto da vida. Mas não tristes *demais*, porque a tristeza faz as pessoas à nossa volta se sentirem desconfortáveis. Então, beijar uma pessoa e ficar excitada, sentir aquele frio na barriga, é algo que não pode acontecer... Isso é um problema. As pessoas julgam. Não quero ser julgada, porque me importo com o que pensam.

Eu me aproximei dela.

— Cara, foda-se. Se você acha o Sr. Jenson gostoso, então que seja. Sei que ele deve ter 100 anos, mas já o vi fazendo ioga no jardim de casa. Eu entendo sua atração. Até eu já fiquei excitado com o cara.

Ela caiu na risada.

— Não é exatamente sobre esse vizinho que estou falando.

Assenti. Eu sabia.

Ela cruzou as pernas e se sentou, ereta.

— Você tem vinho?

— Pareço o tipo que bebe vinho?

— Não. — Ela balançou a cabeça. — Você parece o tipo que bebe cerveja bem escura, que faz os pelos do peito crescerem.

— Exatamente.

— Tá. Me dá a cerveja dos cabeludos, por favor.

Saí da sala e voltei com um copo de água.

— Aqui. Beba.

Ela levantou a mão para pegar o copo, mas seus dedos se desviaram para meu antebraço. Elizabeth ficou observando as tatuagens.

— São livros infantis. — As unhas percorreram os contornos de *A menina e o porquinho*. — Eram os favoritos do seu filho?

Assenti.

— Quantos anos você tem?

— Trinta e três, e você?

— Vinte e oito. Quantos anos ele tinha quando...

— Oito — respondi friamente e vi seu rosto assumir uma expressão triste.

— Não é justo. A vida não é justa.

— Ninguém nunca disse que era.

— Sim... mas sempre acreditamos que ela é. — Elizabeth continuou olhando para as tatuagens e encontrou Katniss Everdeen com o arco e flecha. — Às vezes, eu escuto você, sabia? Os seus gritos à noite.

— Às vezes, eu escuto você chorar.

— Posso contar um segredo?

— Pode.

— Todos na cidade esperam que eu seja a mesma pessoa que eu era antes de Steven morrer. Mas eu não sei mais ser aquela pessoa. A morte muda as coisas.

— Muda tudo.

— Desculpe por ter chamado você de monstro.

— Tudo bem.

— Como assim, tudo bem?

— Porque a morte me mudou, me transformou num monstro.

Elizabeth me puxou para perto de si, fazendo com que eu me ajoelhasse na sua frente. Passou os dedos pelo meu cabelo e olhou bem dentro dos meus olhos.

— Você provavelmente vai me tratar mal de novo amanhã, não vai?

— Vou.

— Eu sabia.

— Mas não vai ser de verdade.

— Foi o que eu pensei. — Ela passou a ponta do dedo pelo meu rosto. — Você é bonito, um belo monstro de coração partido.

Toquei o ferimento em seu rosto.

— Dói?

— Já senti dores muito piores.

— Sinto muito, Elizabeth.

— Meus amigos me chamam de Liz, mas você já deixou bem claro que não somos amigos.

— Não sei mais como ser amigo de alguém — sussurrei.

Ela fechou os olhos e encostou a testa na minha.

— Sou uma amiga muito boa. Se quiser, posso te dar umas dicas.

Ela suspirou e encostou levemente os lábios na minha bochecha.

— Tristan.

— Sim?

— Você me beijou.

— Beijei.

— Por quê?

Passei a mão pela sua nuca e puxei-a para perto, bem devagar.

— Porque você é linda. É uma mulher linda... destruída e linda.

Ela abriu um sorriso, e seu corpo estremeceu.

— Tristan?

— Sim?

— Vou vomitar de novo.

~

Elizabeth ficou com a cabeça dentro do vaso por mais de uma hora, e eu fiquei ali, segurando o cabelo dela.

— Beba um pouco de água — falei, entregando o copo que estava na pia.

Ela tomou alguns goles.

— Normalmente sou melhor nesse negócio de bebida.

— Todos nós já passamos por noites desse tipo.

— Só queria esquecer por um tempo. Me livrar de tudo.

— Acredite em mim, sei exatamente como é. — Sentei-me ao lado dela. — Como está se sentindo?

— Tonta. Boba. Idiota. Desculpe por ter vomitado no seu pé.

Eu ri.

— Acho que é carma.

— O que foi isso, um sorriso? Será que Tristan Cole acabou de sorrir pra mim?

— Não se acostume — brinquei.

— Droga. Que pena. Foi legal. — Ela se levantou, e eu fiz o mesmo. — Seu sorriso foi o melhor momento do meu dia.

— E qual foi o pior momento?

— Quando você fez cara feia pra mim. — Ela ficou me encarando por um instante. — É melhor eu ir. Muito obrigada por ajudar a curar minha ressaca.

— Sinto muito — repeti, com um nó na garganta. — Sinto muito por ter feito você cair mais cedo.

Ela pousou um dedo nos lábios.

— Tudo bem. Já te perdoei.

Ela voltou para casa muito mais sóbria, mas ainda um pouco cambaleante. Esperei que ela entrasse antes de ir para a cama. Quando nós dois chegamos aos nossos quartos, ficamos olhando um para o outro pelas janelas.

— Você sentiu também, não sentiu? — Ela suspirou, se referindo ao beijo.

Não respondi. Mas sim.

Eu também senti.

Capítulo 12

Elizabeth

Naquela noite, depois que Tristan e eu deixamos o parapeito das janelas, fiquei na cama pensando na esposa dele, ainda um pouco bêbada. Pensei em como ela era. Se tinha o perfume de rosas ou de lírios. Se sabia cozinhar, fazer bolos. Pensei no quanto ele a amava. Imaginei os dois juntos e, por um momento, fingi que a ouvia sussurrar "eu te amo" junto à sua barba espessa. Senti as mãos dele puxando-a para perto, o leve toque nas costas enquanto ela curvava o corpo, o modo como ela pronunciava o nome dele.

Tristan...

Passei a mão pelo pescoço e imaginei que ele estava tocando o pescoço dela. Ele a deixava excitada sem dizer uma palavra; ele a amava em silêncio, apenas com o toque. Os dedos dele desciam pelo seu corpo, e ela gemia quando ele tocava seus seios. *Tristan...* Minha respiração acelerou quando o senti provar a pele dela, a língua dele deslizando lentamente, lambendo um mamilo antes de começar a sugá-lo, mordiscando-o, massageando-o. Ela se entregava a ele. *Tristan...*

Passei as mãos pelo meu corpo enquanto Tristan invadia minha mente. Ele abaixou a calcinha dela, e eu, a minha. A mão dele deslizou por entre as coxas dela, e eu coloquei um dedo dentro de mim, bem devagar. Gemi, quase surpresa com as sensações que Tristan trazia à tona, o polegar massageando meu clitóris.

Ela havia partido.

Éramos só ele e eu agora.

Sua barba roçava minha barriga, e sua língua lambeu meu umbigo. Gemi ao introduzir mais um dedo em mim. Os dedos dele eram rápidos, iam fundo e com força, me fazendo suar. Sussurrei seu nome como se eu pertencesse a ele, e, quando senti o toque de sua língua, estava prestes a me entregar completamente. Eu erguia meu quadril para dar maior acesso a ele, meus lábios implorando por mais. E ele continuava cada vez mais rápido, mais fundo e mais intenso. De forma carinhosa, gentil. *Isso, Tristan...*

Meus lábios se entreabriram e pressionei meus dedos com mais força, sentindo-me à beira do abismo eterno, a um passo de cair nas profundezas do nunca. Ele instigava minha imaginação, me tocava e suplicava que eu gozasse em seus lábios. E foi o que fiz. Desmanchei-me ao seu toque, o êxtase tomando conta do meu corpo. Não consegui me lembrar da última vez que me senti tão viva.

Estou bem.

Estou bem.

Estou bem pra cacete.

Depois, abri os olhos e vi a escuridão do meu quarto.

Afastei minhas mãos da parte interna da coxa. Vesti a calcinha, a felicidade se dissipando.

Não estou bem.

Olhei para o lado de Steven na cama e senti nojo de mim. Por um momento, juro que o vi do meu lado, me olhando, confuso. Pisquei e estendi minha mão para senti-lo, mas ele já tinha ido embora.

Porque ele não estava lá.

O que foi que eu fiz? Como pude fazer isso? O que está acontecendo comigo?

Afastei o cobertor e fui tomar um banho. Entrei de calcinha e sutiã; minhas costas deslizaram pela parede até eu me ver sentada na banheira, a água escorrendo pelo meu corpo. Implorei para que ela levasse minha culpa pelo ralo, para que a tristeza me deixasse. Mas isso não aconteceu.

A água do chuveiro se misturou às lágrimas, e fiquei lá até que a água quente se tornasse fria ao toque da minha pele. Estremeci e fechei os olhos.

Nunca me senti tão sozinha.

Capítulo 13

Elizabeth

Apesar dos protestos de Tanner, decidi que Tristan continuaria cuidando da grama do meu jardim. Todos os sábados, ele vinha, aparava o gramado e ia para o centro da cidade trabalhar na loja do Sr. Henson. Às vezes ele trabalhava de manhã, outras, tarde da noite. Não tínhamos conversado novamente desde a minha bebedeira, e achei que era melhor assim. Emma sempre brincava com Zeus no jardim, e eu ficava sentada na varanda, lendo um livro. Mesmo quando o coração está em pedaços, ainda resta uma esperança quando se lê um romance. Ao virar as páginas, eu pensava que, um dia, tudo ficaria bem novamente. Eu tinha esperança de que esse dia chegaria logo.

Toda semana, eu tentava pagar Tristan, mas ele se recusava a receber. Sempre o convidava para comer alguma coisa, mas ele não aceitava.

Um sábado, ele chegou justo quando Emma estava no meio de uma crise emocional. Manteve distância e tentou não se meter no assunto. Ela chorava.

— Não! Mamãe, temos que voltar! Papai não sabe mais onde estamos.

— Tenho certeza de que ele sabe, querida. Acho que só temos que esperar mais um pouco. Dê mais um tempo para ele.

— Não! Ele nunca demora tanto! Onde estão as plumas brancas? Temos que voltar — dizia ela, desesperada. Tentei abraçá-la, mas ela se desvencilhou de mim e entrou correndo em casa.

Respirei fundo e, quando olhei para Tristan, vi seu semblante fechado. Dei de ombros.

— Crianças. — Sorri, mas ele continuou com a mesma expressão séria.

Tristan virou de costas para mim e começou a andar na direção da sua casa.

— Aonde você vai?

— Para casa.

— O quê? Por quê?

— Não vou ficar aqui escutando sua filha choramingar a manhã inteira.

O Tristan cruel estava de volta com força total.

— Céus! Quando eu começo a acreditar que você é uma boa pessoa, você vai lá e faz de tudo pra me lembrar que é mesmo um babaca.

Ele não respondeu, desaparecendo em sua casa escura.

— Mamãe! — Fui acordada por uma Emma superagitada, pulando na minha cama. — Mamãe, é o papai! Ele veio! — gritava ela, puxando-me para que eu me sentasse.

— O quê? — murmurei, esfregando os olhos. — Emma, nós dormimos até mais tarde aos domingos, lembra?

— Mas mamãe, papai apareceu! — exclamou.

Sentei-me e ouvi o barulho do cortador de grama. Vesti uma calça de moletom e uma camiseta e segui minha garotinha, que estava muito empolgada. Quando saímos de casa, fui tomada pela surpresa ao ver a varanda coberta de plumas brancas.

— Viu, mamãe? Ele achou a gente!

Levei as mãos à boca, chorando ao ver as plumas flutuando ao vento.

— Não chora, mamãe. O papai está aqui. Você falou que ele sempre ia nos encontrar, e ele nos encontrou — explicou Emma.

Eu sorri.

— É claro, querida. Mamãe só está feliz, só isso.

Emma começou a pegar as plumas.

— Foto? — perguntou. Corri para pegar a velha Polaroid de Steven para tirar uma fotografia de Emma com a pluma para a coleção "Papai & Eu". Quando voltei, Emma estava sentada na varanda com um sorriso reluzente no rosto, rodeada de plumas.

— Tá, agora diga xis!

— Xiiiiss! — gritou ela.

A máquina revelou a foto, e Emma correu para guardá-la em sua caixa.

Olhei para Tristan, que estava cortando a grama como se nem percebesse o que estava acontecendo. Fui até ele e desliguei o cortador.

— Obrigada.

— Não sei do que está falando.

— Tristan... muito obrigada.

Ele revirou os olhos e disse:

— Dá pra me deixar trabalhar?

Tristan deu as costas para mim, mas segurei a mão dele. Era quente e áspera.

— Obrigada.

Quando nossos olhares se encontraram, senti o toque de sua mão se tornar ainda mais caloroso. Ele abriu um sorriso amplo. Um sorriso que eu sempre soube que ele era capaz de dar.

— Não foi nada. Achei a porcaria das plumas na loja do Sr. Henson. Não deu trabalho nenhum. — Ele parou. — Ela é uma boa menina. Muito chata, mas boazinha.

— Toma café com a gente? — convidei.

Ele balançou a cabeça.

— Venha para o almoço então.
Ele recusou.
— Jantar?
Ele mordeu o lábio inferior e olhou para baixo, pensando se deveria ou não aceitar meu convite. Quando ergueu a cabeça, quase caí para trás com a simples resposta:
— Tá.
Os vizinhos sempre cochichavam, se perguntando por que eu deixava Tristan cortar a grama do meu jardim, mas eu começava a não me importar tanto com o que os outros pensavam de mim.
Sentei-me na varanda, cercada de plumas brancas, enquanto ele trabalhava e Emma brincava com Zeus.
De vez em quando, Tristan se lembrava de como sorrir.

Sentamos à mesa na hora do jantar. Emma tagarelava sobre Zeus ter comido um inseto morto que ela achou na varanda. Ela fazia muita bagunça e muito barulho ao comer seu espaguete. Fiquei em uma ponta da mesa, e Tristan, na outra. De vez em quando, eu notava seu olhar, mas na maior parte do tempo ele dedicava sua atenção a Emma com um sorriso de canto de boca.
— E Zeus ENGOLIU o bicho! Como uma comida gostosa! E agora ele deve estar grudado nos dentes dele!
— Você comeu o bicho também? — perguntou Tristan.
— Não! É nojento!
— Ouvi dizer que eles têm muita proteína.
— Não ligo, Pluto! É nojento! — Ela fez uma careta, e nós rimos. — U-u-u-á-á-á! U-u-u-á-á-á! — continuou ela, mudando para sua imitação de gorila. Depois de ter assistido a *Tarzan* semanas atrás, ela havia passado a explorar mais suas raízes primatas. Eu nem sabia como explicar isso a Tristan, mas logo em seguida vi que não precisava.

— U-u? — respondeu ele, rindo. — Á? Áááá! Áááá!

Será que ele sabia que tinha feito meu coração pular de alegria de manhã?

— Tá bom, Jane. Acho que está na hora de vestir seu pijama. Já passou da sua hora de dormir.

— Mas... — protestou ela.

— Sem "mas...". — Eu ri, fazendo um gesto em direção ao quarto.

— Tá, mas posso ver *Hotel Transilvânia* no meu quarto?

— Só se você prometer que vai dormir.

— Prometo!

Ela saiu correndo. Eu e Tristan nos levantamos.

— Obrigado pelo jantar — disse ele.

— De nada. Você não precisa ir agora. Tenho vinho...

Ele hesitou.

— E cerveja também — completei.

Isso o convenceu. Eu não quis admitir que a única razão pela qual tinha comprado cerveja era a esperança de que ele um dia ficasse para jantar. Depois que coloquei Emma na cama, levamos nossas bebidas para a varanda. Zeus dormia ao nosso lado. De vez em quando, o vento levava uma pluma embora. Ele não falou muito, mas eu já estava me acostumando com isso. Ficar em silêncio era a versão dele de ser legal.

— Fico pensando numa maneira de recompensar você pela grama.

— Não preciso do seu dinheiro.

— Eu sei... mas talvez eu pudesse ajudar você com a casa? Na decoração? — ofereci. Eu podia contar a ele que tinha me formado em design de interiores, e por isso poderia ajudá-lo. A casa dele era muito escura, e eu adorava a ideia de transformá-la só um pouquinho.

— Não.

— Pelo menos pense no assunto.

— Não.

— Você é sempre tão cabeça-dura?

— Não — respondeu ele. Sorriu. — Sim.

— Posso fazer uma pergunta? — Acabei pensando alto. Ele assentiu. — Por que você dá comida ao mendigo?

Ele fechou os olhos.

— Um dia, eu estava correndo descalço quando parei na ponte e desmoronei completamente. Todas as lembranças vieram à tona, e eu comecei a sentir certa dificuldade em respirar. Tive um ataque de pânico. Aquele homem se aproximou de mim, ficou passando a mão nas minhas costas e permaneceu comigo até que eu conseguisse recuperar o fôlego. Ele perguntou se eu estava bem, e eu respondi que sim. Depois, ele disse para eu não me preocupar, porque os dias sombrios durariam apenas até o sol chegar. Então, quando eu disse que ia embora, ele me ofereceu seus sapatos. É claro que não aceitei... e ele não tinha nada. Morava debaixo da ponte com um cobertor velho e sapatos desgastados. Mesmo assim, ele os ofereceu a mim.

— Uau!

— Sim. A maioria das pessoas vê apenas um drogado debaixo da ponte, sabe? Um problema para a sociedade. Mas eu vi alguém que estava disposto a ajudar um estranho.

— Nossa... Isso é tão bonito.

— Ele é uma pessoa boa. Descobri que tinha servido ao Exército e depois, quando voltou da guerra, passou a sofrer de transtorno de estresse pós-traumático. A família dele não entendia por que ele tinha mudado tanto. Ele arrumou um trabalho e acabou sendo demitido por causa dos ataques de pânico. Perdeu tudo por servir ao país e lutar por nós. Isso é uma merda, sabe? Ele era um herói até tirar o uniforme. Depois disso, se transformou num problema para a sociedade.

Aquilo partiu meu coração.

Eu já tinha visto aquele homem debaixo da ponte milhares de vezes, mas nunca investiguei sua história. Pensei em tudo que Tristan contou, no possível motivo de ele ter se viciado em drogas, na forma como se tornou alguém que eu preferia nem olhar.

Era incrível a capacidade da nossa cabeça de inventar histórias sobre pessoas desconhecidas, que precisavam muito mais de amor do que nós poderíamos supor. Era muito fácil julgar as pessoas, e eu pensei em tudo que Emma estava aprendendo comigo. Eu precisava ter cuidado com a forma como tratava os outros, pois ela sempre observava minhas ações.

Mordi o lábio inferior.

— Posso fazer mais uma pergunta?

— Não sei. Isso vai se tornar um hábito? Porque eu odeio perguntas.

— Essa é a última da noite, eu prometo. O que você escuta? Com aqueles fones no ouvido?

— Nada — respondeu ele.

— Nada?

— As pilhas acabaram há meses e eu não tive coragem de comprar novas.

— E o que você ouvia?

Ele mordiscou o polegar.

— Jamie e Charlie. Há alguns anos, eles gravaram uma música. Eu fiquei com ela.

— Por que você ainda não trocou as pilhas?

— Acho que ouvi-los de novo vai me matar. E eu já estou praticamente morto — sussurrou.

— Sinto muito.

— Não é sua culpa.

— Eu sei, mas ainda assim sinto muito. Nem consigo imaginar... se eu tivesse a chance de ouvir a voz de Steven mais uma vez, não hesitaria.

— Fale sobre ele — murmurou Tristan. Aquilo me pegou de surpresa. Ele não parecia ser do tipo que demonstrava interesse na vida dos outros, mas eu usava qualquer oportunidade que tinha para falar de Steven. Não queria esquecê-lo.

Naquela noite, ficamos na varanda com nossas lembranças. Ele contou tudo sobre o humor bobo da Jamie, e eu o convidei a entrar no meu coração e conhecer meu Steven. Em alguns momentos, ficamos em silêncio, e foi perfeito. Tristan sofria com as mesmas dores que eu; talvez sofresse ainda mais, porque perdeu o filho também. Nenhum pai deveria perder um filho, parecia ser algo irrecuperável.

— Tenho que perguntar. A varinha no seu dedo indicador... Que livro é esse?

— *Harry Potter* — respondeu ele com autoridade.

— Ah. Nunca li.

— Você nunca leu *Harry Potter*? — perguntou, preocupado.

— Desculpe, isso é um problema?

Ele me encarou, perplexo, me julgando.

— Não, é que você sempre está com um livro na mão. É inacreditável que não tenha lido *Harry Potter*. Era o favorito do Charlie. Acredito que existem duas coisas no mundo que todos deveriam ler, porque ensinam tudo sobre a vida: a *Bíblia* e *Harry Potter*.

— Verdade? *Só* essas duas coisas?

— Sim. São tudo de que as pessoas precisam. E, bem, eu ainda não li a *Bíblia*, mas está na minha lista. — Ele riu. — Acho que esse é o motivo de nada dar certo na minha vida.

Toda vez que ele ria, uma parte de mim voltava à vida.

— Eu já li a *Bíblia*, mas não *Harry Potter*, então, talvez possamos trocar umas informações.

— Você já leu a *Bíblia*?

— Sim.

— Toda?

— Sim — respondi, ajeitando os cabelos num rabo de cavalo para que ele pudesse ver a tatuagem com as três cruzes atrás da minha orelha. — Quando eu era mais jovem, minha mãe saía com muitos homens. Na época, achei que ela teria um relacionamento mais sério com um cara chamado Jason. Eu o adorava! Ele sempre me trazia doces e outras coisas. Mas era muito religioso, e mamãe falou que, se eu lesse a *Bíblia*, talvez ele acabasse nos amando e fosse meu novo pai. Ele até morou com a gente um tempo. Passei semanas lendo a *Bíblia* no meu quarto, e um dia fui gritando até a sala dizendo: "Jason! Jason! Eu consegui. Li a *Bíblia* toda." Eu estava trêmula, animada, porque achei que realmente teria um novo pai. Queria aquela oportunidade, mesmo sabendo que meu pai verdadeiro era melhor que qualquer outro. Na minha cabeça, se eu tivesse um pai de novo, minha mãe voltaria a ser a pessoa que sempre foi em vez de alguém que eu mal conhecia.

— O que aconteceu com Jason?

Fechei os olhos por um instante.

— Quando cheguei na sala, vi que ele estava carregando as malas para o carro. Mamãe disse que ele não era "o cara certo" e teve que ir embora. Lembro que fiquei com muita raiva dela... Gritei e chorei, perguntando como ela poderia ter feito aquilo. Por que sempre tinha que estragar tudo. Mas era o que ela fazia. Ela sempre estragava tudo.

Tristan suspirou e deu de ombros.

— Mas parece que ela fez um bom trabalho com você.

— Tirando minha falta de conhecimento sobre *Harry Potter*.

— Sua mãe deveria namorar um bruxo da próxima vez.

— Acredite em mim, deve ser um dos próximos da fila.

Às três da manhã, ele se levantou para ir embora. Corri para dentro de casa e peguei um pacote com duas pilhas AA. A princípio, ele hesitou, mas depois aceitou-as. Enquanto atravessava o jardim com Zeus, colocou os fones no ouvido e apertou o play. Vi quando ele parou e cobriu o rosto com as mãos, soluçando.

Fiquei comovida com o sofrimento dele. Uma parte de mim desejou não ter dado as pilhas, mas a outra estava feliz por ter feito aquilo. Sua reação demonstrava que ele ainda estava vivo, ainda respirava.

Às vezes, a pior parte de existir sem a pessoa que amamos é ter que se lembrar de respirar.

Ele virou na minha direção.

— Me faz um favor?

— Qualquer coisa.

Ele apontou para a minha casa.

— Abrace-a com força todos os dias e todas as noites, porque não sabemos o dia de amanhã. Eu só queria tê-los abraçado mais uma vez.

Capítulo 14

Tristan

4 de abril de 2014
Três dias antes do adeus

— Esse aqui é muito bom, se você quiser algo mais forte — disse o diretor da funerária, Harold, para minha mãe. Estávamos ali, de pé, escolhendo caixões. — É todo de cobre, então resiste muito melhor à corrosão. É bem melhor que o de aço e garante um repouso extraordinário aos seus entes queridos.

— Sim, parece muito bom — assentiu minha mãe enquanto eu continuava ali, completamente desinteressado.

— Se você deseja alguma coisa com mais classe, talvez queira dar uma olhada nessa maravilha. — Os dedos de Harold alisavam o cavanhaque ao passar a mão pelo outro caixão. — Esse aqui é de bronze puro, feito de um material que dura muito mais do que qualquer outro caixão. Se quisesse algo para se despedir dos seus entes queridos com estilo, eu escolheria este. Temos também as opções em madeira. Veja bem, eles não são tão fortes, mas são resistentes ao impacto, o que também é bom. Temos diferentes tipos de madeira, como cerejeira, carvalho e imbuia. O meu preferido é o de acabamento em cerejeira, mas quando se trata de gosto, cada um tem o seu.

— Isso é muito estranho — resmunguei. Minha mãe foi a única que me ouviu.

— Tristan — repreendeu ela, virando de costas para o diretor da funerária. — Seja educado.

— Ele tem um caixão favorito. Isso é muito estranho — sibilei, irritado com Harold, irritado com minha mãe, irritado porque Jamie e Charlie se foram. — Dá pra acabar logo com isso? — reclamei, olhando aqueles caixões vazios que em breve seriam preenchidos com tudo que eu tinha.

Voltem para mim.

Minha mãe franziu o cenho, mas tomou todas as decisões e cuidou dos detalhes que eu fingia que não existiam.

Harold nos levou até seu escritório, com aquele sorriso estranho que me irritava mais a cada segundo.

— Para as lápides, também oferecemos coroas, vasos e flores para cobrir o corpo...

— Você está de brincadeira comigo? — murmurei. Minha mãe segurou minha mão, tentando me impedir de falar daquela maneira, mas já era tarde demais. Eu estava no limite. — Deve ser muito bom pra você, não é, Harold? — perguntei, debruçado na mesa, com os punhos cerrados. — Deve ser um trabalho do caralho oferecer uma porra de uma coroa de flores para as pessoas que amamos. Fazer as pessoas gastarem todo seu dinheiro com coisas ridículas, que não mudam merda nenhuma, só porque estão vulneráveis. Flores pra cobrir o corpo? FLORES PRA COBRIR O CORPO? Eles morreram. Eles morreram, droga — gritei, levantando da cadeira. — Mortos não precisam de vasos. Eles não precisam de coroas. E não precisam de flores. Para quê? Para que, Harold? — berrei, batendo as mãos na mesa e fazendo todos os papéis voarem.

Minha mãe se levantou e tentou me segurar, mas puxei o braço com força. Meu peito subia e descia rapidamente, e minha respiração ficava cada vez mais curta e difícil de controlar. Senti a loucura em meus olhos. Eu estava descontrolado. Estava mais devastado a cada segundo que passava.

Saí correndo do escritório e me apoiei na parede mais próxima. Minha mãe se desculpou com Harold enquanto eu esmurrava a parede. Várias vezes. Meus dedos ficaram vermelhos, e meu coração se tornava mais frio à medida que a ficha começava a cair.

Eles se foram.

Eles se foram.

Minha mãe saiu da sala e ficou ao meu lado, com os olhos cheios de lágrimas.

— Você encomendou o cobertor de flores para os caixões? — perguntei, sarcasticamente.

— Tristan... — sussurrou ela. Eu conseguia perceber a dor em suas palavras suaves.

— Porque, se comprou, deveria ser verde para Charlie e roxo para Jamie. Eram as cores favoritas deles... — Balancei a cabeça, sem querer mais falar no assunto. Não queria o conforto da minha mãe. Não queria mais respirar.

Foi o primeiro dia em que percebi que eles estavam realmente mortos. O primeiro instante em que me dei conta de que tinha somente mais três dias para dizer adeus às pessoas que eram meu mundo. Balancei a cabeça mais uma vez, levei a mão à boca e, com um gemido, dei vazão à toda minha tristeza.

Eles se foram.

Eles se foram.

Voltem para mim.

$\sim$

— CHARLIE! — gritei, sentando na cama. Estava tudo escuro, e meus lençóis, encharcados de suor. Senti uma brisa vindo da janela e tentei esquecer aquele pesadelo, cada dia mais real. Eram as lembranças que sempre voltavam para me assombrar.

Vi uma luz se acender na casa de Elizabeth. Ela foi até a janela e espiou na minha direção. Não acendi a minha. Sentei na beira da cama, meu corpo ainda quente. A luz inundou seu rosto, e vi os lábios dela se movendo.

— Você está bem? — perguntou Elizabeth, cruzando os braços.

Ela era tão bonita que chegava a me irritar.

Mas eu também ficava irritado com o fato de que meus gritos provavelmente a acordavam todas as noites. Caminhei até a janela, meus olhos ainda carregando a culpa por não ter estado com Jamie e Charlie.

— Vai dormir — eu disse.

— Tá — respondeu ela.

Mas ela não voltou para a cama. Sentou-se no parapeito da janela, e eu me encostei na minha. Ficamos olhando um para o outro até nossos corações desacelerarem, e Elizabeth fechou os olhos.

Silenciosamente, agradeci a ela por não ter me deixado sozinho.

Capítulo 15

Elizabeth

— Estão dizendo por aí que você está trepando com aquele idiota — falou Faye ao telefone alguns dias depois do pesadelo de Tristan. Eu não o tinha visto desde então, mas não parava de pensar nele.

— Jura que estão dizendo isso?

— Não, mas eu preferia que fosse isso em vez de Tanner choramingando que você deixou outro cara cortar sua grama, embora eu tenha oferecido o Ed para aparar o seu matagal. Mas, me conta, você está bem? Devo me preocupar que nem o Tanner?

— Eu estou bem.

— Porque aquele Tristan é um babaca, Liz. — Era triste perceber a preocupação em cada palavra que ela dizia. Eu odiava o fato de ela estar preocupada comigo.

— Eu só converso com ele — eu disse baixinho. — Sobre Steven, só converso com ele.

— Você pode conversar comigo também.

— Sim, eu sei. Mas é diferente. Tristan perdeu a esposa e o filho.

Faye ficou em silêncio por um momento.

— Eu não sabia disso.

— Duvido que alguém saiba. Acho que as pessoas o julgam pela aparência.

— Olha só, Liz. Vou dizer uma coisa que você pode não gostar, mas ser sua melhor amiga significa que tenho que ser honesta com você, mesmo quando não quer ouvir. É triste, muito triste saber que Tristan perdeu a família. Mas como você consegue confiar nesse cara? E se ele tiver inventado essa história?

— O quê? Ele não inventou essa história.

— Como você sabe?

Porque os olhos dele são assombrados como os meus.

— Por favor, não se preocupe, Faye.

— Amiga... — Faye suspirou ao telefone. Por um momento, pensei em desligar, algo que nunca tinha feito com ela. — Você acabou de voltar à cidade, sei que está sofrendo. Mas esse tal de Tristan é uma pessoa ruim. Ele é violento. E acho que você precisa de estabilidade na sua vida. Você já pensou em fazer terapia ou algo do tipo?

— Não.

— Por quê?

Porque, supostamente, a terapia ajuda a pessoa a seguir em frente, e eu não queria seguir em frente. Eu ansiava por voltar ao passado.

— Olha, preciso ir. Falamos depois, tá?

— Liz...

— Tchau, Faye. Te amo. — Amava mesmo, apesar de não estar gostando muito dela naquele momento.

— Também te amo.

Assim que desliguei, fui até a janela observar o entardecer. Uma tempestade se formava. Uma parte de mim gostava disso, porque a grama ia crescer mais rápido com a chuva — o que significava que Tristan teria que voltar logo para me ver.

~

No sábado à noite, eu me sentei na varanda com a caixa em formato de coração da mamãe e li pela milésima vez suas cartas de amor. Tristan estava cortando a grama, o que não poderia me deixar mais feliz. Quando Tanner estacionou o carro na frente da casa, guardei tudo e escondi a caixa num canto. Senti um estranho constrangimento ao me dar conta de que Tanner estava prestes a dar de cara com Tristan ali.

Quando o motor foi desligado e Tanner saiu do carro, sorri timidamente e me levantei.

— E aí, cara, o que veio fazer aqui? — perguntei. Ele olhou para Tristan imediatamente e franziu o cenho.

— Estava indo pra casa e pensei em parar aqui e ver se você e Emma não querem jantar ou comer uma pizza.

— Nós já pedimos pizza, e Emma está vendo *Frozen* pela segunda vez.

Ele se aproximou, ainda com a cara fechada.

— A grama não parece tão alta.

— Tanner — repreendi, com a voz baixa.

— Por favor, me diga que você não está dando dinheiro pra esse cara, Liz. Ele provavelmente vai comprar drogas ou algo do tipo.

— Não seja ridículo.

Ele ergueu a sobrancelha.

— Ridículo? Estou sendo realista. Não sabemos nada sobre ele, exceto que trabalha com o louco do Henson. Olha pra ele. Parece um psicopata, assassino, Hitler ou alguma coisa do tipo. Dá medo.

— Se você parar com essa bobagem, pode entrar e comer um pedaço de pizza. Senão, é melhor nos falarmos outra hora, Tanner.

Ele fez que não com a cabeça.

— Vou entrar e dar um oi pra Emma. Depois vou largar do seu pé. — Tanner respirou fundo e entrou na casa com as mãos no bolso. Quando saiu, me deu um sorriso cauteloso. — Você está diferente, Liz. Não sei por que, mas você está agindo de maneira muito estranha desde que voltou. É como se eu não te conhecesse.

Talvez você nunca tenha me conhecido.

— Falamos depois, tá?

Ele assentiu e foi para o carro.

— Ei — gritou ele na direção de Tristan, que olhou de volta, estreitando os olhos. — Você esqueceu de cortar do lado esquerdo.

Tristan piscou e voltou ao que estava fazendo. Tanner saiu com o carro.

Quando terminou, Tristan foi até a varanda e me deu um meio-sorriso.

— Elizabeth?

— Sim?

— Será que eu... — Ele gaguejou e pigarreou, coçando a barba, e se aproximou de mim. Vi o suor escorrendo do couro cabeludo até a testa, e tive uma vontade enorme de passar a mão ali para enxugá-lo.

— Será que eu o quê? — sussurrei, olhando mais tempo do que deveria para os lábios dele.

Ele deu mais um passo em minha direção, fazendo meu coração acelerar. Prendi a respiração e simplesmente fiquei olhando para ele. Inclinei a cabeça bem devagar, e os olhos de Tristan também pareceram se deter em minha boca.

— Será que eu... — gaguejou ele de novo.

— Será que... — repeti.

— Você acha que...

— Eu acho que...

Ele olhou bem no fundo dos meus olhos. Meu coração não sabia se desacelerava ou se disparava com toda força.

— Será que eu posso usar seu chuveiro? Estou sem água quente.

Um leve suspiro saiu dos meus lábios, e assenti.

— Sim, um banho, é claro. — Ele sorriu e me agradeceu. — Você pode pegar uma roupa do Steven emprestada, assim nem precisa ir até sua casa.

— Não precisa fazer isso.

— Mas eu quero. Eu quero.

Entramos. Fui até meu quarto e separei uma camiseta e uma calça de moletom para Tristan. Em seguida, peguei esponja e toalhas para ele.

— Aqui está. Tem sabonete e xampu no banheiro. Desculpe, mas são femininos.

Ele riu.

— Aposto que são melhores do que o meu cheiro nesse momento.

Não tinha ouvido sua risada antes. Era um som muito bem-vindo.

— Tá. Olha, se precisar de mais alguma coisa, dê uma olhada no armário embaixo da pia. Qualquer coisa é só chamar.

— Obrigado.

— De nada.

Ele mordeu a parte interna da bochecha e entrou no banheiro. Um suspiro escapou do meu peito quando fui buscar Emma e colocá-la para dormir. Precisava me ocupar até que Tristan saísse do banho.

Caminhei pelo corredor na direção do banheiro e parei quando cheguei na porta. Tristan estava em pé, diante da pia, vestindo só a calça de moletom que dei para ele. Ele passou as mãos pelo cabelo e o prendeu no topo da cabeça em um coque estilo samurai. Em seguida, levou a gilete até a área acima dos lábios, o que fez meu corpo se retrair.

— Você vai fazer a barba?

Ele parou e olhou em minha direção antes de raspar o bigode. Depois, aparou a barba até que ela ficasse bem curta, quase invisível.

— Você fez a barba. — Suspirei, olhando para aquele homem que era tão diferente há alguns minutos. Os lábios dele pareciam mais grossos, os olhos mais, brilhantes.

Tristan voltou a concentrar sua atenção no espelho, analisando seu rosto despido.

— Não quero parecer um assassino. Ou pior, Hitler.

Meu estômago se revirou.

— Você ouviu o que Tanner disse.

Ele não respondeu.

— Você não parece Hitler — continuei, forçando-o a se virar em minha direção, admirando cada movimento de seu corpo. Tentei pôr meus pensamentos dispersos em ordem. — O comentário dele não faz o menor sentido, porque você sabe que Hitler tinha... — Coloquei o dedo debaixo do nariz. — ... Ele tinha um bigodinho. E você... — Passei a mão pelo meu queixo. — ... Você tinha uma barba bem estilo lenhador. Tanner estava sendo... não sei... estava tentando me proteger, de uma forma muito estranha. Ele é como um irmão mais velho. Mas não foi legal ele ter dito aquilo. Passou dos limites.

O rosto de Tristan ficou paralisado; seus olhos se fixaram nos meus. Ele tinha um porte tão rijo que era difícil não apreciá-lo. Pegou a camiseta, vestiu-a e, em seguida, passou por mim, roçando meu ombro.

— Mais uma vez, obrigado — disse ele.

— E, mais uma vez, de nada.

— É difícil? Olhar pra mim usando as roupas dele?

— Sim. Mas ao mesmo tempo me dá vontade de te abraçar, porque seria como abraçar o Steven.

— Isso é estranho. — Ele sorriu, brincando.

— Eu sou estranha.

Quando ele me abraçou, eu derreti. Não esperava por aquilo. Não fiquei triste, o que era surpreendente. A forma como ele encostou o queixo no topo da minha cabeça e passou a mão pelas minhas costas, bem devagar, me trouxe uma paz que eu não sentia há muito tempo. Eu me senti egoísta por querer abraçá-lo ainda mais forte, pois não estava preparada para abandonar minha solidão. Durante aqueles minutos com Tristan, não consegui pensar no quão solitária eu era. Por alguns instantes silenciosos, encontrei o conforto de que eu sentia tanta falta.

Não percebi que estava chorando até sentir os dedos dele secando minhas lágrimas. Estávamos muito próximos, e minha mão agarrava a camiseta dele, enquanto as dele me puxavam para mais perto de seu corpo. Ele abriu os lábios, também abri os meus, e nós ficamos ali, respiramos o mesmo ar, juntos. Fechamos os olhos e permanecemos em silêncio. Não sei se foi a boca dele que tocou a minha primeiro, ou o contrário, mas elas se encontraram. Não nos beijamos; simplesmente ficamos ali, unidos, um liberando ar para o pulmão do outro, impedindo que ambos caíssemos na escuridão.

Tristan inspirava; eu expirava.

Pensei em beijá-lo.

— Minha água quente não acabou — disse ele, suavemente.

— Sério?

— Sério.

Pensei em beijá-lo de novo.

Olhei para aqueles olhos sombrios e vi um pouquinho de vida. Meu coração disparou, sem querer deixá-lo ir embora tão cedo.

— É melhor eu ir — disse ele.

— É melhor você ir.

Pensei novamente na minha vontade de beijá-lo.

— A não ser que você fique — sugeri.

— A não ser que eu fique.

— Minha melhor amiga disse que eu deveria usar o sexo para tentar seguir em frente depois da morte de Steven. — Suspirei. — Não estou pronta para esquecê-lo. Não estou pronta pra seguir em frente. Mas eu quero isso. — Suspirei novamente. — Quero você aqui comigo, porque isso me ajuda. Isso me faz lembrar como é me sentir desejada. — Abaixei a cabeça, envergonhada pela minha confissão. — Sinto falta de alguém cuidando de mim.

Os lábios de Tristan roçaram na minha orelha, e ele falou baixinho:

— Vou te ajudar. Vou te ajudar a não se esquecer dele. Vou te ajudar a lembrar. Vou cuidar de você.

— Vamos nos lembrar deles usando um ao outro?

— Só se você quiser.

— Isso me parece uma ideia horrível, mas cheia de boas intenções.

— Uma parte enorme de mim sente falta de Jamie todos os dias. E abraçar você... — ele deslizou a língua gentilmente pelo meu lábio inferior — ... me faz lembrar de como era abraçá-la.

— Sentir as batidas do seu coração... — coloquei a palma da mão no peito dele — ... me faz lembrar das batidas do coração dele.

— Passar a mão pelo seu cabelo... — seus dedos percorreram os fios, me fazendo suspirar — ... me ajuda a lembrar dos dela.

— Sentir sua pele na minha... — levantei a camisa dele bem devagar — ... me lembra a dele.

Ergui a cabeça e estudei seu rosto. O queixo quadrado e bem-definido, as pequenas rugas no canto dos olhos. A respiração ofegante. Todos na cidade tinham certeza de que ele corria para fugir de seu passado, mas isso estava muito longe de ser verdade. Tristan corria para se lembrar dele. Não queria se tornar um atleta. Se quisesse, não teria tanta tristeza em seu olhar.

— Então, brinca de faz de conta comigo por um tempo — murmurei antes de aproximar ainda mais meus lábios dos dele. — Me ajuda a lembrar de Steven hoje — sussurrei, um pouco envergonhada.

Seu quadril se esfregou no meu, suas pupilas se dilataram. Tristan levou a mão direita à parte de baixo das minhas costas, forçando-me a pressionar meu corpo contra o dele. Senti sua ereção entre minhas coxas, e meu corpo se derreteu. *Sim.* Encostamo-nos na parede mais próxima. Ele apoiou a mão esquerda com o punho fechado acima da minha cabeça. Seu rosto se aproximou do meu, e ele soltou um suspiro profundo.

— Não deveríamos...

Sim.

Abri a boca e mordisquei seu lábio inferior enquanto passava a mão pela sua calça, tocando sua ereção. *Isso.* Tristan soltou um gemido e pressionou seu corpo ainda mais no meu. Senti sua língua lamber meu pescoço, me fazendo tremer. *Faz isso de novo.*

Sua mão deslizou por dentro do meu vestido, chegando até a parte interna da coxa. Quando seus dedos abriram caminho pela minha calcinha molhada, meu coração disparou. *Isso, isso...*

Gemi quando ele afastou a calcinha e introduziu seu dedo em mim.

Nossas bocas se encontraram, e Tristan sussurrou um nome, mas eu não consegui distingui-lo. Também murmurei o nome de alguém, mas não tinha certeza se era o dele. Ele me possuía, me beijava, sua língua explorando cada parte de mim. Tristan introduziu mais um dedo e começou a circular meu clitóris com outro.

— Meu Deus, isso é tão bom... — gemeu ele, sentindo minha excitação, sentindo meu corpo.

Meus dedos se esgueiraram para dentro de sua cueca boxer e comecei a movê-los para cima e para baixo, ouvindo seus gemidos de prazer.

— Perfeito — murmurou ele, os olhos fechados e a respiração entrecortada. — Absolutamente perfeito.

Era errado.

Mas era tão bom.

Minha mão se movia cada vez mais rápido, e seus dedos acompanhavam meu ritmo. Nós dois ofegamos juntos, nos perdendo, nos encontrando, perdendo as pessoas que amamos, encontrando-as. Naquele instante, eu o amei, porque era como amar Steven. Naquele instante, eu o odiei, porque sabia que tudo era uma grande mentira. Mas não conseguia parar de tocá-lo. Não conseguia parar de ansiar por ele. Não conseguia parar de desejá-lo.

Nós dois juntos era uma ideia terrível. Éramos instáveis, estávamos destruídos, não havia como negar. Ele era o trovão, e eu, a nuvem escura. Estávamos a segundos de criar a tempestade perfeita.

— Mamãe. — Ouvi uma voz frágil atrás de mim. Tive um sobressalto e me afastei de Tristan, ajeitando meu vestido, confusa. Meus olhos se viraram para o corredor, onde vi a sombra de Emma.

— Oi, filha, o que aconteceu? — perguntei, passando a mão pela boca, limpando-a. Corri até ela.

Emma segurava Bubba e bocejava.

— Não consigo dormir. Você pode ficar comigo e com o Bubba?

— Claro. Já estou indo, tá?

Ela concordou e voltou para o quarto. Quando virei para trás, vi culpa nos olhos de Tristan enquanto ele arrumava a calça.

— É melhor eu ir — murmurou ele.

— É melhor você ir.

Capítulo 16

Tristan

Devíamos ter parado naquela noite. Devíamos ter pensado que era horrível nos lembrar de Steven e Jamie dessa forma, usando um ao outro. Éramos como bombas-relógios, prestes a explodir.

Mas não nos importamos.

Quase todos os dias, ela me beijava.

Quase todos os dias, eu retribuía o seu beijo.

Ela me contou a cor favorita dele. *Verde.*

Contei qual era o prato favorito de Jamie. *Massa.*

Algumas noites, eu saía pela janela do meu quarto e ia para o dela. Em outras, era ela que escapulia para minha cama. Quando eu entrava no quarto, ela nem afastava os lençóis. Quase nunca me deixava deitar do lado dele na cama. Eu entendia aquilo muito mais do que qualquer pessoa poderia imaginar.

Ela se despia e fazia amor com seu passado.

Eu a penetrava e fazia amor com meus fantasmas.

Não era certo, mas mesmo assim fazia sentido.

A alma dela estava ferida, e a minha, devastada.

Mas quando estávamos juntos, doía menos. Quando estávamos juntos, o passado não parecia tão doloroso. Junto dela, nunca me senti, nem por um momento, sozinho.

Tinha dias em que eu estava bem. E muitos dias em que eu sentia a dor escondida dentro de mim, sem se manifestar. E havia os dias das grandes recordações. Era aniversário de Jamie, e eu sofri muito naquela noite.

Os demônios do passado, que ficavam enterrados no fundo da minha alma, estavam sendo exorcizados. Elizabeth foi ao meu quarto. Eu devia tê-la mandado embora. Devia ter deixado a escuridão me engolir.

Mas eu não podia deixá-la sozinha.

O corpo dela estava embaixo do meu, e trocávamos carícias. Os olhos de Elizabeth sempre me deixavam maravilhado. Assim como seu cabelo esparramado pelo meu travesseiro.

— Você é deslumbrante — sussurrei, antes de erguer seu queixo para que sua boca encontrasse meus lábios.

Naquela noite, ela era minha droga. Minha alucinação.

Eu adorava o gosto de morango do gloss em seus lábios.

Adorava seu corpo nu, que se arqueava quando meus lábios exploravam seu pescoço.

— Você tem ideia do quanto seus olhos são lindos? — perguntei, sentando-me e prendendo-a embaixo de mim.

Ela sorriu novamente. *Isso também é lindo.* Passei os dedos pelas curvas de seu corpo.

— São só castanhos — respondeu ela, passando a mão pelo cabelo.

Ela estava errada. Eles eram muito mais que castanhos, e a cada noite eu percebia mais um detalhe enquanto a tinha em meus braços. De perto, dava para perceber o tom dourado em torno das íris.

— São lindos.

Não havia nada nela que não fosse lindo.

Passei a língua por seus mamilos rijos, e ela gemeu. Elizabeth parecia derreter em minhas mãos, suplicando que eu explorasse seus medos mais profundos e seus sabores mais doces. Coloquei as mãos em suas costas e a levantei, e nós dois nos vimos sentados no quarto escuro. Fiquei admirando a beleza de seus olhos enquanto abria suas pernas. Elizabeth assentiu, permitindo que eu desse a ela exatamente o que ela veio buscar no meu quarto.

Peguei uma camisinha no criado-mudo e a coloquei.

— Como você quer? — perguntei.

— Como assim?

Meus lábios repousaram nos dela, e sussurrei:

— Posso ser agressivo. Ou gentil. Posso fazer você chorar ou gritar. Posso foder com tanta força que você nem vai conseguir se mexer. Ou posso ir tão devagar que você vai pensar que estou apaixonado. Então, você decide. Você que manda. — Acariciei a base de suas costas. Eu precisava que ela mandasse em mim. Precisava que ela tomasse a decisão, porque eu já estava perdendo a noção da realidade.

— Nossa, que cavalheiro! — respondeu ela, nervosa.

Ergui a sobrancelha.

Suspirando, ela evitou olhar para mim.

— Gentil e devagar... como se você me amasse — sussurrou, tentando não soar tão desesperada.

Não falei nada, mas era exatamente disso que eu precisava.

Era exatamente assim que eu faria amor com Jamie em seu aniversário.

Meu Deus, minha cabeça estava uma zona.

Os pensamentos de Elizabeth eram como cópias exatas dos meus. E isso me dava medo.

Como duas pessoas tão imperfeitas e tão devastadas conseguiram estabelecer uma ligação?

No início, penetrei Elizabeth bem devagar, observando as reações de seu corpo ao meu. Os olhos dela se fecharam quando fui mais fundo, os lábios se abriram, gemendo. Pensei que estava numa plantação de morangos quando passei novamente a língua por seu lábio inferior.

Minhas mãos tremiam, mas controlei meu nervosismo e me concentrei em Elizabeth. Ela respirou fundo e apoiou a mão no meu peito. Abriu os olhos e fixou-os nos meus, como se nunca mais fôssemos nos ver. Ambos estávamos morrendo de medo de nos perdermos naquele pequeno momento de consolo.

Será que ela o via quando olhava para mim? Será que ela lembrava dos olhos dele?

Eu sentia o coração dela bater tão rápido quanto o meu, tão intenso.

— Posso passar a noite aqui? — sussurrou ela ao apoiar as costas na cabeceira da cama.

— Claro. — Suspirei, passando minha língua em seus ouvidos, massageando seus seios. *Ela não deveria passar a noite aqui.* Mas eu queria. Estava tão apavorado com a ideia de ficar sozinho com meus pensamentos que a resposta escapou da minha boca, suplicante. — Podemos brincar de faz de conta até de manhã.

Ela não deveria passar a noite aqui. O que você está fazendo?!

Mais forte. Nós dois queríamos mais e mais, nossos olhos fixos um no outro o tempo todo. Nossos quadris se movendo em harmonia.

— Isso, assim... — Ela estava ofegante. As batidas dos nossos corações se tornaram mais rápidas enquanto eu a penetrava, e ela arquejou, pedindo mais. Por um breve momento, deixamos nossos corpos se tornarem um só.

— Steven... — sussurrou ela, mas eu não liguei.

— Jams... — murmurei, e ela não se importou.

Nós erámos completamente loucos.

Mais fundo. Puxei os cabelos dela, e seus dedos envolveram os meus. Aos poucos fui me tornando mais agressivo, mais incontrolável.

— Porra. — Eu adorava estar entre as pernas dela, amava o suor que escorria por seu corpo. Era bom demais estar dentro de Elizabeth, era seguro.

Mais rápido. Queria senti-la por inteiro. Queria me enterrar fundo nela, para que ela nunca se esquecesse de que eu era o cara que a fazia fugir da realidade. Queria trepar com ela como se ela fosse minha amante, e eu, o dela.

Levantei sua perna esquerda e a apoiei em meu ombro. Quando ela pediu que fizéssemos amor com mais força, permiti que ela sentisse cada centímetro meu. Será que ela se deu conta do que disse? Ela falou mesmo *fazer amor*? Sei que foi isso que combinamos, mas ouvir essas palavras da sua boca fizeram com que eu perdesse o foco por um momento.

Eu não era Steven.

Ela não era Jamie.

Mas, meu Deus, era tão bom mentir para nós mesmos.

Ela estava ofegante, e eu gostava da maneira como a cabeça dela se inclinava para trás na cabeceira. E também de suas unhas cravadas na minha pele, como se nunca mais quisesse se afastar. Depois, ela piscou, e vi que tentava conter as lágrimas. Seu esforço para não derramá-las buscava uma válvula de escape. Em vez de dar vazão a elas, Elizabeth apenas respirou fundo.

Mais devagar. Elizabeth perguntou mais uma vez se podia realmente passar a noite comigo. Provavelmente estava com medo de que eu a mandasse embora logo depois, o que a forçaria a encarar a solidão. E eu estava só. O temor da rejeição marejava seus olhos. Mas prometi que sim e não iria voltar atrás. Eu via naqueles olhos castanhos que ela odiava ficar sozinha com seus pensamentos.

Tínhamos isso em comum.

Mais gentil.

Tínhamos muitas coisas em comum.

Deitei-a na cama e permaneci dentro dela, mas me movi devagar, com cuidado.

— Posso parar — eu disse, vendo as lágrimas caírem de seus olhos.

— Por favor, não pare — suplicou ela, balançando a cabeça. Cravou novamente as unhas nas minhas costas, como estivesse se agarrando a algo que, na verdade, não existia mais.

Isso é apenas um sonho.

— Estamos sonhando, Elizabeth. Estamos sonhando. Não é real.

Ela levantou o quadril.

— Não, continue.

Enxuguei suas lágrimas e parei.

Era errado.

Ela estava destroçada.

Eu também.

Saí de dentro dela e me sentei na beirada da cama, minhas mãos agarrando o colchão. Os lençóis amassados. Ela se sentou do outro lado. Estávamos de costas um para o outro, mas ainda assim eu podia jurar que sentia seu coração bater.

— O que há de errado com a gente? — sussurrou.

Passei os dedos pela testa e, suspirando, disse:

— Tudo.

— Hoje era dia de ter uma daquelas grandes recordações? — ela quis saber.

Assenti, mesmo sabendo que ela não ia ver.

— Aniversário da Jamie.

Ela riu. Eu me virei e vi que ela enxugava as lágrimas.

— Foi o que pensei.

Ela se levantou e vestiu a calcinha e o sutiã.

— Como você sabia?

Ela veio até mim e ficou de pé entre minhas pernas. Seus olhos me estudando, passando a mão nos meus cabelos. Colocou a mão no meu peito, sentindo as batidas rápidas do meu coração. Aproximou seus lábios dos meus, sem me beijar, apenas para sentir minha respiração.

— Percebi o quanto você precisava dela. Vi nos seus olhos sombrios que estava desapontado por eu não ser a Jamie.

— Elizabeth... — falei, sentindo-me culpado.

Ela balançou a cabeça e se afastou.

— Tudo bem. — Pegou a camiseta e a vestiu no corpo *mignon*. Colocou o short do pijama e foi até a janela para sair. — Acho que você também percebeu o quão desapontada eu estava por você não ser ele.

— Talvez seja melhor pararmos com isso.

Elizabeth fez um rabo de cavalo e sorriu.

— Sim. Talvez. — Ela subiu na janela. — Mas acho que, provavelmente, não vamos parar. Nós dois estamos viciados no passado. Até mais.

Eu caí na cama e soltei um gemido, sabendo que ela estava certa.

Capítulo 17

Elizabeth

— Então você está saindo com aquele Tristan Cole, certo? — perguntou Marybeth em um dos encontros do clube do livro.

Ergui a sobrancelha enquanto segurava meu exemplar de *Mulherzinhas*.

— O quê?

— Ah, querida, não precisa ficar com vergonha. Todo mundo na vizinhança já viu vocês juntos. Não se preocupe, pode contar tudo pra gente. Ninguém vai comentar nada.

Claro.

— Ele corta a grama do meu jardim. Nós mal nos conhecemos.

— É por isso que outro dia você saiu da casa dele pela janela à uma da manhã? Por que ele corta a grama do seu jardim? — perguntou uma mulher que eu mal conhecia.

— Desculpe, quem é você?

— Dana. Sou nova na cidade.

Precisei me esforçar muito para me controlar. Ela havia se adequado perfeitamente aos hábitos locais.

— Então é verdade? Você pulou da janela dele? Falei para Dana que eu não podia acreditar nisso. Você acabou de perder seu marido e não iria manchar a memória dele com outro homem — interveio

Marybeth. — Seria como dar um tapa na cara do seu casamento. Como se vocês tivessem escrito os votos de casamento na areia, e não no coração.

Meu estômago se revirou.

— Talvez devêssemos falar sobre o livro — sugeri.

Mas elas continuaram a fazer perguntas. Perguntas para as quais eu não tinha respostas. Perguntas que eu não *queria* responder. Isso se prolongou durante toda a noite e tudo parecia se passar em câmera lenta. Quando acabou, me senti infinitamente feliz.

— Tchau, meninas! — despediu-se Susan, acenando para Emma. — Lembrem-se de ler *Cinquenta tons de cinza* em duas semanas. Tragam anotações.

Acenei para todas. No final da noite, não tínhamos falado nada sobre o livro, e eu me senti extremamente menosprezada por todas aquelas mulheres.

~

23 de agosto.

Para a maioria das pessoas era só uma data. Para mim, era muito mais do que isso.

Era aniversário de Steven.

Dia de ter grandes recordações.

Eu deveria lidar melhor com elas. As pequenas lembranças normalmente doíam mais.

Apoiei-me na árvore do meu jardim e olhei para o céu brilhante, os raios de sol iluminando tudo. Emma brincava com Zeus numa pequena piscina de plástico que eu tinha comprado. Tristan estava construindo uma mesa de jantar em seu galpão.

Não sei de onde veio, mas uma pluma branca pousou em mim. Uma pluma pequena, delicada, que adentrou minha alma. Um sentimento de perda esmagador me dominou, e eu levei a palma da mão à testa, batendo nela repetidas vezes. Meu coração disparou no peito, as lembranças de Steven me inundaram. Afoguei-me nelas. Não conseguia respirar, minhas costas deslizando pela árvore, tremendo incontrolavelmente.

— Me perdoa. — Chorei por mim. *Por Steven.* — Desculpe se eu não consegui... — gritei de dor, fechando os olhos.

Senti duas mãos no meu ombro e pulei, assustada.

— Shhh, sou eu — murmurou Tristan ao se sentar no chão e me abraçar. — Estou aqui.

Puxei a camiseta dele e molhei-a com minhas lágrimas.

— Eu não consegui salvá-lo, não consegui. — Eu gemia. — Ele era tudo para mim, e eu não o salvei. Ele lutou por mim, e eu... — Não consegui dizer mais nada. Não consegui achar as palavras certas no meu coração sufocado.

— Shh, Elizabeth. Estou aqui. Estou aqui. — A voz dele me confortava, mas eu desabei completamente. Meu primeiro surto em muito tempo. Agarrei-me a Tristan, suplicando silenciosamente que ele não me abandonasse.

Ele me abraçou com mais força.

Em seguida, senti mãos pequenas em meu corpo. Emma estava tentando me trazer algum conforto.

— Sinto muito, minha querida — sussurrei, tremendo, abraçada a Tristan e a minha filha. — Mamãe sente muito.

— Tá tudo bem, mamãe — consolou ela. — Tudo bem.

Mas ela estava errada.

Nada estava bem.

E eu não tinha certeza de que um dia ficaria.

Choveu naquela noite. Fiquei sentada no quarto por um tempo, só de roupão, vendo o dilúvio cair. Chorei com a chuva, sem conseguir me controlar. Emma estava dormindo no outro quarto, e Tristan deixou que Zeus passasse a noite com ela.

Faça isso parar, supliquei ao meu coração. *Faça essa dor parar.*

Pulei a janela e fui até a casa de Tristan. Fiquei encharcada em segundos, mas não me importei. Dei uma leve batida na janela dele, e ele a abriu, sem camisa, me encarando por alguns segundos. Seus braços se apoiaram no parapeito da janela, o que deixou seus músculos à mostra.

— Hoje não — disse ele baixinho. — Vá pra casa, Elizabeth.

Meus olhos ardiam de tanto chorar. Meu coração doía de saudade.

— Hoje — retruquei.

— Não.

Desamarrei meu roupão e o deixei cair no chão. Fiquei na chuva só de calcinha e sutiã.

— Sim.

— Meu Deus — murmurou ele, abrindo a janela. — Entre.

Obedeci. Uma poça de água se formou aos meus pés. Eu tremia de frio. De dor.

— Pergunte como eu quero hoje.

— Não. — A voz de Tristan era ríspida, e ele não olhava para mim.

— Quero que você me ame hoje.

— Elizabeth...

— Você pode ser agressivo, se quiser.

— Pare.

— Olhe para mim, Tristan.

— Não.

— Por que não? — perguntei, aproximando-me quando ele deu as costas para mim. — Você não me quer?

— Você sabe a resposta.

Balancei a cabeça.

— Você não me acha bonita? Não sou tão bonita quanto ela? Tão boa quanto...

Ele se virou rapidamente e segurou meus ombros.

— Não faça isso, Elizabeth.

— Me come agora, por favor... — implorei, os dedos deslizando por seu peitoral. — Por favor, faça amor comigo.

— Não posso.

Bati em seu peito.

— Por que não? — As lágrimas começaram a deixar minha visão embaçada. — Por que não? Deixei você me tocar quando a quis, deixei você trepar comigo quando precisou. Deixei... — Minhas palavras se transformaram em soluços. — Deixei você... Por que não...

Ele agarrou meus pulsos, impedindo-me de continuar batendo em seu peito.

— Porque você não está bem. Está completamente devastada hoje.

— Só faça amor comigo.

— Não.

— Por que não?

— Porque não posso.

— Isso não é resposta.

— É, sim.

— Não, não é. Pare de ser covarde. Me diga, por que não? Por que não?

— *Porque eu não sou ele!* — berrou Tristan, fazendo meu corpo estremecer. — Não sou Steven, Elizabeth. Não sou o que você quer.

— Mas você pode ser. Você pode ser ele.

— Não — respondeu, rispidamente. — Não posso.

Eu o empurrei

— Eu te odeio! — gritei, minha garganta queimando, as lágrimas escorrendo pelo rosto. — Eu te odeio! — Mas eu não estava falando com Tristan. — Eu te odeio por ter me deixado! Eu te odeio por ter ido embora. Não consigo respirar. Não consigo...

Desabei nos braços de Tristan.

Desabei de uma forma que eu nunca tinha experimentado na vida.

Estremeci, gritei, e uma parte de mim morreu.

Mas Tristan me abraçou, fazendo de tudo para que minha alma sobrevivesse àquela noite.

Capítulo 18

Elizabeth

Só consegui olhar para Tristan de novo depois de duas semanas. Fiquei extremamente envergonhada, constrangida pelo que aconteceu na noite do aniversário de Steven. Porém, quando ele me chamou para falar sobre a decoração de sua casa, decidi engolir meu medo.

— Você está bem? Parece estranha — observou Tristan quando eu e Emma chegamos à casa dele. Eu me sentia muito desconfortável, não apenas pela minha atitude, mas também pela forma como desabei diante dele.

— Não. Estou bem — respondi. — Só estou olhando tudo.

Dei um sorriso falso, e ele percebeu na hora.

— Tá. Bem, você pode fazer praticamente tudo o que quiser aqui. Tem sala de estar, sala de jantar, banheiro, meu quarto e a cozinha. E eu adoraria que meu escritório não estivesse tão bagunçado.

Fui até o escritório e vi muitas caixas empilhadas. A mesa estava repleta de coisas e, quando ele saiu com Emma e Zeus, vi um recibo meio escondido debaixo de uns papéis. Peguei-o e li.

Cinco mil plumas brancas.

Entrega expressa.

Abri uma das caixas, e meu coração quase saiu pela boca ao encontrar outros sacos com plumas. Ele não as encontrou na loja do Sr.

Henson. Ele as comprou. Encomendou milhares delas só para Emma não sofrer.

Tristan.

— Você vem, Elizabeth? — escutei-o chamar. Fechei a caixa e corri para fora do escritório.

— Sim, estou aqui. — Pigarreei. — E o galpão? Posso ajeitá-lo também.

— Não. O galpão não... — Ele fez uma pausa e franziu o cenho.
— Não.

Entendi na hora

— Certo... bem, acho que já vi tudo que precisava. Vou fazer alguns esboços e escolher alguns tecidos e cores. Conversamos depois. Preciso ir.

— Você está com pressa.

— Pois é. — Dei uma olhada na direção de Emma, que parecia estar em um mundo à parte, brincando com Zeus. — Emma vai dormir na casa de uma amiguinha, e preciso arrumá-la.

Tristan deu um passo em minha direção.

— Você está zangada comigo? — perguntou gentilmente. — Por causa daquela noite?

— Não. — Suspirei — Estou zangada comigo mesma. Você não fez nada de errado.

— Tem certeza?

— Absoluta, Tristan. Você me ajudou quando eu mais precisava, mas talvez seja melhor pararmos com tudo isso... É óbvio que não estou conseguindo lidar com essa situação.

Ele ergueu a sobrancelha e baixou os olhos, como se estivesse desapontado. Em seguida, levantou a cabeça e deu um sorriso.

— Quero mostrar uma coisa a vocês.

Tristan nos levou até a parte de trás da casa e segurou a porta dos fundos para passarmos. Ouvi os grilos da noite, e parecia até que eles estavam conversando entre si. Era um som reconfortante.

— Aonde estamos indo? — perguntei.

Ele virou a cabeça, apontando para o bosque e pegando uma lanterna. Não perguntei mais nada. Segurei a mão de Emma e o segui. Andamos pelo bosque, e ele nos levou cada vez mais para longe.

O céu estava estrelado e, à medida que avançávamos entre as árvores, o cheiro da primavera nos dava as boas-vindas. Abrimos caminho pelo bosque, os galhos estalando aos nossos pés.

— Estamos quase chegando — anunciou ele.

— Mas aonde?

Quando finalmente chegamos, percebi de imediato que aquele era o lugar aonde ele queria nos levar, só pela vista maravilhosa. Levei as mãos à boca, pois tive medo de que, se eu emitisse algum som, aquela beleza desapareceria. Diante de nós havia um riacho. A correnteza era quase silenciosa, como se as criaturas que navegassem ali estivessem descansando. Atrás do riacho, havia o que parecia ser uma antiga ponte. Flores cresciam nas ruínas, tornando a vista perfeita ao luar.

— Descobri esse lugar com Zeus — contou Tristan, andando até a ponte e sentando-se. — Sempre que preciso esvaziar a cabeça, venho aqui.

Sentei ao lado dele, tirei os sapatos e coloquei os pés na água gelada. Emma e Zeus brincavam, espirrando água alegremente.

Ele sorriu para mim, e retribuí na mesma hora. Tristan conseguia fazer as pessoas se sentirem valorizadas apenas pelo modo como sorria para elas. Eu queria que ele fizesse isso mais vezes.

— Quando me mudei pra cá, sentia raiva o tempo todo. Sentia falta do meu filho, da minha esposa. Odiava meus pais, mesmo sabendo que eles não tinham feito nada. Por alguma razão, eu achava mais fácil culpá-los, responsabilizá-los pela morte dos dois. Era mais fácil sentir raiva do que ficar triste. O único momento em que não me sentia mal era quando eu vinha aqui e respirava o ar dessas árvores.

Ele estava se abrindo.

Por favor, continue.

— Fico feliz por você ter encontrado algo que te trouxe um pouco de paz.

— Sim. Eu também. — Ele passou a mão pela barba, que estava crescendo bem rápido. — Já que não estamos mais nos "ajudando", você pode vir até aqui, se quiser. Pra encontrar paz.

— Obrigada.

Ele simplesmente assentiu.

Emma pulou e a água espirrou para todos os lados, praticamente nos encharcando. Mesmo querendo repreendê-la, o sorriso em seu rosto e a agitação de Zeus eram contagiantes.

— Obrigada por trazer a gente aqui, Pluto! Adorei! — gritou ela, erguendo as mãos, animada.

— Venha sempre que quiser.

— Que bom que minha filha gosta de você. Senão, nunca mais nos falaríamos.

— E que bom que o meu cachorro gosta de você. Senão, eu já teria me convencido de que você era uma psicopata. As pessoas sempre devem confiar no instinto dos animais. Os cachorros sabem julgar o caráter de uma pessoa muito melhor que humanos.

— Ah, é?

— Sim. — Ele parou e passou a mão pelo cabelo. — Por que sua filha me chama sempre de Pluto?

— Ah... Porque da primeira vez que nos encontramos, chamei você de puto. Ela perguntou o que significava e, quando percebi que era uma péssima mãe, disse a ela que tinha dito Pluto, e expliquei que você era grande e desengonçado.

— Então ela acha que sou desengonçado?

— É, pelo visto sim.

Ele riu.

— Bom, isso faz com que eu me sinta bem melhor.

Eu retribuí o sorriso.

— Deveria.

— Bom, se Emma vai continuar me chamando de Pluto, vou pensar em um nome para ela... Que tal Fifi? É a namorada do Pluto.

— Somos uma dupla! — disse Emma, pulando de alegria. — Pluto e Fifi! Pluto e Fifi!

— Acho que ela gostou da ideia — observei.

— Elizabeth? — Ele se virou na minha direção, bem sério.

— Sim?

— Sei que não podemos mais fazer as coisas que estávamos fazendo antes, mas será que podemos ser amigos? — perguntou ele, constrangido.

— Achei que você não sabia ter amigos.

— Não sei. — Ele suspirou, coçando a nuca. — Mas espero que você possa me ensinar.

— Por que eu?

— Porque você acredita em coisas boas, mesmo quando seu coração está partido. E eu não consigo me lembrar das coisas boas.

Aquilo me entristeceu.

— Quando foi a última vez que você se sentiu feliz, Tristan?

Ele não respondeu.

O que me entristeceu ainda mais.

— Claro que podemos ser amigos — acrescentei.

Todo mundo merece ter pelo menos um amigo em quem possa confiar seus medos e segredos. Suas culpas e alegrias. Todos merecem ter uma pessoa que vai olhar em seus olhos e dizer: "Você é autossuficiente, você é perfeito, mesmo com todos os seus problemas." Eu achava que Tristan merecia isso muito mais do que os outros. Os olhos dele carregavam muita tristeza, muita dor, e tudo que eu queria era abraçá-lo e dizer que era autossuficiente.

Mas eu não queria ser amiga dele por pena. Não. Queria sua amizade porque, diferente das outras pessoas, ele enxergava além da minha felicidade fingida e, às vezes, me encarava como se dissesse: "Você é autossuficiente, Elizabeth. Você é autossuficiente... apesar de todos os problemas."

Ele estreitou os olhos como se estivesse me vendo pela primeira vez. Fiz o mesmo. Nenhum de nós dois queria piscar. A seriedade daquele momento começou a nos deixar constrangidos. Ele pigarreou, e eu também.

— Fui longe demais? — perguntei.

— Sim, foi. Mudando de assunto... — disse ele, passando a mão pelo cabelo. — Notei que você estava lendo *Cinquenta tons de cinza* na última vez que cortei a grama do seu jardim.

Ruborizei na hora, e meu ombro esbarrou no dele.

— Não me julgue. É para o clube do livro. E, além do mais, o livro é bom.

— Não estou te julgando. Bom, estou sim, mas só um pouquinho.

— Não fale mal sem ao menos tentar lê-lo.

— É? E quanto do livro você já "tentou"?

Ele me dirigiu um olhar convencido, e juro que meu rosto pareceu pegar fogo.

Sorri, dissimulada, e comecei a andar de volta para casa.

— Você é um babaca — resmunguei. — Vamos, Emma, você precisa se arrumar para dormir na casa da sua amiguinha.

— Você está indo para o lado errado — observou Tristan.

Parei e virei na direção contrária, passando por ele.

— Você *continua sendo* um babaca.

Sorri, e ele fez o mesmo. Caminhamos lado a lado de volta para nossas casas, seguidos por Emma e Zeus.

Eram dez e meia quando ouvi um barulho alto. Eu me esgueirei para fora da cama e abri a porta. Susan estava parada com os braços cruzados ao lado de Emma, que ainda vestia pijama, segurando Bubba e sua mochila.

— Susan, o que houve? — perguntei, preocupada. — Emma, você está bem? — Ela não respondeu e olhou para o chão, envergonhada. Virei para Susan e insisti: — O que aconteceu?

— O que aconteceu? — sibilou ela. — O que aconteceu é que sua filha achou que era legal contar histórias de zumbis para as outras meninas e deixou todas elas apavoradas. Agora tenho dez crianças na minha casa que não querem dormir com medo de pesadelos!

Fiz uma cara de espanto.

— Sinto muito. Tenho certeza de que ela não fez por mal. Posso ir até lá e falar com as meninas, se você quiser. Certamente foi um mal-entendido.

— Um mal-entendido? — Susan bufou. — Ela começou a imitar um zumbi e disse que ia comer o cérebro das outras! Você me disse que ela não estava traumatizada com a morte do seu marido.

— Ela não está — respondi, sentindo o sangue ferver. Olhei para Emma e vi as lágrimas caírem. Eu me abaixei e a abracei. — Está tudo bem, querida.

— Obviamente, ela não está bem. Ela precisa de ajuda profissional.

— Emma, meu amor, tape os ouvidos rápido. — Ela obedeceu. Senti meu sangue ferver e encarei Susan, irada. — Vou dizer uma coisa a você, da melhor maneira possível. Se você falar mais uma vez sobre a minha filha dessa forma, eu quebro a sua cara. Arranco esses seus cabelos falsos de aplique e ainda conto para o seu marido que você está trepando com o entregador do mercado.

— Como você se atreve? — perguntou ela, horrorizada.

— Como *eu* me atrevo? Como *você* se atreve a vir até aqui e falar da minha filha assim, dessa forma grosseira e mal-educada? É melhor você ir embora.

— É isso que vou fazer! Talvez seja melhor você não aparecer no nosso clube do livro também. Sua energia e seu estilo de vida não são boas influências. E mantenha sua filha longe da Rachel — ordenou ao se afastar.

— Não se preocupe — berrei. — Vou manter mesmo.

Até as pessoas mais calmas se descontrolam quando alguém fala de seus filhos: isso transforma qualquer mãe num bicho capaz de qualquer coisa para proteger sua cria de todas as feras do mundo.

Não me orgulhei do que disse a Susan, mas, do fundo do coração, era exatamente o que eu sentia.

Sentei ao lado de Emma na sala.

— Mamãe, as meninas falaram que sou esquisita porque gosto de zumbis e múmias. Não quero ser esquisita.

— Você não é esquisita — falei, puxando-a para perto. — Você é perfeita exatamente como é.

— Então por que elas ficaram falando isso? — perguntou ela.

— Porque... — Suspirei, tentando achar as palavras certas. — Porque, às vezes, as pessoas têm dificuldade em aceitar as diferenças. Você sabe que zumbis não existem, certo? — Ela assentiu. — E você não quis amedrontar as outras meninas, quis?

— Não! — respondeu ela, rapidamente. — Eu só queria que elas brincassem comigo como os personagens do *Hotel Transilvânia*. Não queria assustar ninguém. Só queria que elas fossem minhas amigas.

Meu coração ficou despedaçado.

— Quer brincar com a mamãe? — perguntei.

Ela balançou a cabeça.

— Não.

— Então, que tal assistirmos a um desenho no Netflix e fazermos a nossa própria festa do pijama?

Os olhos dela brilharam, e as lágrimas pararam de cair.

— Podemos ver *Os Vingadores*? — perguntou.

Ela adorava super-heróis tanto quanto o pai.

— Claro que sim.

Ela dormiu assim que o Hulk apareceu na tela. Coloquei-a na cama e beijei sua testa. Mesmo adormecida, Emma sorriu e, em seguida, fui para a minha cama em busca dos meus próprios sonhos.

Capítulo 19

Elizabeth

— Tristan — murmurei, sem forças. Minha respiração estava ofegante. Ele passou a mão pelo meu rosto.

— Chupa devagar — mandou ele, passando o polegar pelo meu lábio inferior. Em seguida, introduziu o polegar na minha boca, deixando que eu o chupasse lentamente, deslizando-o para dentro e para fora antes que seu dedo percorresse meu pescoço, a alça do meu sutiã, meu decote. Meus mamilos ficaram rijos, suplicando que sua boca os tocassem.

— Você é linda — disse ele. — Você é linda demais.

— Nós não deveríamos... — gemi, sentindo sua ereção contra minha calcinha. *Deveríamos sim*, eu pensei. — Não deveríamos fazer isso de novo...

Minha respiração estava irregular, desesperada por ele, desesperada para senti-lo dentro de mim. Queria que ele me virasse, abrisse minhas pernas e entrasse com tudo em mim. Ele ignorou meus protestos, exatamente como eu queria que fizesse, puxando meu cabelo com uma mão e passando a outra pelo meu corpo, detendo-se na calcinha de renda preta.

— Você está molhada — observou Tristan, inclinando-se sobre mim, passando a língua pelo meu rosto antes de deslizá-la na minha boca. — Quero provar você inteira. — Seus dedos se esgueiraram pela minha calcinha, tocando meu clitóris através da renda fina.

— Por favor — supliquei, ofegante. Arqueei minhas costas, ansiando que ele removesse a tênue barreira que nos separava.

— Aqui, não — falou ele, fazendo-me sentar. Ele moveu minha calcinha para o lado e se abaixou, deixando sua língua provar minha excitação. Meu quadril involuntariamente se moveu em sua direção, e passei as mãos pelo seu cabelo. Em seguida, Tristan me beijou, permitindo que eu sentisse meu gosto, o gosto dele. — Quero te mostrar uma coisa — murmurou.

Qualquer coisa. Pode me mostrar qualquer coisa.

Meus olhos se fixaram na ereção escondida em sua cueca boxer, e um sorriso se abriu em meus lábios. Ele me levantou da cama, e seu corpo foi de encontro ao meu, levando-nos até a porta mais próxima.

— Tem certeza?

Absoluta, pensei, sem conseguir falar. Meu coração disparou, e tive medo de que ele parasse de bater, incapaz de acompanhar minha vontade, meus desejos. Eu queria me perder em Tristan. Seu quadril pressionou o meu.

— Quero mostrar o quarto — sussurrou no meu ouvido, movendo a língua para cima e para baixo e depois chupando meu lóbulo.

— Hummm — respondi, ele me conduziu pelo corredor. Havia um quarto à esquerda; eu ainda não havia notado a existência dele. — O que é...?

Ele me silenciou com um beijo.

— É o meu quarto verde — murmurou, abrindo a porta.

— Seu o quê? — Antes mesmo que ele respondesse, olhei em volta e vi um quarto com mobília verde. Chicotes verdes, vibradores verdes, *tudo* verde. — O quê...? — Eu me calei e continuei olhando ao redor. — Isso é meio estranho...

— Eu sei — admitiu ele com uma voz grave. Quando virei para trás, senti minha garganta queimar com o grito que dei. Eu estava diante de um homem enorme, verde, que me segurava junto de si. Os olhos brilhavam, esverdeados, enquanto ele me erguia. — *O incrível Hulk vai te esmagar!*

~

— Puta merda! — murmurei, ainda trêmula por causa daquele pesadelo esquisito. Em segundos, Tristan estava na janela do seu quarto.

— Você está bem?

Baixei os olhos e vi que estava vestindo só uma regata e calcinha, sem sutiã. Dei um grito, cobrindo o peito com um cobertor.

— Meu Deus, vai embora! — exclamei, desesperada.

— Desculpe! Eu ouvi você gritar e... — Ele ergueu a sobrancelha, me encarando. — Você teve um sonho erótico? — Tristan começou a rir, levando as mãos à boca. — Você acabou de ter um sonho erótico.

— Vai embora! — falei, pulando da cama e fechando a cortina.

— Tá bom, safadinha. Eu te alertei sobre esses livros...

Ruborizei na hora e desabei na cama, cobrindo a cabeça com o lençol.

Maldito *Hulk*. Maldito *Tristan Cole*.

Capítulo 20

Elizabeth

— Você está me evitando o dia todo — comentou Tristan, enquanto mudava algumas mercadorias de lugar na Artigos de Utilidade.

Sentei no balcão, observando o Sr. Henson fazer chá com uma mistura de ervas. Emma e Zeus estavam correndo pela loja, caçando objetos aleatórios. Passamos a frequentar a loja do Sr. Henson uma vez por semana para tomar chá ou chocolate quente. De vez em quando, ele fazia uma leitura de tarô. Eu estava começando a me apaixonar pelo local.

— Você não tem do que se envergonhar, tenho certeza de que isso acontece com todo mundo — continuou Tristan.

— Do que você está falando? Não estou te evitando. E *não* sei o que acontece com todo mundo, porque não aconteceu nada comigo. — Bufei, evitando seu olhar. Sempre que nossos olhos se encontravam, eu corava, imaginando sua camisa arrebentando quando ele se transformava no monstro verde.

— Você teve um sonho erótico.

— *Não foi* um sonho *erótico*! — falei alto, parecendo um pouco culpada.

Tristan se virou para o Sr. Henson com uma risadinha.

— Elizabeth teve um sonho erótico ontem à noite.

— Cala a boca, Tristan! — gritei, batendo as mãos no balcão. Meu rosto estava vermelho como um pimentão, e eu parecia queimar por dentro.

O Sr. Henson olhou para mim e depois para o chá, acrescentando mais algumas ervas.

— Sonhos eróticos são normais.

— O sexo foi bom? — perguntou Tristan, esforçando-se para me irritar ainda mais. Eu estava prestes a dar um tapa na cara dele.

Meus lábios se abriram para negar, mas não consegui. Apoiei o rosto nas mãos e respirei fundo.

— Não quero falar sobre isso.

— Vamos lá, você tem que nos contar — insistiu, sentando-se ao meu lado.

Tentei fugir dele.

Tristan segurou meu braço e me forçou a virar em sua direção.

— Ah, merda — murmurou ele.

— Cala a boca, Tristan! — resmunguei de novo, sem conseguir encará-lo.

— Você sonhou que estava transando *comigo*? — berrou.

Dei um murro instantâneo em seu braço.

— Que reviravolta. — O Sr. Henson gargalhou.

Um sorriso arrogante apareceu nos lábios dele, e era oficial. *Eu. Estou. Morrendo!* Ele se aproximou de mim e sussurrou:

— Fiz aquilo com a língua em seus lábios?

Corei ainda mais.

— De qual lábio você está falando?

Ele pareceu ainda mais convencido.

— Sua sem-vergonha, safada!

Levantei do banco e olhei para o Sr. Henson.

— Posso levar pra viagem?

— Para com isso, Elizabeth, preciso saber mais! — disse Tristan, rindo do meu constrangimento. Eu o ignorei e peguei o chá que o Sr. Henson tinha feito, passando-o de uma xícara para um copo de isopor.

— Não quero falar com você — adverti, já saindo da loja. — Vem, Emma, vamos embora.

— Só mais alguns detalhes! — implorou Tristan quando eu já estava na porta.

Respirei fundo e me virei.

— Você me levou para um quarto todo verde onde se transformou num monstro igualmente verde e me detonou. E quando eu digo "detonou", significa em todas as acepções da palavra.

Ele piscou. Piscou de novo. Olhar vago. Olhar vago.

— Como é que é?

A confusão em seu rosto quase me fez gargalhar.

— Você queria saber.

— Você é uma mulher muito, *muito* estranha.

O Sr. Henson sorriu.

— No verão de 1976, aconteceu a mesma coisa comigo.

— O senhor teve um sonho erótico? — perguntei, confusa.

— Sonho? Não, querida. Eu me refiro a ser detonado em um quarto verde.

Momento constrangedor número 5.442 desde que voltei a Meadows Creek.

— Estou indo. Obrigada pelo chá, Sr. Henson.

— Vou cortar a grama mais tarde — avisou Tristan.

Eu sabia que ele não estava dizendo nada demais, mas, ainda assim, enrubesci.

~

Naquela tarde, Faye passou lá em casa porque eu precisava da ajuda dela para escolher alguns tecidos e cores para a decoração de Tristan. Ela sempre teve um bom olhar para os detalhes.

Sentamos na varanda e apresentei os três conceitos diferentes que havia criado para a casa, mas em vez de prestar atenção no trabalho, ela se concentrava no lindo homem que cortava a grama do meu jardim. Emma estava ao lado dele, ajudando-o a puxar o cortador e tentando convencê-lo de que era melhor do que ele na tarefa. Ela brigava com Tristan o tempo todo, dizendo que ele estava fazendo tudo errado. Ele apenas ria e a provocava também. Faye o avaliou de cima a baixo e ficou impressionada com sua transformação. Ela ainda não o tinha visto depois que ele havia tirado a barba e revelado aquele rosto assimétrico. Até aquele dia, ela também nunca o tinha visto sorrir. A barba de Tristan já estava crescendo de novo e, para ser sincera, eu a preferia grande. Adorava sua barba quase tanto quanto seu sorriso.

— Não estou acreditando. — Faye suspirou. — Quem poderia imaginar que aquele cara grosseiro, idiota e meio hippie pudesse se transformar nesse homem tão... *gostoso*?

— Bom, todos somos grosseiros e idiotas de vez em quando.

Ela se virou para mim, um sorriso travesso nos lábios.

— Ah, merda, você gosta dele.

— O quê? Não. Ele só me ajuda nas tarefas de casa. Basicamente, só com a grama.

A voz dela ficou mais alta. Faye era simplesmente incapaz de falar baixo.

— Você tem certeza de que é só a grama? Ou ele também ajuda a desentupir seu encanamento usando uma vara bem grande?

— Cala a boca, Faye! — Ruborizei. — Não quero falar sobre isso com você. Vamos lá, preciso da sua opinião. Qual disposição dos móveis você prefere para a sala de estar e a sala de jantar? Eu queria incorporar umas peças de madeira que ele faz. Tristan trabalha muito com madeira, e pensei...

— A madeira dele é boa? É grossa? Tristan tem um pau bem grande e grosso?

Estreitei os olhos.

— Sua mente é sempre tão suja?

— Sempre, docinho. Sempre. Dá pra perceber que você gosta dele.

— Não, nada disso.

— Você gosta dele.

Senti um frio na barriga. Olhei para Tristan, que também estava olhando para mim, e sussurrei:

— Sim. Eu gosto dele.

— Meu Deus, Liz. Só você pra se apaixonar pelo cara grosseiro que passa por uma completa transformação. Igual ao personagem do Brad Pitt naquele filme... *Lendas da paixão*. — Ela riu. — Aliás, ele também não se chamava Tristan no filme?

— Nossa, como você é espertinha.

— É quase ridículo.

— Quase.

Ela se aproximou de mim e avaliou meu rosto.

— O que é isso?

— Isso o quê?

— Esse sorrisinho estranho. Essa cara de quem fez sexo! Você transou com ele!

— O quê? Não, eu...

— Não tente enganar uma ninfomaníaca, Liz. Você pegou esse cara!

Como uma garotinha que acabou de experimentar o primeiro beijo, eu me rendi.

— Eu peguei esse cara.

— Jesus amado! Aleluia! — Ela se levantou e começou a cantarolar pela varanda. — ALELUIA! ALELUIA!!! A seca acabou!

Tristan olhou na nossa direção e ergueu a sobrancelha.

— Tudo bem aí, senhoritas?

Puxei Faye para que ela se sentasse e ri.

— Tudo ótimo.

— Incluindo a bunda gostosa dele — murmurou Faye com um sorriso. — Então, como foi?

— Bom, eu até dei um apelido para o brinquedinho dele.

Lágrimas se formaram em seus olhos, e ela levou a mão ao coração.

— Minha menininha está crescendo. Me conta, qual o apelido?

— O Incrível Hulk.

Ela recuou.

— Desculpa, o quê?

— O Incrí...

— Não, não. Eu ouvi da primeira vez. Você quer dizer aquele monstro verde? Liz, você está trepando com um cara de pau verde? Porque, se estiver, você precisa tomar uma vacina antitetânica. — Ela me olhou de cima a baixo. — E precisa melhorar seus padrões.

Eu gargalhei.

— Posso falar a verdade sem levar bronca?

— Com certeza.

— Nós transamos para nos lembrar de Steven e Jamie. Nós meio que... usamos o sexo para recordar como era estar com eles.

— Quer dizer que você imaginava que Tristan era Steven quando trepava com ele?

— Sim. No começo, foi exatamente isso que fizemos. Mas paramos. Fiquei muito sensível e não consegui lidar com a situação.

— Só que agora você gosta dele.

— Sim. O que é péssimo, porque sei que ele só via Jamie quando estava comigo.

Faye olhou para Tristan.

— Duvido.

— O quê?

— Ele vê você, Liz.

— Como assim?

— Veja bem, esse é o ponto de vista de uma mulher que já dormiu com milhares de caras diferentes, imaginando que a maioria deles era o Channing Tatum. Consigo perceber a diferença quando alguém está pensando em você ou em outra pessoa. Veja a forma como ele olha pra você.

Vi Tristan me observando. Será que ele realmente pensava em mim quando estávamos juntos?

E, se isso fosse verdade, porque eu ficava tão feliz com a ideia? Balancei a cabeça, sem querer admitir o que estava realmente acontecendo entre nós dois.

— Mudando de assunto, você e Matty. Como estão as coisas?

— Péssimas. — Ela suspirou, levando a mão ao rosto. — Preciso terminar com ele.

— O quê? Por quê?

— Porque fui babaca e acabei me apaixonando.

Meus olhos brilharam.

— Você está apaixonada.

— Eu sei, é terrível. Bebo toda noite para esquecer. Agora, cala a boca e vamos falar da madeira grande e grossa do Tristan.

Depois de horas rindo e falando sacanagem, Faye e eu finalmente decidimos as cores para cada cômodo da casa dele.

Capítulo 21

Elizabeth

Alguns dias depois, Sam ligou para saber se eu queria sair com ele na sexta-feira. Achei até que ele tinha esquecido, porque já fazia um tempo desde que ele me convidou para dar uma volta pela cidade, mas acho que algumas pessoas são mais lentas mesmo. Na sexta, ele apareceu na minha casa dirigindo a caminhonete da loja do pai. Da janela, observei-o sair do carro e ajeitar a gravata-borboleta. Ele começou a andar na direção da casa, mas depois parou e voltou. Fez isso umas cinco vezes antes de, finalmente, chegar à varanda. Diante da porta, hesitou, tentando decidir se batia ou não.

Tristan se aproximou por trás de mim e ficou analisando os movimentos de Sam.

— *Ahh*, você tem um encontro hoje à noite?

Tristan passava uns dias no meu quarto de hóspedes enquanto a casa dele estava sendo pintada. Naquela noite, apresentei a ele algumas ideias e avaliamos minhas sugestões de decoração. Ele não parecia nem um pouco interessado, mas eu estava muito feliz em trabalhar novamente numa coisa que amava.

— Não é bem um encontro — respondi. — Só vamos passear um pouco pela cidade, sair de casa. — Tristan ergueu a sobrancelha. — Por quê? Algum problema? — perguntei.

— Você sabe que pra ele isso é um encontro, não sabe?

— O quê? Não, nada disso. Ele só não quer que eu fique trancada em casa. — Tristan me dirigiu um olhar do tipo "a quem você pensa que está enganando?". — Cala a boca, Tris.

— Eu só quero dizer que, na cabeça do nosso amigo *stalker*, é um encontro, sim.

— O quê? Como assim, *stalker*? — perguntei baixinho. Tristan olhou para mim, rindo, e se afastou. — Tristan! O que quer dizer com isso?

— Desde que se mudou pra cá, ele tem fama de ser muito... assertivo, só isso. Eu já o vi seguindo várias garotas na cidade durante as minhas corridas. Ele falou aonde vai te levar?

— Sim, e não é um lugar nada propício a um encontro. Acho que você está totalmente enganado.

— Na reunião do conselho da cidade?

— Exato! — exclamei, animada com a ideia. — E você não levaria alguém à reunião do conselho se quisesse ter um encontro romântico. — Tristan comprimiu os lábios, como se estivesse segurando o riso. — Para com isso! — Ouvi uma batida na porta. — Ele não pode achar que é um encontro, certo?

— Aposto 10 dólares que o *stalker* vai perguntar, durante o discurso do xerife Johnson, se você não quer ir depois da reunião naquele bar-karaokê que sempre tem peixe frito e música pra dançar.

— Você não vai querer me pagar os 10 dólares.

— Isso mesmo, não quero. Mas não faz diferença, porque sei que vou ganhar a aposta — debochou ele, confiante. — O *stalker* vai dar em cima de você.

Segunda batida na porta.

— Pare de chamá-lo de *stalker*! — sussurrei, sentindo meu batimento acelerar. — Ele não vai me convidar pra ir ao bar.

— Quer apostar ou não? — perguntou Tristan, estendendo a mão. Apertei a mão dele.

— Tudo bem, 10 dólares que não é um encontro.

— Ah, Lizzie, esse é o dinheiro mais fácil que já ganhei.

O apelido saiu de seus lábios naturalmente. Quando soltei sua mão, tentei disfarçar o quanto isso havia me deixado abalada.

Terceira batida na porta.

— O que foi?

— Você me chamou de Lizzie. — Ele ergueu a sobrancelha, confuso. — É que... só Steven me chamava assim.

— Desculpe. Foi sem querer.

— Não, não. Eu gostei.

Senti falta disso... Dei um sorriso. Ficamos nos olhando como se nossos pés estivessem presos no chão. Desviei o olhar para a pequena tatuagem inacabada na mão esquerda de Tristan; às vezes, olhar direto nos olhos dele era muito difícil.

— Eu gostei — repeti.

— Então vou continuar a te chamar assim.

Quarta batida na porta.

— Bom, acho que você deveria...

Tristan inclinou a cabeça na direção da porta. Assenti e corri para abrir a porta para Sam, que estava com um sorriso imenso no rosto, segurando um buquê de flores.

— Oi, Elizabeth. — Sam me entregou as flores. — Nossa, você está muito bonita. São pra você. Eu estava lá fora e percebi que não tinha comprado nada, nem sei por quê. Então, peguei essas flores do seu jardim. — Ele olhou para Tristan, que estava em pé, perto de nós. — O que esse idiota está fazendo aqui?

— Ah, Sam. Esse é Tristan. Tristan, esse é Sam. A casa do Tristan está sendo pintada, e ele está passando uns dias aqui, comigo e com Emma.

Tristan estendeu a mão para Sam, com seu belo sorriso no rosto.

— Prazer em conhecê-lo, Sam.

— O prazer é meu — disse Sam, cauteloso.

Tristan deu uns tapinhas nas costas dele, sarcástico.

— Não precisa ser tão formal. Fique à vontade pra me chamar de idiota.

Eu ri. *Que babaca.*

Sam pigarreou.

— Desculpe pelas flores. Eu deveria ter comprado alguma coisa na cidade, mas...

— Não se preocupe, cara — falou Tristan, ciente de que estava deixando Sam ainda mais desconfortável. — Por que você não entra e senta na sala com Elizabeth enquanto eu procuro um vaso para colocar as flores?

— Tá. Tudo bem — concordou Sam, permitindo que eu pegasse as flores da mão dele. — Cuidado. Tem espinhos.

— Não se preocupe. Obrigada, Sam. Sente um pouco, eu já volto.

Tristan já estava rindo quando pus os pés na cozinha.

— Se você continuar a me olhar desse jeito, vou te bater, Tristan. Isso não é um encontro. — Ele riu, dissimulado. — Não mesmo!

— Ele roubou flores do seu jardim pra te dar. É muito mais sério do que eu pensava. Ele te ama. Um amor tipo Bonnie e Clyde.

— Você é muito bobo.

Tristan começou a encher o vaso de água. Quando dei as flores para ele, um espinho espetou meu dedo e praguejei ao ver o sangue.

— Droga!

Ele pegou as flores, ajeitou-as no vaso e segurou minha mão, examinando o pequeno ferimento no meu dedo.

— Não é nada profundo — disse ao limpar o sangue com um pano. Senti um frio na barriga. Tentei ignorá-lo ao máximo, mas a verdade era que cada toque de Tristan era gentil, amável e bem-vindo. — Sam acertou uma coisa — acrescentou ele, olhando para o meu dedo.

— O quê?

— Você está muito bonita. — Ele chegou perto, ainda segurando minha mão. Eu gostava dessa proximidade. Adorava essa proximidade. A respiração dele estava ofegante. — Lizzie?

— Sim?

— Seria loucura se eu te beijasse? Quer dizer, se eu beijasse você e não a memória de Jamie? — Seus olhos perscrutaram meus lábios. Meu

151

coração disparou quando ele colocou uma mecha de cabelo solto atrás da minha orelha. Ele pigarreou e se afastou. — Desculpe. Deixa isso pra lá. — Pisquei algumas vezes, tentando dissipar o nervosismo. Não funcionou. Tristan passou a mão pela nuca. — É melhor você voltar para o seu encontro.

— Não é um... — comecei a dizer, mas, quando percebi que ele estava rindo, desisti. — Tenha uma boa noite.

Ele assentiu.

— Você também, Lizzie.

Na tribuna, Tanner discursava sobre a razão pela qual a Artigos de Utilidade deveria ser fechada. Eu me senti mal ao ouvi-lo falar do Sr. Henson, que estava sentado numa fileira ao fundo, mas não parecia nem um pouco preocupado com Tanner.

Eu nunca tinha visto aquele lado de Tanner, de empresário ambicioso. Aquele que diria qualquer coisa para conseguir o que queria, mesmo que para isso tivesse que passar por cima de um velhinho bonzinho.

Aquilo me deu nojo.

— Tanner tem bons argumentos para a loja ser fechada. Ele diz que é uma perda de espaço, porque ninguém nunca vai lá — comentou Sam.

— Acho que a loja é ótima.

Ele demonstrou surpresa.

— Você já foi lá?

— Várias vezes.

— E não apareceu nenhuma verruga ou algo do tipo em você? O Sr. Henson pratica vodu e magia negra no quarto dos fundos. Quando Molly, a gata dos Clinton, sumiu, alguém a viu perto da loja. E depois ela se tornou um pit bull. Sem brincadeira! Até respondia quando a chamavam pelo nome. Foi muito bizarro.

— Você não acredita nisso de verdade, acredita?

— Claro que acredito. Estou até surpreso por você não ter saído de lá com um terceiro olho ou outra coisa estranha.

— Eu saí, sim. É que eu sou ótima com maquiagem.

Ele riu.

— Você me faz rir, Elizabeth. Eu gosto disso.

Sam ficou me encarando. Ah, não...

Quebrei o clima e apontei para outra pessoa.

— E eles? Qual é a história deles?

Não deu tempo de aguardar a resposta, pois o xerife Johnson se dirigiu à tribuna.

Na hora em que ele pegou o microfone para falar, eu soube que tinha perdido a aposta e que estava devendo 10 dólares para Tristan. Exatamente como ele disse, Sam se aproximou e sussurrou no meu ouvido.

— Eu estava pensando, que tal irmos comer um peixe frito depois? O lugar é muito legal, com música e tal. É divertido.

Sorri. Não queria desapontá-lo. Ele parecia tão esperançoso.

— Bem... — Os olhos de Sam brilhavam de excitação. — Eu adoraria.

Ele tirou o boné da cabeça e bateu-o no joelho.

— Legal, legal, legal, legal.

Sam não conseguia parar de sorrir, e eu não conseguia parar de pensar que acompanhá-lo seria um grande erro. Além do mais, eu já estava 10 dólares mais pobre.

Sam e eu nos sentamos e ficamos assistindo às pessoas dançando, já meio bêbadas. Eu o fiz contar um pouco da história de cada uma delas. Em determinado momento, ele se virou para mim.

— Espero que esteja se divertindo.

— Estou.

Dei um sorriso.

— Talvez a gente possa repetir esse encontro...

Meu rosto assumiu uma expressão tensa.

— Sam, você é uma pessoa maravilhosa, mas não estou preparada para um novo relacionamento. Você entende? Minha vida está uma bagunça.

Ele riu, nervoso, e assentiu.

— Eu entendo. Só pensei... — Ele colocou a mão no meu joelho, e nossos olhos se encontraram. — Eu tinha que tentar. Tinha que correr o risco.

— Fico feliz por você ter feito isso.

— Você disse que não está pronta para um relacionamento... Tem certeza de que isso não tem nada a ver com seus sentimentos por Tristan?

— O quê?

— Eu conheço as pessoas, lembra? Vi o modo como ele olhou pra você na sua casa. Ele te deixa feliz. Acho que isso é legal.

— Somos apenas amigos.

Ele não tocou mais no assunto. Aproveitei para dar um leve esbarrão em seu ombro:

— Tem certeza de que você não quer dançar?

Ele cruzou os dedos e baixou os olhos.

— Não sou muito bom dançando. Prefiro observar.

— Vamos lá — falei, estendendo a mão para ele. — Vai ser divertido.

Sam hesitou um pouco antes de pegar minha mão. Fomos até a pista, e vi que ficava cada vez mais nervoso. Ele baixou os olhos para seu tênis branco, e parecia contar mentalmente os passos da dança.

Um.

Dois.

Três.

Um.

Dois.

Três.

— Estabelecer contato visual ajuda — sugeri, mas ele nem retrucou. Continuou contando, seu rosto ficando vermelho de nervoso.
— Acho que quero beber água...

Seus olhos encontraram os meus.

— Posso pegar pra você — ofereceu Sam, aliviado por não ter que dançar mais. Voltei para o nosso lugar, e logo ele chegou com a água.
— Aqui é legal, não é?

— É sim.

Ele pigarreou e apontou para uma pessoa na pista.

— Aquela ali é Susie. Acho que ela já ganhou várias vezes o primeiro lugar no concurso de quem come mais cachorros-quentes na feira da cidade. E ali está...

— E você, Sam? Me conte algo sobre você.

Percebi a hesitação em seu olhar. Ele piscou e deu de ombros.

— Não tenho muito pra contar.

— Acho que não é verdade. Por que você trabalha no café se seu pai ofereceu uma vaga em período integral na loja dele?

Ele avaliou meu rosto, e eu o dele. Sam tinha olhos lindos, e através deles pude notar seu desconforto.

Ele desviou o olhar.

— Meu pai quer que eu cuide dos negócios, mas não é isso que eu quero.

— E o que você quer?

— Ser chef. Achei que trabalhar no café seria um começo, eu poderia aprender um pouco e economizar pra faculdade. Mas nunca me deixam entrar na cozinha. É meio que andar pra trás.

— Posso falar com Matty e pedir que você fique na cozinha de vez em quando.

Um sorriso genuíno surgiu em seus lábios. Ele agradeceu, mas recusou minha oferta, dizendo que precisava fazer aquilo sozinho. E então se levantou.

— Bom, isso aqui está muito "sessão de terapia" para o meu gosto, então vou lá pegar mais peixe frito. Você quer?

Eu balancei a cabeça e o vi se afastar.

— Graças a Deus você ainda está viva — murmurou uma voz perto de mim. Virei-me e vi Tristan se sentando no lugar que antes tinha sido ocupado por Sam.

— O que você está fazendo aqui? — *Estou tão feliz por você estar aqui. Gosto da sua companhia. Faz de novo aquela pergunta sobre o beijo.*

— Bom — começou ele a explicar —, quando uma amiga sai num encontro com um *stalker*, é responsabilidade do amigo ter certeza de que ela está bem.

Amigo.

Fiquei na *friendzone. Pergunta do beijo, por favor!*

— E desde quando você é um amigo responsável? — perguntei brincando, parecendo bastante tranquila, quando, na verdade meu estômago estava dando piruetas e unicórnios e gatinhos dançavam loucamente dentro de mim.

— Faz uns... — Ele deu uma olhada em um relógio invisível no braço direito. — Cinco segundos. Achei que seria divertido vir aqui e observar essa baboseira de vocês.

Ele bateu com os dedos no joelho de leve, evitando estabelecer contato visual comigo..

Ai, meu Deus...

Ele estava com ciúmes.

Eu jamais zombaria dele com relação a isso.

— Quer dançar comigo? — perguntei.

Quando ele estendeu a mão, meu coração deu um salto. Segurei a mão dele e fomos para a pista. Ele me girou antes de me puxar para perto do seu corpo. Senti minha respiração ofegante e olhei nos olhos de Tristan. *O que será que está se passando nesses olhos sombrios?* Ele era mais alto que eu, e seus braços me seguravam bem firme. Eu conseguia sentir todos os olhares voltados para nós, quase podia ouvir os comentários maldosos, os murmúrios.

Abaixei a cabeça e olhei para o chão. Senti o dedo dele erguer meu queixo, me forçando a encará-lo novamente. Eu gostava de olhar para Tristan, de ver a forma como ele me fitava. Nós dois ali, nos perdendo um no outro... Eu não sabia muito bem o que isso significava.

— Você mentiu pra mim — disse a ele.

— Nunca.

— Mentiu, sim.

— Não sou mentiroso.

— Mas mentiu.

— Sobre o quê?

— As plumas brancas. Eu vi o recibo. Você falou que as tinha encontrado na loja do Sr. Henson.

Ele riu e ergueu a sobrancelha.

— Talvez eu tenha mentido sobre isso.

Cheguei bem perto de seus lábios, a segundos de beijá-lo, a segundos do primeiro beijo em que seríamos eu e ele.

Minhas mãos pousaram em seu peito e senti as batidas de seu coração. A música parou, mas nós continuamos próximos, respirando juntos, ofegantes e nervosos. Agitados e ansiosos. O dedo dele percorreu minha nuca, e ele se aproximou. Eu gostava dessa proximidade. Eu a temia. Ele inclinou levemente a cabeça e sorriu, como se prometesse nunca mais desviar os olhos de mim.

Todos falavam mal de Tristan, imploravam para que eu não me aproximasse dele. *Ele é um grosso, um desequilibrado, um homem devastado, Liz,* todos diziam. *Ele não é nada além das cicatrizes do passado,* garantiam.

Mas as pessoas não o viam como ele era. Ignoravam o fato de que eu também era meio esquisita, meio desequilibrada e estava completamente devastada.

Mas, quando estava com ele, eu me lembrava de como respirar.

— Você se importa se trocarmos de par? — interrompeu uma voz familiar. Vi Tanner sorrindo, com Faye em seus braços.

Retribuí o sorriso, mesmo querendo fechar a cara.

157

— Claro que não.

Tanner pegou minha mão, Tristan pegou a de Faye. Eu já sentia falta dele, mesmo estando a poucos passos de distância.

— Não fique tão desapontada — disse Tanner. — Sei que tenho dois pés esquerdos, mas ainda consigo mexer o quadril muito bem — brincou ele.

— Lembro de uma festa em que você foi eleito o *pior* dançarino.

Ele fez uma careta.

— Ainda acho que deveria ter vencido aquele concurso, com aquela performance do carrinho de compras. Mas com seu marido como jurado, eu sabia que estava ferrado.

Eu ri.

— Aquela performance? Como foi mesmo?

Ele deu dois passos para trás e fingiu que estava empurrando um carrinho de compras e colocando coisas dentro. Ele começou a pegar itens invisíveis para passar no caixa, e em seguida fingiu colocá-los nas sacolas. Eu não conseguia parar de rir. Ele também riu e voltou a dançar comigo.

— Perfeito. Você realmente deveria ter vencido naquela noite.

— Verdade? — Ele mordeu o lábio inferior. — Fui sacaneado.

— Não se preocupe. Tenho certeza de que haverá muitas festas no futuro e você ainda vai conseguir a vitória.

Ele assentiu e ajeitou meu cabelo atrás da orelha.

— Meu Deus, como senti sua falta, Liz.

— Poxa, eu também senti falta de todo mundo. É tão bom sentir algo novamente...

— Sim, isso deve ser maravilhoso. Bom... Não tem jeito, esse é o momento em que preciso limpar a garganta e dar um pequeno salto no escuro. Liz, você quer sair pra jantar comigo?

— Jantar? — perguntei, assustada com o convite. — Como um encontro? — Com o canto do olho, vi Tristan dançando com Faye.

— Bom, não como um *encontro*. Só uma saída mesmo. Eu e você. Sei que pode até parecer estranho, mas...

— Eu meio que estou ficando com alguém, Tanner.

Seu rosto ficou sério, e ele pareceu confuso.

— Ficando com alguém? — Ele se empertigou, perplexo. — Você está ficando com Sam? Sei que vocês vieram juntos, mas não imaginei que ele fosse seu tipo. Não pensei...

— Não é o Sam.

— Não? — Ele olhou em volta e parou em Tristan e Faye. Quando olhou para mim novamente, toda a alegria de minutos atrás tinha desaparecido. O rosto dele estava branco, e dava para ver sua irritação. — Tristan Cole?! Você está saindo com Tristan Cole?! — perguntou quase gritando.

Recuei. Eu não estava exatamente saindo com Tristan. Eu nem tinha ideia do que ele sentia por mim, mas sabia que sentia algo por ele e não podia mais ignorar isso.

— Você volta à cidade e escolhe a pior pessoa do universo pra namorar — continuou Tanner.

— Ele não é tão mau como todos pensam.

— Tem razão, ele é muito pior.

— Tanner... — Pousei as mãos em seu peito. — Não planejei nada. Eu não queria sentir o que sinto por ele, mas você sabe que não escolhemos por quem nos apaixonamos.

— Sim, nós podemos escolher sim. Tristan e o Sr. Henson não são pessoas com as quais você deveria conviver.

— Qual é o seu problema com a loja do Sr. Henson? Ele é um dos homens mais gentis que conheci.

Ele coçou o nariz.

— Você está enganada, Liz. Temo por você, porque sei que ele vai te machucar.

— Ele não vai me machucar. — Tanner não acreditava em mim. Estava convicto de que Tristan e eu juntos éramos a pior coisa do mundo, exatamente como o resto da cidade. — Isso não vai acontecer. Para com isso — falei, puxando-o para perto, sentindo a tensão em seu corpo. — Apenas dance com sua amiga e pare de se preocupar tanto.

— Temo pelo seu coração, Liz. Depois do Steven, você ficou destruída. Não quero ver seu coração despedaçado de novo.

Ah, Tanner.

Encostei a cabeça em seu peito e ele passou os dedos pelo meu cabelo.

— Vou ficar bem. Prometo.

— E se não ficar?

— Bem, então vou precisar que você me abrace de vez em quando.

Capítulo 22

Tristan

— Acho que ainda não fomos apresentados oficialmente — disse Faye, enquanto dançávamos juntos. — Então você é o pênis que está passeando pela vagina da minha melhor amiga.

Bem, não deixa de ser.

— E você é a melhor amiga totalmente inconveniente.

Ela abriu um grande sorriso.

— Sou mesmo. Olha, esse é o momento em que eu falo que se você machucar Liz, eu te mato.

Eu ri.

— Nós somos só amigos.

— Você está de brincadeira, não está? Meu Deus. Vocês dois são os seres humanos mais ignorantes do planeta. Sério, você não percebeu que minha melhor amiga está se apaixonando por você?

— O quê?

— Olha pra ela! — exclamou Faye, voltando-se na direção de Elizabeth. — Ela não para de olhar pra nós, porque está com medo de você me fazer rir, ou de que eu toque suas bolas, ou de que bata um vento e seu pau vá parar na minha boca!

— Peraí, o quê?

— Ah, cacete! Vou ter que desenhar? Ela está com ciúmes, Tristan!

— De nós?

— De qualquer pessoa que olhar pra você. — Faye ficou séria. — Só vai com calma, tá? Não destrua o coração dela. Já está em pedaços.

— Não se preocupe. — Dei de ombros. — O meu também está. — Percebi Tanner me encarando. — E ele? Também está com ciúmes e secretamente apaixonado por mim?

Faye encarou Tanner com desprezo.

— Não. Ele só te odeia mesmo.

— Por quê?

— Porque, por alguma razão, Liz escolheu você e não ele. Posso contar um segredo?

— Acho que não. Não.

Ela sorriu.

— Não importa, vou te contar de qualquer jeito. Na véspera do casamento da Liz e do Steven, à noite, Tanner apareceu cambaleando, bêbado, na casa dela. Ela já estava dormindo, e por sorte eu abri a porta. Ele disse que Liz estava cometendo um erro, que ela deveria se casar com ele, e não com Steven.

— Ele é apaixonado por ela esse tempo todo?

— Amor, tesão, querer o que não pode ter, eu não sei. De qualquer forma, ele está arrasado, porque ela voltou para a cidade e não deu a menor bola para ele. Provavelmente, Tanner pensou que, quando ela voltasse, eles ficariam juntos, mas levou um baita soco no estômago quando ela pegou o maior idiota da cidade. — Ela parou e sorriu. — Sem ofensa.

— Obrigado pela parte que me toca.

Girei e puxei-a para perto de mim.

— Só para registrar, não te acho mais um idiota. — Faye abriu um sorriso ainda maior. — Dentro de algumas semanas será aniversário da Liz, e você está convidado para a festa. Vai ser uma excelente oportunidade pra ela dançar em cima do balcão de um bar e se livrar dos demônios que a assombram de vez em quando, e você terá total permissão pra usar a vagina dela nessa noite.

Eu ri.

— Você é muito generosa.

— O que posso dizer? — Ela piscou. — Sou uma amiga maravilhosa.

~

Depois de dançar com Faye, sentei no canto do salão, tentando absorver tudo que havia descoberto. Vi Elizabeth falando com Sam e abraçando-o, antes de ele ir embora. Acho que a noite deles acabou. *Bom*. Quando Elizabeth sentou-se à minha frente, não consegui ignorar as batidas descompassadas do meu coração.

— Parece que você e Faye se entenderam muito bem — comentou ela.

— Posso dizer a mesma coisa de você e do Tanner — respondi.

— Não é a mesma coisa. Eu e Tanner somos só amigos. Então... ela te convidou pra uma noite de sexo casual? Aposto que você disse sim. Mas não acho que seja uma boa ideia, com todos os problemas pelos quais você está passando. — Ela mordeu o lábio inferior. — Ela te convidou para sair?

Ergui uma sobrancelha diante de sua pergunta atrevida.

— Essa pergunta é séria?

— Só estou dizendo que enfiar seu pau numa mulher não é a melhor forma de lidar com o estresse da vida.

— Mas não era exatamente isso que nós estávamos fazendo?

— E não funcionou, não é mesmo?

Faye estava certa. Quando observei as feições de Elizabeth, tudo ficou claro. Seu rosto estava vermelho, e ela esfregava as mãos nas coxas. Nosso olhar se encontrou. Puxei a cadeira para mais perto, coloquei suas pernas entre as minhas e sussurrei:

— Agora eu entendi.

Um suspiro escapou de seus lábios, e Elizabeth avaliou o quão próximos estávamos um do outro.

— Entendeu o quê?

— Você está com ciúmes.

Ela bufou alto e riu.

— Ciúmes? Não seja ridículo, Narciso.

Com uma voz suave, peguei suas mãos.

— Não precisa ficar envergonhada. É completamente normal se sentir atraída pelo vizinho depois de um tempo. Por que você acha que é ridículo?

Elizabeth arrancou as mãos das minhas, e segurei o riso ao ver que ela estava ainda mais vermelha.

— Por quê? Você quer as razões, então? Para começar, você nem faz a barba e parece um lenhador, o que é asqueroso. Com esse gorro e essa barba grossa, fico até surpresa por você não estar vestindo uma camisa xadrez. Você toma banho?

— Tomo. Se você quiser, podemos voltar pra minha casa e tomar banho juntos pra economizar água.

— Não sabia que você era um ativista ambiental.

— Nada disso. Eu só gosto de deixar você molhada. — As bochechas dela coraram, e eu observei suas sardas. Ela era bonita pra cacete. — Além do mais — continuei, tentando não pensar no fato de que sentia por ela tudo o que imaginava que ela sentia por mim —, vi que você instalou o Tinder no seu celular. Não precisa esconder sua preferência pelo tipo lenhador. Ninguém está apontando o dedo na sua direção, te julgando. Talvez estejam fazendo isso em silêncio, com um olhar de esguelha, e na boa, isso nem conta.

— Esse aplicativo estava aparecendo o tempo todo no *feed* do Facebook! Faye me obrigou a instalar esse troço, só fiquei curiosa, *só isso*!

Elizabeth estava cada vez mais vermelha, e meu corpo começou a reagir à proximidade entre nós. Queria acariciar seu rosto e sentir seu calor. Queria acariciar seus seios e sentir o coração batendo rápido, tamanho o nervosismo dela. Queria provar seus lábios...

— Qual é o lance entre você e Tanner? — perguntei novamente.

— Já falei, somos apenas amigos.

— Parecia muito mais que isso, pela forma como ele te abraçava.

Ela baixou os olhos.

— Quem está com ciúmes agora?

— Eu.

— O quê? — Ela ergueu a cabeça, seu olhar encontrando o meu.

— Eu disse que senti ciúmes. Senti ciúmes da mão dele nas suas costas. Senti ciúmes quando ele falou algo com você ao pé do ouvido. Senti ciúmes quando ele olhou em seus olhos, e eu fui obrigado a ficar quieto vendo tudo.

— O que você está fazendo? — perguntou ela, confusa, a respiração entrecortada. Meus lábios tocaram levemente os dela. Suas mãos repousaram na minha calça jeans. Meus dedos envolveram os seus. Estávamos tão próximos que, por um instante, achei que ela estava sentada no meu colo e que eu podia ouvir as batidas de seu coração.

Aos poucos, o lugar se tornou mais barulhento. As pessoas começaram a ficar bêbadas, a comer e falar sobre coisas medíocres. Mas meus olhos... estavam fixos em seus lábios. Nas curvas de sua boca. Na cor de sua pele. *Nela.*

— Tris, pare — murmurou Elizabeth. Ela parecia tão confusa quanto eu, mas seu corpo se recusava a fazer o que sua mente ordenava.

— Diga que você não me quer — supliquei. *Afaste-se de mim.*

— Eu... — gaguejou ela.

Sua voz estava trêmula, e eu conseguia ouvir o medo em alto e bom som. Em meio aos temores e dúvidas, porém, notei um suspiro de esperança. Eu queria me agarrar o máximo possível àquilo. Queria ver a esperança que ela escondia no fundo de sua alma.

— Tristan... Você acha... — Ela riu, ansiosa, e passou a mão pela testa. — Você pensa em mim? Quero dizer... — gaguejou Elizabeth novamente e ficou em silêncio. O nervosismo consumia seus pensamentos, confundia-os. — Você já pensou em mim como algo mais do que sua amiga?

Elizabeth viu a resposta em meus olhos. Senti a alma dela tocando a minha, seu olhar repleto de surpresa e curiosidade, sua beleza envolta em uma aura de mistério.

Eu pisquei.

— A cada segundo. Cada minuto. Todos os dias.

Ela assentiu, fechando os olhos.

— Eu também. A cada segundo. Cada minuto. Todos os dias.

Afaste-se, Tristan.

Afaste-se, Tristan.

Afaste-se, Tris....

— Quero beijar você. A Lizzie triste, devastada. A verdadeira Lizzie.

— Isso mudaria as coisas.

Ela tinha razão. Seria como cruzar uma linha invisível. Sei que a beijei antes, mas era diferente. Foi antes de me apaixonar por ela. De me apaixonar perdidamente. Soltei o ar que estava preso em meu peito e vi que ela fez o mesmo.

— E o que aconteceria se eu não te beijasse? — perguntei.

— Acho que eu iria te odiar um pouquinho — respondeu ela suavemente, meus lábios a milímetros dos dela. — Na verdade, acho que eu iria te odiar muito.

Meus lábios tocaram os de Elizabeth, que se inclinou em minha direção, as mãos agarrando minha camisa. Quando minha língua deslizou para dentro de sua boca, fazendo amor com a dela, Elizabeth soltou um gemido baixo. Ela retribuiu meu beijo com intensidade, quase sentando em meu colo, entregando-se a mim.

— Quero que você me deixe entrar na sua vida — murmurou.

Tive que me controlar muito para não abraçá-la e levá-la para minha casa para explorar cada parte de seu corpo. Queria senti-lo junto do meu. Queria me perder nela. Mordi seu lábio inferior e a beijei gentilmente.

— Quero conhecer você, Tristan. Quero saber aonde você vai quando deseja esquecer tudo. Quero saber o que faz você acordar de seus pesadelos. Quero ver a escuridão que você luta diariamente para esconder. Você pode fazer uma coisa por mim? — perguntou ela.

— Qualquer coisa.

As mãos de Elizabeth pousaram em meu coração, e ela sentiu meu peito subir e descer com a ponta dos dedos.

— Mostre pra mim o que você tenta esconder. Mostre onde dói mais. Quero ver sua alma.

Capítulo 23

Elizabeth

Tristan me levou até o galpão.

Eu havia passado muito tempo imaginando o que ele fazia lá dentro. Depois de destrancar as portas, ele as abriu. Estava escuro, quase não dava para enxergar nada, até que Tristan acendeu uma lâmpada. O lugar se iluminou, e ele me conduziu para dentro.

— Charlie... — murmurou ele, os olhos percorrendo o lugar, que mais parecia uma pequena biblioteca. As prateleiras estavam repletas de livros infantis e clássicos como *O sol é para todos*, além de uma coleção imensa de títulos do Stephen King. As estantes eram artesanais, e eu sabia que Tristan as havia feito.

Uma delas estava repleta de brinquedos, dinossauros, soldadinhos, carrinhos.

Mas não foram os brinquedos e as prateleiras que me deixaram mais impressionada. Olhei para as paredes e estudei cada palavra esculpida na madeira. Ele encheu as paredes com bilhetes, lembranças e pedidos de desculpas.

— Sempre que sentia falta dele... sempre que pensava nele, eu deixava algo registrado na madeira — explicou Tristan enquanto meus dedos contornavam cada palavra que ele escrevera e nunca mostrara a ninguém... até agora.

Me perdoe por ter deixado você.
Me perdoe por não ter ido com vocês.
Me perdoe por não ter deixado você ler alguns livros.
Me perdoe por não ter levado você para pescar.
Me perdoe porque você nunca vai se apaixonar.
Queria poder esquecer.
Sinto tanta saudade...

— Além disso — sussurrou ele —, Jamie sempre pediu que eu construísse uma biblioteca para ela, e eu sempre ficava enrolando. Pensei que teria tempo, mas às vezes o amanhã nunca chega e você acaba sozinho com as memórias do passado.

Quando olhei para ele, vi que estava piscando para conter as lágrimas. Dava para sentir a dor constante em sua mente, em seu coração. Fui até ele.

— Não foi culpa sua, Tristan.

Ele balançou a cabeça.

— Foi sim. Se não estivesse correndo atrás da minha carreira idiota, eu estaria com eles. Cuidaria deles, estariam vivos.

— O que aconteceu com eles?

Ele abaixou a cabeça.

— Não consigo. Não consigo falar daquele dia.

Ergui o rosto para encontrar seu olhar.

— Tudo bem, eu entendo. Mas eu queria que você soubesse que não foi sua culpa, Tristan. Preciso que você entenda isso. Você foi o melhor pai e o melhor marido que pôde. — Os olhos de Tristan diziam que não acreditava em mim. — Depois da morte deles, qual foi o pior momento? Qual foi o momento de maior fraqueza?

Ele hesitou por um instante.

— Na véspera do enterro, eu tentei me matar — sussurrou ele. — Sentei no banheiro dos meus pais e tentei acabar com minha vida.

Ah, Tristan...

— Lembro que olhei no espelho e soube naquele momento que meu coração tinha morrido com eles. Soube que estava morto, entende? E eu me sentia bem com isso. Eu me sentia bem em ser indiferente e ruim, porque estava convencido de que não merecia a atenção de outras pessoas. Eu me afastei dos meus pais porque eu era meu fantasma. Queria muito morrer, achei que seria melhor, mais fácil. Mas conheci você e me lembrei de como era existir. — Seus lábios se aproximaram dos meus, e meu coração disparou. A voz dele me provocava um arrepio. — Elizabeth?

— Sim?

— Com você é mais fácil.

— O que é mais fácil?

Ele levou a mão às minhas costas. Nós nos abraçamos; aos poucos, nossos corpos se tornaram um só. Seus dedos percorreram meu pescoço, e fechei os olhos enquanto ele falava com minha alma.

— Estar vivo.

Respirei fundo.

— Você é bom, Tris. Você é muito bom. Mesmo nos dias em que você se sente desprezível.

— Posso ver sua alma agora? — perguntou ele. Concordei, apreensiva, e o conduzi até a minha casa.

~

— Cartas de amor? — perguntou ele, sentado no meu sofá enquanto eu abria a caixa de alumínio em formato de coração.

— Sim.

— Do Steven pra você?

Balancei a cabeça.

— Minha mãe escrevia para o meu pai, e ele para ela, quase todos os dias, desde que se conheceram. Depois que ele morreu, passei a ler as cartas. Era uma maneira de me lembrar dele. Mas, um dia, mamãe jogou tudo no lixo. Eu as encontrei... e ainda as leio sempre.

Tristan pegou uma delas e leu.

— "Você está dormindo ao meu lado e, a cada segundo, te amo um pouco mais. HB."

Esta sempre me fazia sorrir.

— Eles não eram felizes o tempo todo. Descobri coisas que nem imaginava quando comecei a ler as cartas. — Procurei uma específica no fundo da caixa. — Como esta daqui. "Sei que se sente menos mulher. Sei que culpa seu corpo pela perda. Sei que não se sente completa por causa do que os médicos disseram. Mas está errada. Você é forte, sábia e indestrutível. Você é tudo de mais belo no mundo. E sou um homem de sorte por ter você como minha deusa. KB." Eu não sabia que eles tinham perdido um filho antes de mim. Não sabia... — Sorri para Tristan, que absorvia tudo. — Enfim, foi através dos meus pais que vi o que era um amor verdadeiro. Só queria que nós também tivéssemos trocado cartas. Teria sido tão bom.

— Lamento muito — disse ele.

Concordei, porque eu também lamentava.

Fechei a caixa e sentei mais perto de Tristan no sofá.

— Como sua mãe enfrentou a morte dele? — perguntou.

— Ela não enfrentou. Usou outros homens para esquecer. Ela está completamente perdida desde o dia em que meu pai morreu. É muito triste, porque também sinto saudades dela.

— Sinto saudades dos meus pais. Depois que Jamie e Charlie morreram, eu fugi, porque eles queriam me consolar e eu não merecia o amor deles.

— Talvez você devesse ligar pra eles.

— Não sei... — sussurrou Tristan. — Ainda acho que não mereço ser consolado.

— Em breve, então.

— Sim. Talvez, em breve... — E mudou de assunto: — Qual foi a pior parte daquela semana pra você? Seu pior momento?

— Contar a Emma. Não fiz isso na hora. Na primeira noite, deitei com ela na cama, e ela perguntou onde estava o papai, que horas ele ia chegar. Eu me acabei de tanto chorar, e foi aí que percebi a verdade: minha vida nunca seria mais a mesma. — Tristan passou os dedos pelos meus olhos, secando as lágrimas que nem percebi que estavam caindo. — Tudo bem, estou bem.

Ele balançou a cabeça.

— Não está.

— Estou. Estou bem. Estou bem.

— Você não precisa estar bem o tempo todo. É normal sentir a dor de vez em quando. É normal se sentir perdida, como se estivesse andando no escuro. São os dias ruins que tornam os bons ainda melhores.

Passei as mãos em seus cabelos e encostei meus lábios nos dele.

— Me beija — sussurrei, sentindo as batidas do coração de Tristan ao tocar seu peitoral.

Ele hesitou.

— Se eu te beijar agora, não poderemos voltar atrás. Se eu te beijar... nunca mais vou querer parar.

Passei a língua pelo seu lábio, usando-a para abrir sua boca.

— Me beija — sussurrei.

As mãos de Tristan deslizavam pelas minhas costas, fazendo movimentos circulares, e ele me trouxe para perto de si. Estávamos tão próximos que era difícil dizer se éramos duas pessoas ou uma só alma à procura de sua chama interior.

— Tem certeza? — perguntou.

— Me beija.

— Lizzie...

Dei um leve sorriso e pousei um dedo nos lábios dele.

— Vou pedir pela última vez, Tristan. Me be...

Não precisei terminar a frase e, mais tarde, mal consegui me lembrar de quando Tristan me carregou para o quarto.

Apoiei minhas costas na cômoda, com Tristan pressionando meu corpo. Suas mãos seguravam minha cintura com firmeza, e nossos lábios se encontraram. Sua boca explorou cada pedacinho da minha, tornando nossa ligação ainda mais intensa, e seus dedos deslizaram pela minha coluna, fazendo-me sentir calafrios. A língua de Tristan abriu caminho pela minha boca, encontrando a minha língua, as duas dançando juntas. Seus braços me envolveram com força, e eu cravei as unhas nas costas dele, agarrando-me a ele como se fosse a melhor coisa do mundo. *Ele é a melhor coisa do mundo.* Inclinei a cabeça para o lado enquanto minhas mãos subiam, meus dedos se enroscando em seus cabelos, forçando-o a me beijar com mais intensidade, com mais força, mais rápido...

— *Tristan...* — gemi, e ele grunhiu. Passei a mão por cima da camisa dele e senti aquele corpo musculoso, escondido. *Estou adorando me apaixonar por ele.*

Não imaginava que isso fosse possível. Não sabia que um coração, mesmo aos pedaços, ainda poderia bater por amor.

Tristan me ergueu e me colocou na beirada da cama. Sua respiração estava ofegante. Seu desejo, nítido.

— Quero tanto você, Lizzie. — Ele suspirou, passando a língua pela minha orelha, descendo e beijando meu queixo, parando em meus lábios. Ele movia a língua como se tentasse descobrir cada pedacinho de mim, e cada movimento me fazia gemer. Sua mão deslizou por baixo do meu vestido, e eu o vi tirar minha calcinha e jogar num canto do quarto. Em seguida, abriu minhas pernas, permitindo que eu sentisse sua ereção. O desejo em seus olhos me fez sorrir. Eu soube, naquele momento, que ele sempre me faria sorrir.

Tristan agarrou meu vestido e começou a tirá-lo bem devagar, admirando cada parte do meu corpo, cada curva.

— Os braços — ordenou ele com uma voz rouca, e eu os ergui para que Tristan terminasse de tirar a peça, jogando-a perto da calcinha. — *Linda* — murmurou antes de se inclinar e beijar meu pescoço. Cada vez que seus lábios tocavam minha pele eu sentia meu coração acelerar. Sua língua passou pela curva do meu sutiã; ele desabotoou o colchete e jogou-o junto da pilha de roupas. Meu corpo estremeceu quando seus dedos circularam meus mamilos duros.

Comecei a tirar a camisa dele, revelando seu abdômen definido.

— Os braços — ordenei.

Joguei a camisa na pilha de roupas, que crescia a cada minuto. Ele não perdeu tempo, e sua língua percorreu meus seios. Seus beijos se tornaram mais intensos, chupando meus mamilos com força. Minha respiração começou a ficar pesada, faminta, desesperada pelo seu toque.

— Tristan... assim! — murmurei, minha cabeça se inclinando para trás diante da forma como a língua dele controlava meu corpo.

— Deita — pediu ele. Obedeci e fechei os olhos, passando os dedos em seu peito. Eu estava nervosa, tentando antecipar seu próximo toque. A excitação tomava conta de mim. Quando ele ia me tocar? Onde?

Arqueei meu quadril quando senti sua língua molhada passar entre as minhas coxas.

— Quero provar você, Lizzie. Quero provar cada pedacinho seu.

Ele suspirou. Suas mãos agarraram minha bunda e ergueram meu quadril, e então senti sua língua dentro de mim. Seus movimentos começaram lentos, mas logo ele passou a usar a língua com mais força e entusiasmo, e meu corpo, que antes já estava trêmulo, agora implorava por mais. Tristan foi ainda mais fundo, e meus dedos agarraram seus cabelos novamente. Eu não queria nada além dele dentro de mim.

— Por favor, Tristan — supliquei, meu quadril se movendo quando do ele colocou dois dedos dentro de mim e continuou a usar a língua. — Quero você...

Ele parou, levantou e começou a tirar os jeans.

— Me diz como você quer. Me diz como você me quer — ordenou, sem desviar os olhos de mim.

— Eu não quero que seja delicado — eu disse, quase sem fôlego. Meus olhos admiravam sua ereção enquanto ele tirava a calça. Meus dedos agarraram sua cueca boxer, e em segundos ele estava nu. — Quero ver as sombras que não te deixam dormir. Quero que me beije com toda a escuridão que há dentro de você.

Tristan me ergueu da cama e me colocou de frente para a cômoda, e eu apoiei as mãos nas gavetas. Ele foi até a calça no chão bem depressa, tirou a carteira do bolso e pegou uma camisinha; em seguida abriu-a, desesperado, e colocou-a. Em questão de segundos ele estava atrás de mim, seu corpo pressionando minha alma nua. Os dedos dele acariciaram minhas costas até chegarem na curva da minha bunda.

— Lizzie — disse ele, ofegante como eu —, não vou te machucar. — E ergueu minha perna esquerda, sustentando-a com seu braço.

Eu sei, Tristan. Eu sei.

De uma só vez ele entrou em mim, com força, me fazendo gemer alto. Enquanto segurava minha perna com um braço, sua outra mão acariciava meus seios.

Sua respiração era irregular.

— Você é tão gostosa, Lizzie... Tão gosto...

As palavras sumiam enquanto ele se movia dentro de mim. Estar tão perto de Tristan, não apenas fisicamente, mas compartilhando com ele nossas emoções mais sombrias, fez meus olhos se encherem de lágrimas. Ele era belo. Era assustador. Era real.

Isso não é um sonho. É real.

Ele saiu de dentro de mim e me virou para que eu pudesse olhar para ele.

Suas mãos me agarraram por trás, me forçando a enlaçar minhas pernas em sua cintura. O corpo dele era a única coisa que me impedia de cair. Ele encostou a testa na minha e entrou em mim novamente.

— Não feche os olhos — suplicou. Seu olhar estava cheio de desejo, de paixão, de... amor?

Ou talvez eu estivesse vendo apenas um reflexo dos meus sentimentos. De qualquer forma, eu gostava das emoções que ele despertava em mim. Tristan continuou entrando com força e saindo bem devagar. Eu tremia, meus olhos queriam se fechar, mas não conseguiam. Eu queria que eles ficassem abertos. Queria olhar para ele.

Eu estava a segundos de...

Eu estava a segundos de entregar meu corpo. A segundos de me perder e me encontrar em Tristan Cole.

— Eu vou... — murmurei, meu corpo trêmulo, o orgasmo tomando conta de mim, as palavras se esvaindo. Meus olhos se fecharam, e senti a boca de Tristan na minha, meu corpo vibrando junto ao dele.

— Cara, como eu adoro isso, Lizzie. Adoro quando você se perde em mim. — Seu sorriso pairou sobre meus lábios, e eu gemi.

— Quero cada parte de você — supliquei. — Por favor.

— Eu sou seu.

Naquela noite dormimos nos braços um do outro. No meio da madrugada, acordamos e começamos tudo de novo, nos perdemos e nos encontramos, juntos. De manhã bem cedo, a mesma coisa. Cada vez que ele entrava em mim, era como se estivesse se desculpando por algo. Cada vez que me beijava, parecia que suplicava meu perdão. Cada vez que ele piscava, eu podia jurar que enxergava sua alma.

Capítulo 24

Elizabeth

Quando acordei, percebi que Tristan não estava mais na cama. Parte de mim achou que a noite de ontem tinha sido apenas um sonho, mas, quando coloquei a mão em seu travesseiro, encontrei um bilhete.

Você fica linda quando ronca. — TC

Segurei o papel junto ao peito antes de lê-lo várias vezes. O som de um cortador de grama foi a única coisa capaz de me interromper. Vesti uma camiseta regata e um short, esperando ver Tristan cortando a grama do meu jardim, desejando beijar seus lábios gentis, mas, quando cheguei na varanda, parei.

Ele não estava cortando a grama do meu jardim.

Ele estava cortando a grama do jardim dele.

Talvez, para todo mundo, isso não parecesse nada demais, ver um homem cortar a grama do próprio jardim. Mas eu sabia que essa atitude tinha um significado maior. Vi Tristan Cole andando pela vida como um sonâmbulo, mas, aos poucos ele estava despertando.

∼

Eu e Tristan começamos a deixar bilhetinhos em post-its na casa um do outro. Diferentemente das mensagens trocadas pelos meus pais, os nossos não eram românticos. Na maior parte do tempo, eram bobos e bregas, o que fazia com que eu os adorasse ainda mais.

Acho a sua bunda muito bonitinha. – EB

Às vezes, quando estou cortando a grama e você está lendo seus livros eróticos na varanda, vejo-a corar quando chega numa parte muito quente. Este Sr. Darcy deve ter feito loucuras com sua Elizabeth. – TC

Eu não sei se deveria ficar preocupada ou excitada por você saber de cor os nomes dos personagens de Orgulho e Preconceito. – EB

Você. É. Bonita. Pra. Cacete. – TC

Toc toc. – EB

Quem é? – TC

Eu. Nua. À meia-noite. Na minha cama. Venha me fazer companhia. Traga a fantasia do Incrível Hulk e seu imenso monstro verde. – EB

Por favor, por favor, por favor nunca mais chame meu pau de monstro verde. Numa escala de 1 a 10, isso deve ser a ruína completa. – TC
P.S. Mas não vou discordar da palavra "imenso". Acho até que você deveria usar outras semelhantes, como: enorme, incrível, gigantesco, divino. - TC

Quero que você fique comigo esta noite. – EB

Sabe aquele lugar entre os sonhos e os pesadelos?
Aquele lugar onde o amanhã não chega e o passado não dói mais?
O lugar onde seu coração bate em sintonia com o meu?
Aquele lugar onde o tempo não existe e é mais fácil respirar?
Quero viver nesse lugar com você – TC

Capítulo 25

Elizabeth

Algumas semanas se passaram e, quando não estava me beijando, Tristan se via envolvido em alguma discussão espirituosa com Emma. Eles brigavam por causa das coisas mais estranhas e sempre acabavam rindo juntos.

— Eu estou falando, Fifi, o Homem de Ferro é o melhor dos Vingadores — disse Tristan, jogando batata frita em Emma, que estava sentada do outro lado da mesa.

— Não mesmo! Ele não tem um escudo legal como o Capitão América, Pluto! Você não sabe de nada.

— Sei um pouco de tudo, pode apostar! — debochou ele, mostrando a língua para ela. Emma ria e dava língua também.

— Você não sabe de NADA!

Esse tipo de conversa acontecia toda noite, e eu estava começando a adorar nossa nova rotina.

Uma noite, depois que coloquei Emma para dormir, eu e Tristan deitamos no chão da sala, cada um com um livro nas mãos. Eu lia *Harry Potter*, e ele, a *Bíblia*. De vez em quando, eu o flagrava me olhando com um leve sorriso no rosto antes de voltar a ler.

— Certo — eu disse, apoiando meu livro no colo. — Seus comentários sobre a *Bíblia* até agora.

— É um livro que faz a gente pensar. Que nos faz querer saber mais sobre *tudo*.

— Mas? – perguntei, pois sabia que tinha um "mas".

— Mas... não entendo noventa e nove por cento das coisas. — Ele riu, colocando o livro no chão.

— O que você quer da vida, Tristan?

Ele se virou para mim, semicerrando os olhos, sem entender minha pergunta.

— Como assim?

— O que você quer da vida? — perguntei novamente — Nunca falamos sobre isso, só estou curiosa.

Ele passou o dedo sobre o nariz e deu de ombros, sem saber como responder.

— Não sei. Quer dizer, antigamente eu era pai, marido. Mas agora... eu não tenho ideia.

Fiz uma pequena careta.

— Queria tanto que você enxergasse o que eu vejo quando olho para você.

— O que você vê?

— Um guerreiro. Vejo força. Coragem. Alguém que ama intensa e profundamente. Alguém que não foge das responsabilidades quando as coisas complicam. Quando olho pra você, enxergo possibilidades infinitas. Você é inteligente, Tristan. E muito talentoso. — Ele se encolheu. Balancei a cabeça. — Você é. E pode fazer qualquer coisa. Qualquer coisa que quiser. Seu talento com madeira é impressionante, você poderia trabalhar com isso.

— Eu trabalhei. Eu e meu pai estávamos começando a fazer nosso negócio decolar. No dia do acidente, estávamos a caminho de Nova York para encontrar alguns empresários que estavam interessados no nosso trabalho.

— E não deu em nada?

Ele negou.

— Nem chegamos a Nova York. Quando pousamos em Detroit pra fazer a conexão e ligamos o celular, recebemos inúmeras mensagens sobre Jamie e Charlie.

— Isso é tão...

— Foi o pior dia da minha vida.

Antes que eu respondesse, ouvi o som de passos no corredor.

— Mamãe! Mamãe! Olha! — chamou Emma segurando sua máquina fotográfica em uma mão e duas plumas brancas na outra.

— Você deveria estar dormindo, mocinha.

Ela resmungou.

— Eu sei mamãe, mas olha! Duas plumas brancas!

— Ah, parece que papai está mandando beijos pra você — comentei.

Ela negou.

— Não, mamãe. Essas não são do papai. — Emma caminhou até Tristan e entregou as plumas para ele. — São da família dele.

— São pra mim? — perguntou ele, emocionado.

Ela concordou e sussurrou:

— Isso quer dizer que eles te amam — explicou Emma, segurando a câmera. — Agora, vamos tirar uma foto. Mamãe, tira uma foto com ele! — ordenou ela. Obedecemos. Quando a foto da Polaroid ficou pronta, ela a entregou a Tristan, que lhe agradeceu várias vezes.

— Tá bom, hora de dormir. Que tal se eu lesse uma história pra você? — perguntei.

— Será que Tristan pode ler pra mim? — indagou ela, bocejando.

Olhei para ele, questionando-o em silêncio. Ele se levantou do chão.

— É claro que sim. O que vamos ler? — perguntou, pegando minha garotinha no colo.

— Eu gosto de *O gatola da cartola* — respondeu Emma. — Mas você tem que ler fazendo de conta que é um zumbi.

Seu sorriso se tornou ainda maior enquanto eles caminhavam pelo corredor.

— Ah, essa é uma das minhas formas favoritas de ler histórias.

Sentei do lado de fora do quarto da Emma, encostada na parede, ouvindo Tristan ler para ela. Ela dava várias risadinhas com aquela voz terrível de zumbi e parecia tão feliz que, por um instante, minha vida se iluminou, se encheu de alegria. Não existe nada melhor para uma mãe do que ver seu filho sorrir. E eu não tinha palavras para agradecer a Tristan por isso.

— Pluto? — chamou ela, bocejando.

— Sim, Fifi?

— Sinto muito pela sua família.

— Tudo bem. Também sinto muito pelo seu pai.

Espiei e vi Tristan sentado no chão, com o livro junto ao peito ao lado da cama de Emma. Zeus estava deitado ao pé da cama. Ela bocejou de novo.

— Sinto saudades dele.

— Aposto que ele sente saudades de você também.

Ela fechou os olhos e se encolheu, enroscando-se como uma bola.

— Pluto? — sussurrou ela, quase sonhando.

— Sim, Fifi?

— Amo você e Zeus, apesar da sua voz de zumbi ser horrível.

Tristan fungou e passou a mão pelo nariz antes de cobri-la. Colocou Bubba nos braços dela e ajeitou o cobertor.

— Também te amo, Emma. — Quando saiu do quarto, ele me viu e abriu um sorriso. Eu retribuí. — Vamos, Zeus — chamou ele. O cachorro abanou o rabo, mas não se mexeu. Tristan franziu o cenho. — Zeus, vamos. Vamos pra casa.

Zeus choramingou e se aconchegou ainda mais aos pés de Emma. Eu ri.

— Acho que você tem um traidor.

— Não posso culpá-lo. Tudo bem se ele dormir aqui hoje?

— Claro. Acho que os dois acabaram se acostumando um com o outro quando você passou aqueles dias aqui em casa.

Ele encostou na porta, observando Zeus se esgueirar para os braços de Emma, onde Bubba estava. Emma o abraçou apertado e sorriu, sonhando. Tristan cruzou os braços.

— Eu entendo por que você não ficou tão destruída quanto eu. Você tinha Emma, e ela é... ela é maravilhosa. Ela é tudo de bom no mundo, não é?

— Sim — concordei. — É *sim.*

~

Na segunda semana de novembro, uma imensa tempestade de raios chegou a Meadows Creek. Sentei na varanda, vendo as gotas de chuvas caírem grossas na grama. Estava surpresa por não ter nevado ainda, mas tinha certeza de que, em algumas semanas, tudo ficaria coberto de branco.

O céu ficava mais escuro a cada minuto, e os trovões se seguiam aos raios. Emma estava dormindo, e fiquei aliviada por ela ter um sono tão profundo, caso contrário se assustaria com a tempestade. Zeus estava sentado ao meu lado na varanda, observando a chuva, os olhos quase fechando. Ele lutava bravamente contra o sono, mas perdia a batalha.

— Elizabeth! — gritou Tristan, correndo de sua casa. Entrei em pânico ao vê-lo se aproximar. — Elizabeth! — berrou. Estava encharcado da cabeça aos pés quando chegou na varanda e apoiou as mãos nos joelhos, tentando recuperar o fôlego. A chuva caía sobre ele.

— O que aconteceu? — perguntei com a voz cheia de medo. Parecia que ele tinha enlouquecido. Desci a escada da varanda e fui até ele na chuva. — Você está bem?

— Não.

— O que aconteceu?

— Estava sentado na oficina e pensei em você. — Sua mão envolveu a minha, e ele me abraçou. Meu coração batia forte, disparando ao absorver cada palavra que saía de sua boca. — Tentei tirar você da cabeça. Tentei arrancar você dos meus pensamentos. Mas continuei

pensando em você, e meu coração parecia que ia parar de bater. E...
— Ele aproximou o rosto, seus lábios a milímetros dos meus, sua boca passando pela minha, bem devagar. O calor que emanava dele dispersava o frio trazido pela chuva. Tristan tinha um tipo de calor que eu nem sabia que existia; era como um cobertor que dissipava a dor e a tristeza. A voz dele estava trêmula. — E... eu me dei conta de que amo você.

— Tristan...

Ele balançou a cabeça.

— É ruim, certo?

— É...

Tristan deu uma leve mordida em meus lábios.

— Terrível. Então, agora, Lizzie... se você não quiser que eu te ame, me diga pra parar. Vou embora e vou deixar de amar você. Pode se afastar, se quiser. Me peça pra ir, e eu irei. Mas, se existe uma pequena parte de você que se sente bem com isso, então, me abrace. Me leve para sua casa, me leve para seu quarto, e me deixe mostrar o quanto eu te amo. Me deixe mostrar o quanto eu adoro cada parte do seu corpo.

Um sentimento de culpa tomou conta de mim. Baixei os olhos.

— Não sei se já estou preparada para dizer...

Ele levantou meu queixo com um dedo e olhou nos meus olhos.

— Não tem problema — prometeu, com a voz baixa. — Eu tenho quase certeza de que tenho amor suficiente pra nós dois.

Fechei os olhos e, a cada respiração, senti uma paz que nunca havia sentido antes. Nunca pensei, nunca imaginei que iria ouvir a palavra amor de outro homem, mas Tristan a pronunciou, e eu me senti completa de novo.

Ele ficou ali, respirando junto aos meus lábios. O ar que ele expirava se confundia com o da minha inspiração, se tornava minha cura. Continuamos por mais alguns instantes na chuva, até que meus passos nos levaram para o calor da casa.

Capítulo 26

Tristan

— Preciso de uma bosta de favor — disse Faye de pé na minha varanda, vestida toda de preto, usando luvas pretas e chapéu preto. Era tarde da noite, e eu tinha acabado de chegar da loja do Sr. Henson.

Ergui a sobrancelha.

— O quê?

— Bem, não exatamente sua bosta, mas do seu cachorro.

Levei a mão à nuca, olhando confuso para ela.

— Foi mal, mas você fala como se isso fosse um pedido comum.

Ela suspirou, batendo com a palma da mão na testa.

— Olha, normalmente eu dividiria meus problemas com Liz, mas sei que ela deve estar colocando Emma na cama ou fazendo alguma coisa chata da vida adulta. Então, pensei: por que não tentar o namorado e pedir um favor a ele?

— O favor é dar o cocô do meu cachorro pra você.

— Exatamente — concordou ela.

— Será que posso saber pra que você vai usá-lo?

— Dã, hoje é noite do spa lá em casa. Cocô de cachorro faz maravilhas para a pele — explicou ela. Meu olhar a fez sorrir. — Cara, vou colocar o cocô num saco e queimá-lo na varanda da casa do meu chefe.

Continuei sem entender.

— Se não quiser falar a verdade, tudo bem, não precisa.

Ela tirou um saco de papel marrom da mochila.

— Não. Estou falando sério.

— Quanto tempo vai demorar? — perguntou Faye na quarta volta pelo quarteirão com Zeus.

— Veja bem, você tem sorte por Zeus estar oferecendo as fezes dele a você. Ele não faz isso com qualquer um.

Enquanto dávamos mais algumas voltas, Faye me ofereceu sua opinião sobre quase tudo.

— E a propósito, acho muito ridículo colocar o nome de Zeus no cachorro.

Sorri.

— Meu filho, Charlie, foi quem escolheu o nome. Nós lemos *Percy Jackson e o ladrão de raios*, e ele se apaixonou pelos deuses gregos. Passamos meses estudando mitologia. Ele adorou o nome Zeus, mas gostou de um cachorro de médio porte do canil, que não se encaixava exatamente na descrição de um deus grego tão importante. Eu me lembro que ele disse: "Pai, tamanho não importa. Ele ainda é Zeus."

O rosto de Faye assumiu uma expressão fechada por alguns segundos antes de voltar ao seu ar brincalhão de sempre.

— Cara, você realmente usou a cartada do filho morto só pra fazer com que eu me sentisse mal e constrangida?

Eu ri, pois notei o tom de brincadeira.

— Acho que sim.

— Idiota — murmurou Faye antes de disfarçar e enxugar uma lágrima. Eu vi, mas não comentei nada.

Zeus parou em frente a um hidrante e começou a se mexer, avisando que "a hora do cocô" tinha chegado.

— Agora vai! — comemorei, aplaudindo.

Em segundos, Faye recolheu o cocô, colocou-o no saco e saiu dançando rua abaixo

— Muito bem, Deus do Olimpo! — gritou. Nunca vi uma pessoa tão animada com algo que, sinceramente, eu considerava a coisa mais desagradável do mundo. — Certo, vamos — disse ela, caminhando de volta para minha casa.

— Vamos? Aonde?

— Vamos à casa do meu chefe. Agir como adultos, tacar fogo nessa bosta e vê-la queimar.

— Achei que você estava brincando.

Ela revirou os olhos.

— Tristan, eu brinco com o tamanho do pênis dos caras, não sobre deixar merda na varanda do meu chefe.

— Mas por que você precisa me incluir nisso? Nós não estamos um pouco... um pouco velhos para esse tipo de brincadeira?

— Sim! — berrou ela. — É completamente imaturo querer fazer isso. E concordo, também é muito infantil achar que isso vai me fazer sentir melhor, só que se eu não fizer isso vou ficar muito irritada e triste. E não posso ficar triste, porque isso seria reconhecer que ele saiu por cima. Seria reconhecer que, quando ele ligou hoje à noite para contar que tinha voltado com a ex-mulher, era ele quem estava o tempo todo no controle da relação, mesmo eu achando que era o oposto. Seria reconhecer que eu me apaixonei por aquele babaca, confiei nele, e ele partiu meu coração. Eu não me apaixono! Nunca deixo ninguém me machucar!

Lágrimas brotaram em seus olhos, mas ela se recusou a piscar, pois sabia que, se o fizesse, elas iriam cair. Lágrimas eram um sinal de fraqueza para ela, e percebi que a última coisa que ela queria era se sentir frágil.

— E, agora, sinto que estou mal, que estou a segundos de desabar, e não posso nem falar com minha melhor amiga porque ela perdeu a porra do marido e teve um ano horrível. Eu não devia nem ter pedido nada pra você, pois seu ano foi ainda pior, mas eu não sabia o que fazer! Estou arrasada e fodida. Quer dizer, por que alguém faria isso? Por que as pessoas se apaixonam se existe a possibilidade de elas se sentirem dessa forma? Porra, o que há de errado com a humanidade? A HUMANIDADE É DOENTE! Eu entendo, até entendo que a gente se sente bem, sabe? Estar apaixonado, estar feliz.

O corpo dela tremia, as lágrimas caíam mais rápido do que ela conseguia respirar.

— Mas quando esse tapete mágico é puxado dos nossos pés, leva toda nossa felicidade junto. E o coração? O coração fica despedaçado. Sem remorsos. Ele se parte em tantos pedacinhos que você fica paralisado, olhando para os cacos, porque todo seu livre-arbítrio, tudo que fazia sentido em sua vida, sumiu. Você entregou tudo pra uma bosta chamada amor, e agora você está destruída.

Eu a abracei imediatamente. Ela soluçou e se agarrou em mim. Ficamos parados na esquina por um tempo enquanto Faye chorava em meu peito.

— Acho que Zeus fez cocô no meu quintal e tenho quase certeza de que esqueci de recolhê-lo.

Ela se afastou.

— Jura?

Fiz que sim com a cabeça.

Procuramos no quintal e acrescentamos bastante cocô ao saco, antes de ela entrar no meu carro e irmos até a casa de Matty.

— Isso vai ser tão legal — disse ela, esfregando as mãos. — Olha, você fica com o carro ligado e eu vou deixar a merda lá, acendê-la e bater na porta, depois volto para o carro e saímos correndo!

— Perfeito.

Ela fez exatamente o que combinamos. Quando voltou para o carro, riu como se fosse uma criança de 5 anos.

— Faye?

— O que foi? — Ela continuava a rir, inclinando a cabeça para trás no banco.

— Acho que a varanda dele está pegando fogo.

Ela olhou pela janela, onde a varanda de Matty estava definitivamente em chamas.

— MERDA!

— Literalmente. — Ela tentou sair do carro para apagar, mas eu a impedi. — Não, se ele te encontrar aí, ele vai te demitir.

Ela parou.

— Merda! Merda! Merda!

Fiquei imaginando quantas vezes ela diria aquilo antes que se tornasse um trava-língua.

— Abaixa, só pra ele não te ver. Já volto.

Saí correndo do carro e fui até a varanda. Olhei para o fogo e fiz uma breve oração antes de começar a pisar nele para apagá-lo. Inevitavelmente, o cocô sujou meu tênis todo.

— Que diabos você está fazendo? — perguntou Matty, abrindo a porta e me encarando. O cheiro chegou até ele rapidamente, e ele tapou o nariz. — Isso é cocô de cachorro?

De repente me deu branco. Eu não sabia o que dizer ou fazer ou explicar, porque meus sapatos estavam cobertos de cocô de cachorro. Então, entrei em pânico.

— Eu sou o idiota da cidade! Eu largo cocô de cachorro por aí porque sou o idiota da cidade! Então... vai se foder!

Ele me encarou.

Eu o encarei.

Ele ergueu a sobrancelha.

Eu ergui a sobrancelha.

Ele ameaçou chamar a polícia.

Eu tirei os sapatos, corri para o carro e dirigi o mais rápido possível.

— Cacete! — exclamou Faye, chorando, só que dessa vez eram lágrimas de alegria. — Aquilo foi incrível. Você enfiou o pé no cocô pra que eu não perdesse o emprego.

— Eu sei. Já estou me arrependendo.

Ela riu, e estacionei o carro em frente à minha casa.

— Ele não me amava, não é? Quer dizer, ele dizia que sim, mas só quando queria transar. E falava que tinha terminado tudo com a mulher, mas sempre no meio da madrugada, quando mandava mensagens dizendo que estava indo pra minha casa.

— Ele me parece um idiota, Faye.

Ela concordou.

— Sempre me apaixono por esses tipos. Fico pensando em como seria amar alguém que também me amasse, sabe? Aquela pessoa que aparece na sua vida e você sabe que é tão louca por você quanto você é por ele.

— E por que você dorme com esses caras se sabe que eles são uns idiotas?

— Porque tenho esperança de que, um dia, eles vão se apaixonar por mim.

— Acho que dá pra se apaixonar sem tirar a roupa. Não precisa transar com eles.

— Isso seria um sonho. — Ela riu nervosamente, os olhos cheios de dúvidas. — Mas essa droga de amor acabou pra mim. Joguei a toalha.

— Ainda assim, vale a pena, Faye. — Eu a encarei, os olhos dela vermelhos de tanto chorar. — Os pequenos momentos de felicidade compensam a dor, e os cacos do coração podem ser colados novamente. Quer dizer, sempre fica uma cicatriz ou outra, e, às vezes, as memórias do passado te queimam por dentro, mas são uma lembrança de que você sobreviveu. É esse fogo que nos faz renascer.

— Você já nasceu de novo?

Voltei meu olhar para a casa de Elizabeth antes de responder.

— Estou trabalhando nisso.

Faye agradeceu e saiu do meu carro para entrar no dela.

— Tristan?

— Sim?

— Eu estava completamente destruída hoje e fui imatura, mas você me aturou, como um pai. Aturou minhas atitudes infantis. Charlie tinha sorte de ter você.

Eu sorri. Ela não tinha ideia do quanto essas palavras significavam para mim.

— Ah! — exclamou. — E me desculpe por ter te chamado de idiota.

— Mas você não me chamou de idiota.

— Acredite. Chamei sim. Só falta eu fazer mais uma coisinha pra te agradecer...

Ela correu até a janela do quarto da Elizabeth e bateu. Quando Elizabeth abriu, não consegui deixar de sorrir. Ela sempre estava bonita. Sempre.

— Oi, Liz — disse Faye, olhando para sua melhor amiga sonolenta.

— Oi.

— Paga um boquete pra esse cara hoje pra agradecer o que ele fez por mim. — Ela deu um beijo no rosto de Elizabeth. — Boa noite, amiga. — Em seguida, foi embora, parecendo muito mais feliz do que antes. Às vezes, tudo o que um coração partido precisa é de fogo e um saco cheio de merda.

Elizabeth pulou da janela, veio até mim e me abraçou.

— Você fez algo de bom para minha BFF hoje? — perguntou.

— Acho que sim.

— Muito obrigada. — Ela apoiou a cabeça no meu peito. — Querido?

— Sim?

— Que cheiro é esse?

— Acredite... — Olhei para minhas meias, tão branquinhas antes, mas tão imundas agora. — É melhor você nem saber.

Capítulo 27

Elizabeth

— Não fique parada aí, olhando pra mim. Você não está feliz em me ver? — perguntou mamãe, em pé na varanda com uma mala na mão.

— O que você está fazendo aqui? — indaguei, confusa. Olhei para uma BMW estacionada na frente da minha casa, tentando adivinhar com *o que* minha mãe tinha se envolvido dessa vez. Ou melhor, com *quem*.

— O que foi? Sua mãe não pode vir te visitar? Você não retorna minhas ligações, e fiquei com saudades da minha filha e da minha neta. É algum crime, por acaso? Você nem veio me dar um abraço — resmungou ela.

Abracei-a.

— Só estou surpresa em te ver aqui. Desculpe por não ter ligado, andei meio ocupada.

Ela franziu o cenho.

— Sua testa está sangrando?

Passei a mão pela testa e dei de ombros.

— Ketchup.

— Por que tem ketchup na sua testa?

— EU VOU COMER SEU CÉREBROOOO! — ameaçou Tristan, passando pelo corredor atrás de Emma vestida de múmia, com espaguete nas mãos e ketchup escorrendo pelo rosto.

Mamãe inclinou a cabeça, e seu olhar acompanhou Tristan.

— Acho que você esteve ocupada mesmo.

— Não é nada disso... — respondi, mas Emma me interrompeu.

— Vovó! — gritou ela, correndo para a porta e pulando nos braços da minha mãe.

— Meu docinho — respondeu minha mãe, abraçando Emma e se sujando toda de ketchup. — Que bagunça boa, hein?

— A gente estava brincando de vampiros e zumbis! Mamãe, Pluto e eu.

— Pluto? — Minha mãe virou-se para mim e demonstrou certa preocupação. — Você deixou um homem chamado Pluto entrar na sua casa?

— Você está realmente julgando que tipo de homem eu deixo entrar na minha casa? Você não lembra dos tipos que entraram na sua?

Ela deu um sorriso perverso.

— *Touché*.

— Tristan — chamei.

Ele veio até nós, tentando limpar os dedos nos cabelos cheios de ketchup.

— Sim? — Ele sorriu na minha direção antes de olhar para minha mãe.

— Essa é minha mãe, Hannah. Mãe, esse é meu vizinho, Tristan.

Seu olhar encontrou o meu, e ele hesitou por um segundo, como se estivesse decepcionado com minha escolha de palavras. Mas logo sorriu e apertou a mão da minha mãe.

— É um prazer conhecê-la, Hannah. Já ouvi falar muito de você.

— Engraçado — comentou mamãe. — Porque não ouvi nada sobre você.

Silêncio.

Silêncio constrangedor.

— Então, devo me juntar a esse silêncio constrangedor ou esperar no carro?

Um homem começou a subir as escadas da minha varanda com uma mala na mão. Ele usava óculos e uma camisa de manga comprida de cor mostarda por dentro dos jeans escuros.

Mamãe deve estar na fase dos namorados nerds. *Ou será que ele é um bruxo?*

Silêncio.

Silêncio muito constrangedor.

O homem pigarreou e estendeu a mão para Tristan, provavelmente porque, diferente de mim, Tristan não estava encarando-o, confuso.

— Sou Mike.

— É um prazer conhecê-lo, Mike — respondeu Tristan.

— O que aconteceu com Richard? — sussurrei para minha mãe.

— Não deu certo — retrucou ela.

É mesmo?

— Então, eu e Mike queríamos passar a noite aqui. Quer dizer, podemos ir para um hotel, mas... achei que seria legal se jantássemos e passássemos algum tempo juntos.

— Mamãe, hoje é a minha festa de aniversário. Emma vai passar a noite na casa da Kathy e do Lincoln.. Você deveria ter ligado.

— Você não ia atender. — Ela enrubesceu, distraída com os dedos, quase como se estivesse envergonhada. — Você não ia atender, Liz.

E lá estava eu me sentindo a pior filha do mundo. Simples assim.

— Mas ainda podemos jantar... Posso fazer seu prato preferido, se quiser. E você pode ficar com Emma. Vou ligar para Kathy e cancelar tudo.

As bochechas de minha mãe coraram, e seu sorriso reapareceu.

— Isso seria maravilhoso! Maravilhoso! Plut... Quer dizer, Tristan, você deveria se juntar a nós. — Ela o olhou de cima a baixo com certo ar de reprovação. — Mas talvez você devesse tomar um banho primeiro.

— Você ainda faz o melhor frango à parmegiana que já comi, Liz — elogiou mamãe quando estávamos sentados à mesa da sala de jantar.

— Ela não está mentindo, isso está excelente — concordou Mike. Sorri para ele e agradeci. Mike parecia legal, o que já era um enorme progresso desde o último estranho que vi com mamãe. De vez em quando, ele pegava na mão dela, o que me fez sentir pena dele. Ele a olhava de forma apaixonada, e eu sabia que era só questão de tempo até ela machucá-lo.

— Então, Mike, o que você faz da vida? — perguntou Tristan.

— Sou dentista. Em breve vou assumir os negócios da família, porque meu pai vai se aposentar em um ano.

Faz sentido. Mamãe sempre escolhia homens com carteiras mais recheadas do que a maioria.

— Muito legal — comentou Tristan. Todos continuaram conversando, mas eu parei de ouvir, meus olhos fixos em Mike acariciando a mão da minha mãe. Será que ela não sentia remorso por usar os homens daquele jeito? Será que ela não sentia pena deles?

— Como vocês se conheceram? — Deixei escapar a pergunta, o que fez com que todos olhassem para mim. Meu coração estava apertado, e eu estava cansada de ver mamãe usando mais um homem. — Desculpe, só estou curiosa. Pelo que eu sabia, mamãe estava saindo com um homem chamado Roger.

— Richard — corrigiu ela. — O nome dele era Richard. E, francamente, não gosto do seu tom de voz, Liz.

O rosto dela estava ficando vermelho, de raiva ou vergonha, e eu sabia que ela ia me censurar quando estivéssemos sozinhas.

Mike apertou a mão da mamãe.

— Tudo bem, Hannah. — Mamãe respirou fundo, como se as palavras dele fossem tudo o que ela precisava para se acalmar. Ela relaxou os ombros, e seu rosto começou a voltar ao normal. — Na verdade, sua mãe me conheceu no consultório. Richard era um dos meus pacientes. Ele estava fazendo um tratamento de canal, e ela o acompanhou em uma das consultas.

— Imagino — murmurei. Ela procurava um novo namorado ainda comprometida com o anterior.

— Não é o que você está pensando.

— Acredite em mim, Mike. Conheço minha mãe. É exatamente o que estou pensando.

Os olhos da minha mãe se encheram de lágrimas, e Mike continuou segurando sua mão. Ele voltou-se para ela, e era como se estabelecessem um diálogo sem pronunciar uma palavra sequer. Ela balançou a cabeça, e Mike me encarou.

— De qualquer modo, isso não importa. O que importa é que estamos felizes. Está tudo bem agora.

— Na verdade, tudo está tão bem que nós... nós vamos nos casar — disse mamãe.

— O quê? — gritei, sentindo meu rosto empalidecer.

— Eu disse...

— Não, eu ouvi. — Voltei-me para Emma com um sorriso reluzente. — Querida, por que você não vai escolher seu pijama? — Ela resmungou um pouco antes de sair da cadeira e ir para o quarto. — Como assim vocês vão se casar? — perguntei aos supostos noivos, completamente atônita.

Existiam duas coisas que mamãe nunca fazia:

1 - Se apaixonar.

2 - Falar de casamento.

— Estamos apaixonados, Liz — explicou ela.

— *O quê?*

— É por isso que viemos até aqui — acrescentou Mike. — Queríamos contar pessoalmente. — Ele riu, nervoso — E agora está sendo muito constrangedor.

— Acho que a palavra do dia é "constrangedor" — assentiu Tristan.

Virei para minha mãe e sussurrei:

— Quanto você está devendo?

— Elizabeth! — protestou ela. — Pare!

— Você está prestes a perder a casa? Se seu problema é dinheiro, você deveria ter me pedido. — Senti um nó na garganta. — Você está doente, mãe? Tem alguma coisa errada?

— Lizzie — começou Tristan, tocando minha mão, mas eu o afastei.

— Só estou dizendo... Não entendo o motivo de você fazer isso, se não está endividada ou morrendo.

— Talvez porque eu esteja apaixonada! — gritou ela com a voz exaltada, levantando-se da mesa. — E talvez, apenas talvez, eu esperasse que minha filha ficasse feliz por mim, mas acho que isso é pedir muito. Não se preocupe, vá pra sua festa e, quando voltar de manhã, já teremos partido para sempre.

Ela foi para o quarto de hóspedes e bateu a porta atrás dela. Mike deu um sorriso sem graça e se desculpou, dizendo que ia ver como ela estava.

— Argh! — Levantei da mesa. — Dá pra acreditar numa coisa dessas? Ela é tão... *dramática*!

Tristan riu.

— Qual é a graça?

— Nada. É só que...

— Só o quê?

Ele riu novamente.

— É que você se parece muito com sua mãe.

— Eu não me pareço com ela! — gritei, talvez de forma dramática. Talvez de forma dramática demais.

— O modo como suas narinas se expandem quando você está com raiva, ou como você morde o lábio inferior quando está com vergonha.

Olhei para ele com desgosto.

— Não vou ouvir isso. Vou me arrumar. — Saí da sala de jantar esbravejando. — E eu NÃO sou dramática como ela!

Apesar de, talvez, ter batido a porta com muita força.

Em segundos, Tristan abriu a porta do quarto e encostou no batente, mais calmo do que nunca.

— Quase idênticas.

— Minha mãe usa os homens para esquecer seus problemas. Ela é confusa. Mike é só mais um que vai ser descartado. Ela é incapaz de se comprometer com algo, ou com alguém, porque nunca superou de verdade a morte do meu pai. Pode esperar, ela provavelmente vai caminhar até o altar fazendo aquele pobre coitado acreditar que tem alguma chance de viver feliz para sempre, quando, na realidade, "felizes para sempre" não existe. A vida não é um conto de fadas. É uma tragédia grega.

Tristan passou os dedos pela nuca.

— Mas não foi exatamente isso que fizemos? Não nos usamos para esquecer que sentíamos falta do Steven e da Jamie?

— Não foi nada disso — retruquei, as mãos massageando as têmporas. — Eu não sou como ela. É uma grosseria da sua parte acreditar nisso.

— Tá certo. O que eu sei, afinal de contas? — Ele franziu a testa e passou o polegar pelo queixo. — Eu sou só o vizinho.

Ah, Tristan.

— Eu... eu não quis dizer isso.

Eu era mesmo a pior pessoa do mundo, tinha certeza disso.

— Não, tudo bem. É verdade. Quer dizer, foi bobagem minha pensar... — Ele pigarreou e colocou as mãos nos bolsos. — Olha, Lizzie. Nós dois ainda estamos de luto. Provavelmente começamos essa coisa que existe entre nós da maneira errada. E eu não culpo você se quiser ser só minha vizinha. Caramba... — Ele deu um riso nervoso. — Se você quiser que eu seja apenas o vizinho, então tudo bem. Vai ser suficiente. Vai ser uma tremenda honra. Mas, tendo em vista que eu te amo, talvez seja melhor eu espairecer e não ir à festa de aniversário.

— Não, Tristan.

Ele acenou.

— Tudo bem. Sério, tudo bem. Só vou dizer boa noite a Emma e ir pra casa.

— Tristan — chamei mais uma vez enquanto ele saía do quarto. Corri até o corredor. — Tristan! Pare! — Pulei na frente dele como uma criança, meus pés batendo com força no chão. — Pare, pare, pare! — Ele se virou para mim, e vi a dor que causei estampada em seus olhos. Peguei sua mão. — Eu sou uma desastrada. Todo dia, todo santo dia, sou um desastre total. Digo coisas idiotas como as que eu disse hoje. "Cometer erros" é o meu sobrenome. Odeio minha mãe, porque, na verdade, sei que sou exatamente como ela. E, como tudo em minha vida, tenho dificuldade em lidar com isso. — Segurei as mãos dele junto ao peito. — E sinto muito que você tenha visto essa versão descontrolada da Elizabeth no jantar. Você é a única coisa que está fazendo sentido na minha vida. É a única coisa que não quero estragar. E você é muito mais do que um vizinho.

Ele pousou os lábios em minha testa.

— Tem certeza?

— Tenho.

— Você está bem?

— Vou ficar — Ele me abraçou, e eu me senti um pouco melhor. — Preciso me trocar. — Suspirei.

— Certo.

— E você deveria me ajudar.

Foi o que ele fez.

— Apenas para esclarecer: no futuro, quando eu me descontrolar com a minha mãe, você supostamente tem que ficar do meu lado, não importa se isso não tiver nenhuma lógica — resmunguei, tirando a camiseta e a calça jeans.

— Desculpe, não tinha lido esse memorando. Sim! Ah! Sua mãe, sua mãe é um monstro. — Tristan fez uma cara de nojo.

Meus lábios se abriram em um sorriso, e eu puxei meu vestido.

— Obrigada! Agora você pode me ajudar com o zíper?

— Claro. — As mãos dele pousaram em meu quadril antes que seus dedos subissem o zíper do meu vestido curto e justo. — E o que é aquele perfume todo que ela usa? É Chanel demais.

— Exato!

Virei de frente para ele e dei um tapa em seu peitoral.

— Peraí. Como você sabe o perfume que ela usa?

Seus lábios tocaram meu pescoço e ele me beijou suavemente.

— Porque a filha dela usa o mesmo.

Eu sorri. Talvez algumas partes de mim fossem parecidas demais com a minha mãe.

— Eu deveria pedir desculpas pelo meu surto, não é?

— Essa pergunta é uma pegadinha?

— Não.

— Então, sim. Acho que você deveria, mas só depois da sua festa de aniversário incrível. Sua mãe te ama e você a ama. Vocês vão ficar bem.

Concordei e beijei seus lábios.

— Tá bom.

Capítulo 28

Tristan

— Você deveria ir na frente — sugeri, esfregando as mãos. — É sua festa, e você tem que aproveitar o momento. — Eu estava ali, de pé, usando minha camisa azul-escura de botão e minha calça jeans.

— Podemos entrar juntos — respondeu ela.

Hesitei.

— As pessoas vão achar que somos um casal.

Ela estendeu a mão para mim com o sorriso mais lindo nos lábios.

— Não somos?

Cara. Aquelas duas palavras que saíram da boca de Elizabeth me fizeram sentir um perfeito babaca.

Céus, eu amava aquela mulher.

Tínhamos certeza do que queríamos, mas isso não significava que todos em Meadows Creek ficariam felizes com a ideia. Quando entramos no bar, todos gritaram "Feliz aniversário!" para Elizabeth, e eu me afastei para que eles a abraçassem.

Ela parecia muito feliz com todo o carinho que estava recebendo.

Isso entraria para o hall das lembranças favoritas.

Não demorou muito para a música ficar alta e todos começarem a beber. As fofoqueiras de Meadows Creek passaram a falar mais alto, enquanto observavam cada movimento de Elizabeth.

Depois de tomar mais uma dose de uma bebida horrível, eu me aproximei dela e sussurrei, a boca próxima de seus cabelos:

— Você está bem? Com todo mundo olhando? Se você não estiver se sentindo confortável, posso parar de te abraçar em público.

— Adoro quando você me abraça. Só é... difícil. Todo mundo nos julgando — murmurou ela com uma expressão fechada. — Todos olhando pra nós.

— Que bom — respondi. Meus dedos acariciaram suas costas, e seu corpo relaxou, apoiando-se no meu. — Que olhem, então.

Ela abriu um grande sorriso e me fitou como se eu fosse tudo o que ela conseguia ver.

— Me beija? — perguntou.

Respondi com meus lábios.

~

A noite começou calma, mas acabou indo ladeira abaixo. Eu sabia que Elizabeth estava bebendo muito, então fiz questão de parar horas antes de irmos embora. Eu ficava sóbrio com facilidade, e uma das piores coisas de não ficar bêbado era lidar com gente bêbada. De vez em quando, alguém puxava Elizabeth para conversar, como as mulheres do clube do livro, que ela odiava. Ouvi comentários delas sobre nós com o claro objetivo de deixar Elizabeth se sentindo culpada.

— Não acredito que você está com ele. Parece tão cedo — disse uma delas.

— Eu não conseguiria namorar por muitos anos, se perdesse meu marido — acrescentou outra.

— É estranho, só isso. Você nem conhece esse cara direito. Eu nunca deixaria outro homem se aproximar do meu filho — observou a última.

Elizabeth lidou com tudo com perfeição. Talvez porque ela mal conseguisse ficar de pé em sua bolha bêbada e feliz. Mesmo assim, de vez em quando ela olhava para mim, revirava os olhos e me dava um sorriso.

— Então, o que está rolando entre você e Liz? — perguntou Tanner com fala engrolada, quase caindo do banco ao meu lado, no qual tentava se sentar. Ele bebeu mais do que os outros, e vi que passou a maior parte do tempo olhando para Elizabeth.

— O que você quer dizer?

— Qual é, cara, todo mundo na cidade está dizendo que está rolando algo entre vocês. Eu não te culpo. Liz tem os melhores peitos que eu já vi.

— Para com isso — respondi, irritado. Tanner sabia como me irritar, mas, desde que descobri que ele era apaixonado por Elizabeth, eu não conseguia mais suportá-lo.

— Só estou comentando... — Ele riu, esbarrando em meu ombro antes de enfiar a mão no bolso, pegar uma moeda e começar a girá-la nos dedos. — Na época da faculdade, eu e Steven jogamos pra saber quem ia ficar com ela. Eu pedi cara, e ele, coroa. Eu ganhei, mas mesmo assim o babaca foi atrás dela. Acho que ela era boa demais na cama, e ele não queria abrir mão disso.

Meus olhos encontraram os de Elizabeth, que conversava com um grupo de mulheres que eu sabia que ela odiava. Ela me olhou de relance, nós dois com a mesma expressão "me salva" no rosto.

— Não fale assim da Lizzie — protestei. — Sei que está bêbado, cara, mas não fale assim dela.

Tanner revirou os olhos.

— Calma, cara. Só estamos aqui batendo um papo de homem pra homem.

Não respondi.

— Então, você conseguiu? Já dormiu com ela?

— Cara, vai embora. — Reagi, meu punho se fechando.

— Seu *filho da puta*, você trepou com ela, não foi? — Ele balançou a cabeça. — Sério, Tristan, como você acha que isso vai acabar? Vamos ser honestos. Ela está se divertindo com você, mas mulheres como ela não ficam com caras do seu tipo. Um dia, a tristeza dela vai passar. Um dia, ela vai ser a mesma Liz de antes, e não vai precisar mais do idiota do vizinho para esquecer. Ela vai achar alguém melhor.

— Deixa eu adivinhar... alguém como você?

Ele deu de ombros.

— É uma opção. Além do mais, eu conheço Liz. Nós temos uma história. E, na real, ela é boa demais pra você. Eu tenho meu próprio negócio. Posso sustentá-la. E você? Você trabalha para o maluco do Henson.

— Não fale do Sr. Henson, ou vai se arrepender.

Ele ergueu as mãos, em defesa.

— Calma aí, valentão. Tem uma veia saltando no seu pescoço. Você não quer revelar sua verdadeira índole pra Liz agora, não é? Como eu disse, ela é boa demais pra você.

Eu tentava ignorar as palavras dele, mas elas estavam encontrando uma forma de entrar em minha mente.

O que eu estava fazendo?

Ela é boa demais pra mim.

Tanner bateu com força no meu ombro e me girou na direção da pista de dança. Ele apontou para Elizabeth, que ria com Faye.

— O que você acha? E se mostrarmos a ela quem você é de verdade? Acho que ela tem o direito de descobrir o verdadeiro monstro que você é. Você não devia nem chegar perto da Liz e da Emma. Você é um animal.

— Acho que está na hora de eu ir embora — disse, levantando do meu banco.

— Cara, você deveria ficar longe de todo mundo. Você não tinha mulher e filho? O que aconteceu com eles?

— Pare, Tanner — avisei, minhas mãos em punho.

— O que aconteceu? Eles se machucaram por sua culpa? Foi por sua causa que eles morreram? Merda, aposto que foi. — Ele riu. — Você enterrou os dois numa vala qualquer? Você matou sua família?

Você é um psicopata. Não consigo entender por que ninguém vê. Especialmente Liz. Ela é sempre tão esperta.

Bufei.

— Você deve estar morrendo por dentro por ela estar comigo.

Ele foi pego de surpresa com minhas palavras.

— O quê?

— Você olha pra ela como se ela fosse tudo no mundo, mas ela não está nem aí. É quase engraçado. — Eu ri. — Olha só pra você, praticamente se jogando aos pés dela, consertando o carro, aparecendo na hora do jantar, suplicando um olhar, e ela nem te vê, cara. Mais do que não te ver, ela me escolheu. A aberração da cidade, a pessoa que você não suporta. Isso deve te consumir — zombei. Eu estava sendo implacável, frio, mas ele havia trazido minha família à tona. Agora a questão era pessoal. — Deve ser o fim pra você saber que é pra minha cama que ela vai, que é meu nome que ela geme.

— Vai se foder — respondeu ele, estreitando os olhos.

— Acredite — continuei, com um sorriso cruel. — Ela está fazendo isso.

— Você sabe quem eu sou? — perguntou ele, batendo o dedo no meu peito. — Eu consigo o que eu quero. Eu sempre consigo o que quero. Então aproveite bastante seu tempo na loja do Sr. Henson, porque aquele lugar vai ser meu também. — Ele deu um tapinha nas minhas costas. — Bom falar com você, psicopata. Não esqueça de mandar um oi pra sua esposa e seu filho. — Ele parou e riu. — Ah, ops, deixa pra lá.

Tudo começou a girar. Sem hesitar, virei para trás e esmurrei o queixo de Tanner. Ele cambaleou para trás. Balancei a cabeça repetidamente. *Não.* Senti o murro de Tanner no meu olho antes que ele me jogasse no chão e me desse um soco atrás do outro. Eu conseguia ouvir todo mundo ao redor gritando, e tive a impressão de ter visto Faye tentando tirá-lo de cima de mim, mas peguei impulso e virei, jogando-o com força no chão.

Ele queria isso. Ele queria que a fera fosse libertada e disse exatamente o necessário para trazê-la à tona. Ele falou de Jamie e Charlie. Ele passou dos limites, levou-me de volta à escuridão. Esmurrei o rosto dele. O estômago. Várias e várias vezes. Não conseguia parar. Não podia parar. Não queria parar. Todos gritavam ao meu redor, e eu não escutava mais nada.

Caralho, eu surtei.

Capítulo 29

Elizabeth

— Meu Deus! — gritei. Vi Tristan em cima de Tanner, esmurrando sem parar o rosto dele. Seu olhar era duro, frio, tanto quanto o de Tanner. — Tristan — chamei, caminhando até ele. Tanner estava quase inconsciente, mas ele não parava. Não conseguia parar. — *Tristan* — falei mais alto, tentando interromper o movimento do seu braço. Sua rapidez me fez tropeçar, e quando ele me viu, parou. O peito dele subia e descia, e eu conseguia distinguir a fúria em seus olhos. Cheguei perto dele devagar e coloquei as mãos em seu rosto. — Acabou. Acabou.

Volta pra mim.

Observei sua respiração desacelerar enquanto ele saía de cima de Tanner e olhava para as mãos sujas de sangue.

— Merda — xingou, rastejando para longe de Tanner.

Finalmente, ele se levantou e, quando estendi minha mão, ele recuou. Seus olhos eram ferozes, indomáveis, e eu conseguia ver o quão longe de mim ele estava.

O que Tanner fez com você?

Quando me voltei para Tanner, me senti mal por pensar que tudo aquilo era de alguma maneira culpa dele. Tristan quase acabou com o rosto dele, e meus instintos estavam divididos entre a culpa e a incerteza. Tristan saiu agitado, sem nem ao menos olhar para trás, para mim.

— Céus — murmurou Tanner. Faye se apressou em ajudá-lo. — Estou bem — disse, pondo-se de pé.

— O que você... — Minha voz era trêmula. — O que você disse a ele?

Faye franziu a testa.

— Sério, Liz?

— Eu só... nunca o vi se descontrolar dessa forma. Ele não iria simplesmente atacar Tanner. O que você disse a ele?

Ele bufou sarcasticamente e cuspiu sangue.

— Caralho, inacreditável! Eu mal consigo abrir os olhos e você está *me* perguntando o que eu disse a *ele*?

Senti um nó na garganta, e as lágrimas brotaram em meus olhos.

— Desculpe, mas ele não é de surtar assim.

— Mas ele não te empurrou de uma ladeira, Liz?

— Eu já te expliquei: foi um acidente. Eu tropecei. Ele nunca iria me machucar.

Como ela podia pensar isso? Tristan a ajudou quando ela precisou! Como ela podia se virar contra ele com tanta facilidade? Todos estavam a nossa volta, amedrontados. Todas as mulheres do clube do livro chamavam Tristan de monstro. Todos me julgavam por amar um animal.

— Sim. Com certeza, isso támbém foi um acidente — respondeu Tanner, apontando o próprio rosto machucado. — Ele é um monstro, Liz. Um perigo. É só uma questão de tempo antes que ele surte com você ou, pior, com Emma. Eu vou te mostrar. Vou descobrir os segredos desse cara e contar a verdade sobre ele pra você, Liz. Talvez assim você confie em mim.

Suspirei.

— Tenho que ir.

— Ir? Pra onde? — perguntou Tanner.

Encontrá-lo.

Descobrir o que aconteceu.

Ter certeza de que ele está bem.

— Tenho que ir.

Capítulo 30

Tristan

5 de abril de 2014
Dois dias antes do adeus

— *Você não come nada há dias. Por favor, Tristan. Pelo menos um pedaço do sanduíche* — implorou minha mãe, sentada diante de mim. *A voz dela me irritava mais a cada dia. Ela colocou o prato na minha frente e me pediu de novo que comesse.*

— *Sem fome* — respondi, empurrando o prato de volta para ela.
Ela assentiu.

— *Eu e seu pai estamos preocupados, Tris. Você não fala com a gente. Não nos deixa ajudar. Você não pode reprimir as emoções desse jeito. Precisa falar com a gente. Me fala o que você está pensando.*

— *Você não quer saber o que estou pensando.*

— *Quero.*

— *Acredite em mim, não quer.*

— *Não. Eu quero, querido.* — *Ela segurou minha mão, tentando me consolar.*

Eu não queria que ela me consolasse.

Queria que ela me deixasse sozinho.

— *Tá. Se você não quer falar com a gente, pelo menos fale com seus amigos. Eles ligam e passam aqui todos os dias, e você não trocou nem uma palavra com eles.*

— *Não tenho nada a dizer.*

Levantei da mesa e me virei para sair, mas me detive quando ouvi minha mãe chorar.

— Estou arrasada por te ver assim. Por favor, fale qualquer coisa que estiver pensando.

— O que estou pensando? — Virei para ela, minha testa franzida, minha mente nublada. — O que estou pensando é que você estava no volante daquele carro. O que estou pensando é que você saiu de lá ilesa, só com um braço quebrado, porra. O que estou pensando é que a minha família morreu e você estava dirigindo, você... VOCÊ MATOU OS DOIS! Você fez isso! Você é a culpada! Você matou minha família! — Senti um nó na garganta, minhas mãos fechadas em punho.

Minha mãe chorou ainda mais, seus gemidos ficando cada vez mais altos. Meu pai veio correndo e a abraçou, trazendo-lhe um pouco de consolo. Olhei para ela, percebendo a distância entre nós. Eu sentia que o monstro dentro de mim crescia a cada momento. Eu deveria ter me sentido mal ao ver suas lágrimas caírem e não sentir pena. Eu deveria ter me sentido mal por não querer confortá-la.

Eu simplesmente a odiava.

Eles morreram, e ela era a culpada.

Por causa dela, eu também estava morto.

Eu estava me transformando num monstro, e monstros não precisam consolar pessoas. Monstros destroem tudo que aparece pela frente.

~

Quando entrei no galpão, bati a porta e tranquei-a.

— Merda! — gritei, olhando para a escuridão, para as paredes e prateleiras. As lembranças pressionavam meu corpo, sufocavam minha mente, meu coração. Eu não aguentava mais.

Agarrei uma das prateleiras e arremessei-a para o outro lado do galpão, meu coração tão disparado que eu tinha certeza de que acabaria tendo um infarto. Encostei na parede mais próxima e fechei os olhos, tentando recobrar o controle da minha respiração e das batidas do meu coração, que parecia ter sido tirado de mim.

Escutei uma batida na porta.

Eu não ia abrir.

Eu não podia abrir.

Eu poderia ter acabado com ele. Eu poderia ter acabado com ele. Me perdoa. Me perdoa.

Eu sabia que Elizabeth ia tentar me trazer de volta, me tirar da escuridão. Ela ia tentar me salvar de mim mesmo. Eu não tinha mais salvação.

Elizabeth bateu na porta novamente, de leve, e meus pés foram na direção dela. Esfreguei as mãos uma na outra antes de parar em frente à porta e apoiá-las ali.

Imaginei as mãos de Elizabeth tocando as minhas do outro lado da porta, os dedos exatamente na mesma posição que os meus.

— Tris — disse ela, pronunciando em seguida as nove palavras que provocaram um aperto no meu peito. — A cada segundo. Cada minuto. Cada dia. Cada hora.

Prendi a respiração. As palavras soaram mais sinceras do que nunca.

— Por favor, abre a porta, Tristan — continuou ela. — Por favor, me deixa entrar. Volta pra mim.

Afastei as mãos da porta e esfreguei os dedos várias vezes.

— Eu poderia ter matado o cara.

— Você jamais teria feito isso.

— Vai embora, Elizabeth — pedi. — Por favor, me deixe sozinho.

— *Por favor* — suplicou ela. — Não vou embora sem ver você. Não vou sair daqui enquanto você não me deixar te dar um abraço

— Deus do céu, vai embora! — berrei, escancarando a porta. Minha alma parecia ter sido torturada. Uma melancolia furiosa se abateu sobre mim ao fitar Elizabeth. Baixei os olhos, sem conseguir encarar a única coisa que quase fez o paraíso se tornar realidade. — E fique longe de mim.

Vou acabar te machucando. Você merece alguém melhor do que eu.

— Você... você não quer isso de verdade — disse ela, com a voz trêmula. Eu não conseguia mais encará-la.

— Quero. Você não pode me salvar. — Fechei a porta e tranquei--a novamente. Elizabeth bateu com força, gritando meu nome, implorando por uma explicação, suplicando por respostas, mas eu não escutava nada.

Olhei para minhas mãos e vi sangue nos meus dedos, debaixo das minhas unhas, *em todo lugar*. Não sabia se era meu ou do Tanner. Era como se as paredes estivessem sangrando e eu não conseguisse encontrar uma saída.

Queria pedir desculpas a ele. Queria explicar que eu não devia ter me descontrolado. Queria que tudo tivesse sido apenas um sonho. Queria acordar de manhã e ter minha família de volta. Queria acordar sem nunca saber como um coração pode realmente ficar despedaçado.

Mas, acima de tudo, eu queria dizer a Elizabeth o quanto eu a amava. A cada segundo. Cada minuto. Cada hora. Cada dia.

Me perdoa. Me perdoa. Me perdoa.

~

Depois de muitas horas, quando encontrei forças para sair do galpão, abri a porta e vi Elizabeth sentada no chão agarrada ao casaco, tremendo de frio.

— Você deveria ter ido pra casa — falei, minha voz baixa.

Ela deu de ombros.

Abaixei e peguei-a no colo. Ela passou os braços em volta do meu pescoço e apoiou o rosto no meu ombro.

— O que foi que ele disse? — sussurrou.

— Não importa.

Ela me abraçou com mais força ainda enquanto eu a levava para sua casa.

— Importa sim. Importa muito.

Coloquei-a na cama e virei para sair do quarto. Ela pediu que eu ficasse, mas eu sabia que não podia. Não estava com a cabeça no lugar. Antes de sair da casa, parei no banheiro e lavei as mãos cheias de sangue. A água quente caía, e esfreguei-as com violência, tentando tirar todo o sangue. Eu não conseguia parar. Continuei esfregando-as e passando mais sabonete, mesmo depois de estarem limpas.

— Tristan — falou Elizabeth, tirando-me do meu transe. Ela fechou a torneira, pegou a toalha e envolveu minhas mãos. — O que foi que ele disse?

Encostei minha testa na dela. Inspirei seu perfume, tentando ao máximo não desabar. Ela era a única coisa que mantinha minha sanidade.

— Ele disse que eu matei os dois. Que eu era culpado por Jamie e Charlie estarem mortos e que eu ia fazer o mesmo com você. — Minha voz embargou. — Ele está certo. Eu matei minha família. Eu devia ter estado lá... devia ter conseguido salvá-los.

— Não, Tristan — interveio ela com firmeza. — Não foi você. O que aconteceu com Jamie e Charlie foi um acidente. A culpa não foi sua.

Balancei a cabeça.

— Foi sim. Foi minha culpa. Culpei minha mãe, mas ela... ela os amava. Não foi culpa dela. Foi minha. A culpa sempre foi minha... — Era difícil dizer cada palavra. Respirar estava se tornando uma tarefa difícil. — Tenho que ir. — Eu me afastei, mas ela bloqueou a porta. — Elizabeth, sai da frente.

— Não.

— Lizzie...

— Quando eu desabei, quando cheguei no fundo do poço, você me abraçou. Quando perdi a cabeça, você ficou comigo. Então, segure a minha mão e vamos pra cama.

Ela me levou até o quarto e, pela primeira vez, desarrumou o lado direito da cama para que eu me esgueirasse para baixo dos lençóis. Eu a abracei, e ela encostou a cabeça em meu peito.

— Arruinei seu aniversário — falei quando já sentia o sono pesar em minhas pálpebras.

— Não foi sua culpa — insistiu Elizabeth. — Não foi sua culpa. Não foi sua culpa. Não foi sua culpa.

Enquanto ela repetia a frase sem parar, meu coração voltou a se acalmar, meus dedos acariciaram sua pele e, aos poucos, caí no sono. Uma parte de mim começou a acreditar nela.

Por algumas poucas horas naquela noite, lembrei como era não estar sozinho. Por algumas poucas horas, parei de me culpar.

Capítulo 31

Elizabeth

Andei na ponta dos pés até a cozinha, às seis da manhã, para não acordar Tristan. A casa estava em silêncio, mas eu sentia o aroma de café fresco invadindo os cômodos.

— Você também gosta de acordar cedo? — perguntou Mike, com uma caneca de café na mão. Só o seu sorriso já foi suficiente para que eu me sentisse péssima por ter tratado minha mãe e ele tão mal ontem à noite. Ele parecia ser simpático.

Mike pegou outra caneca e serviu café para mim.

— Açúcar? Leite?

— Puro — respondi, pegando a caneca da mão dele.

— Ah, temos algo em comum. Eu sempre digo que sua mãe bebe açúcar e leite com café, e não o contrário, mas, pra mim, quanto mais forte, melhor. — Ele sentou na banqueta da ilha da cozinha, e eu sentei ao seu lado.

— Preciso pedir desculpas a você, Mike. Ontem foi um desastre.

Ele deu de ombros.

— Às vezes, a vida é estranha. Você só precisa aprender a lidar com a esquisitice dela e encontrar algumas pessoas igualmente estranhas que vão te ajudar a seguir em frente.

— Minha mãe é a sua "pessoa estranha"?

Ele abriu um largo sorriso.

Ela é.

Os dedos dele seguraram a caneca com mais força, e ele ficou olhando para o café.

— Richard era uma pessoa horrível, Elizabeth, e ele fez coisas imperdoáveis com Hannah. Quando eles foram ao meu consultório, naquele dia, vi como ele abusava dela. Eu o expulsei de lá, e ele a deixou pra trás, chorando. Cancelei todas as consultas daquele dia e permiti que ela ficasse sentada ali pelo tempo que precisasse. Entendo o fato de você achar que o que há entre nós não é real. Sei o que ela fez no passado, sei que usou e machucou outros homens, mas quero que você saiba que eu realmente amo a sua mãe. Amo muito, e vou passar o resto da minha vida protegendo-a.

Minha mão tremia, a caneca balançava.

— Ele machucou a minha mãe? Ela estava ferida, e eu disse aquelas coisas terríveis pra ela ontem à noite...

— Você não sabia.

— Não importa. Eu nunca deveria ter falado aquilo. Se eu fosse ela, não me perdoaria.

— Ela já te perdoou.

— Quase esqueci que vocês dois acordam com as galinhas. — Mamãe bocejou ao entrar na cozinha. Ela ergueu uma sobrancelha. — O que aconteceu?

Levantei correndo e a abracei.

— Liz, o que você está fazendo? — perguntou ela.

— Dando os parabéns pelo seu noivado.

Seu rosto se iluminou.

— Você vai ao casamento?

— É claro que vou.

Ela me abraçou com força.

— Estou muito feliz, porque o casamento vai acontecer em três semanas.

— Três semanas? — perguntei em voz alta. Parei e me contive. Mamãe não precisava da minha opinião agora, ela precisava do meu apoio. — Três semanas! Maravilha!

Mamãe e Mike foram embora algumas horas mais tarde, depois de brincarem de zumbi com Emma, inclusive com o sangue de ketchup. Tristan, Emma, Zeus e eu sentamos no sofá por um tempo, até que Tristan se apoiou nos cotovelos, olhou para mim e disse:

— Vamos fazer umas compras pra minha casa?

Ainda precisávamos resolver os últimos detalhes da decoração, coisas com que ele não se importava, como almofadas, quadros e pequenos itens que eu adorava.

— Claro! — vibrei. Adorava um motivo para fazer compras.

— Essas são feias, Pluto! — exclamou Emma, franzindo o nariz quando Tristan escolheu almofadas roxas e cor de mostarda para seu sofá.

— O quê? Essas são ótimas!

— Parecem cocô. — Emma riu.

Tive que concordar com ela.

— Até parece que você quer deixar a casa medonha, depois de Emma e eu termos nos empenhado tanto para deixá-la maravilhosa.

— É isso aí — concordou Emma. — Parece mesmo. — Ela jogou o cabelo por cima do ombro. — Você devia deixar isso com a gente.

— Vocês não são fáceis.

Emma ficou de pé no carrinho de compras e arremessou algo na direção de uma pessoa.

— Perdão — disse Tristan rápido, antes de ver quem era.

— Tio Tanner! — gritou Emma, saindo do carrinho e correndo para abraçá-lo.

— Oi, menininha — respondeu Tanner antes de colocá-la no chão.

— O que aconteceu com o seu rosto? — perguntou ela.

Tanner olhou para mim. Vi os machucados da noite anterior no rosto dele. Uma grande parte de mim queria confortá-lo, mas a outra queria dar um tapa na cara dele pelo que falou para Tristan.

— Tristan, você poderia levar Emma para escolher alguns quadros? — pedi.

Tristan gentilmente pousou a mão em meu braço.

— Você está bem? — sussurrou ele.

Fiz que sim com a cabeça. Eles se afastaram, mas antes Tristan se desculpou com Tanner, que não disse uma palavra sequer em resposta. Quando ficou sozinho comigo, no entanto, ele despejou uma série de comentários ofensivos.

— Sério, Liz? Ontem à noite, ele atacou seu amigo e agora vocês estão passeando, fazendo compras como uma família feliz? E você deixou ele ficar sozinho com a sua filha? O que Steven...

— Você falou que a morte da família de Tristan era culpa dele?

Tanner fez uma cara de espanto.

— O quê?

— Ele me contou.

— Liz, olha para o meu rosto. — Ele chegou mais perto de mim. Senti-me aflita ao ver seu olho preto. Ele levantou a camisa para mostrar as marcas roxas. — Olha as minhas costelas. O cara que você mandou tomar conta da sua filha fez *isso*. Porra, ele me atacou como um animal! E você está parada aqui, perguntando o que eu disse a *ele*? Eu estava bêbado e talvez tenha falado coisas idiotas, mas ele surtou do nada. Eu vi os olhos dele. Ele estava completamente furioso.

— Você é um mentiroso. — *Ele está mentindo. Está mentindo. Tristan é bom. Ele é uma pessoa muito boa.* — Você nunca deveria ter dito nada sobre a família dele. Nunca. — Comecei a me afastar, os saltos do meu sapato ressoando pelo corredor da loja, mas Tanner agarrou meu braço, forçando-me a encará-lo.

— Olha, eu entendo. Você está brava comigo. Tudo bem. Fique brava. Me odeie. Mas sei que tem alguma coisa errada com esse cara.

Sei que tem, e não vou parar até descobrir o que é, porque eu me importo demais com você e com a Emma pra deixar algo de ruim acontecer com vocês. Tá, eu disse algumas merdas que não deveria, mas eu merecia isso? É só uma questão de tempo antes que você fale alguma coisa errada e ele surte e te machuque.

— Tanner — eu disse, abaixando o tom de voz —, você está me machucando.

Ele soltou meu braço, deixando marcas vermelhas na minha pele.

— Desculpe.

Quando cheguei à seção de quadros e objetos de decoração da loja, encontrei Tristan e Emma debatendo o que comprar e, é claro, ela estava certa. Tristan sorriu e se aproximou de mim.

— Está tudo bem? — perguntou.

Acariciei seu rosto e olhei dentro de seus olhos. Seu olhar era suave e gentil, e me fazia lembrar de todas as coisas boas do mundo. Enquanto Tanner via o inferno no olhar de Tristan, eu só conseguia ver o céu.

~

Três semanas depois do meu aniversário, as coisas começaram a voltar ao normal aos poucos. Naquela noite, íamos de carro até a cidade da minha mãe para o casamento e, antes de partirmos, Emma conseguiu convencer a mim e a Tristan que comprássemos sorvete para ela, mesmo com a temperatura abaixo de zero.

— Acho sorvete de menta nojento — opinou Emma ao sair da sorveteria, com Tristan carregando-a nos ombros. Ela tomava uma casquinha de baunilha, derramando sorvete no cabelo dele de vez em quando.

Algumas gotas caíram na bochecha de Tristan. Eu me aproximei, limpei o sorvete do rosto dele com um beijo e, em seguida, beijei seus lábios.

— Obrigada por vir com a gente.

— Na verdade, eu só estava interessado no sorvete de menta — respondeu ele com um sorriso brincalhão. O sorriso permaneceu em seus lábios até chegarmos perto de casa. Quando ele olhou para os degraus da minha varanda, a alegria desapareceu, e ele desceu Emma dos ombros.

— O que você está fazendo aqui? — perguntei a Tanner, que estava sentado na escada, segurando uns papéis.

— Temos que conversar — avisou ele, levantando-se. Seu olhar se dirigiu a Tristan e, em seguida, a mim. — Agora.

— Não quero falar com você — respondi, ríspida. — Além do mais, vamos sair daqui a pouco para visitar minha mãe.

— Ele vai com você? — perguntou, com a voz baixa.

— Não comece, Tanner.

— Temos que conversar.

— Tanner, olha, eu entendo. Sei que você não gosta do Tristan, mas eu gosto. E estamos felizes. Só não entendo por que você...

— Liz! — gritou, me interrompendo. — Já entendi, tá legal? Mas preciso falar com você. — Seus olhos estavam vidrados, os músculos do rosto, tensos. — Por favor.

Olhei para Tristan, que me observava, esperando que eu decidisse o que fazer. Parecia que Tanner realmente tinha algo importante a me dizer.

— Tudo bem, vamos conversar.

Tanner suspirou de alívio. Virei para Tristan.

— Vejo você daqui a pouco, tá?

Tristan assentiu e beijou minha testa. Tanner entrou em casa comigo e, enquanto Emma foi para o quarto brincar, ele ficou de pé na ilha da cozinha. Minhas mãos se agarraram à beirada do balcão.

— O que você tem de tão importante pra me dizer, Tanner?

— Tristan.

— Não quero falar sobre ele.

— Temos que falar sobre ele.

Desviei o olhar de Tanner e comecei a tirar a louça da máquina para me manter ocupada.

— Não, já estou farta disso. Você não se cansa?

— Você sabe o que aconteceu com a mulher e o filho dele? Sabe como eles morreram?

— Ele não gosta de falar no assunto, e isso não o torna uma pessoa terrível. Isso o torna mais humano.

— Foi o Steven, Liz.

— Foi Steven o quê? — perguntei, guardando os pratos rapidamente nos armários.

— O acidente que matou a mulher e o filho do Tristan. Foi o Steven. Foi o carro do Steven que tirou o deles da estrada.

Senti um aperto no coração e olhei para Tanner. O olhar dele encontrou o meu e, quando balancei a cabeça, ele assentiu.

— Tentei levantar umas informações sobre esse cara, e honestamente, eu só queria encontrar alguma merda que o fizesse parecer um monstro pra você. Faye foi até a oficina e implorou para que eu parasse com essa "caça às bruxas". Ela achava que isso ia acabar com a pouca amizade que nos restou, mas eu tinha que saber quem era esse cara. Eu não encontrei nada errado. Descobri que ele é só um cara que perdeu tudo na vida.

— Tanner...

— Mas acabei descobrindo também essas notícias sobre o acidente. — Ele empurrou uns papéis em minha direção, e eu levei a mão ao peito. Meu coração disparava, alucinado. — Quando Steven perdeu o controle do carro, ele bateu num Altima branco com três passageiros.

— Pare... — sussurrei, a mão cobrindo a boca, meu corpo tremendo de medo.

— Mary Cole, de 61 anos, sobreviveu ao acidente.

— Tanner, por favor. Pare.

— Jamie Cole, de 31 anos...

As lágrimas caíram dos meus olhos, e senti meu estômago se revirar.

— ... e Charlie Cole, de 8, morreram.

Pensei que eu fosse vomitar. Dei as costas para ele e chorei, soluçando, inconformada, sem querer acreditar no que Tanner estava dizendo. Steven foi o responsável por Tristan ter perdido tudo que amava? Steven foi o responsável por toda a dor que Tristan sentia?

— Você precisa ir embora — consegui dizer. Tanner colocou a mão no meu ombro, tentando me confortar, mas eu o afastei. — Não consigo pensar nisso agora, Tanner. Vá embora.

Ele suspirou pesadamente.

— Eu não queria que você se machucasse, Liz, eu juro. Imagina se vocês descobrissem isso depois? Imagina se ele descobrisse tudo quando vocês estivessem mais apaixonados?

Olhei para ele.

— O que quer dizer?

— Bom, vocês não podem ficar juntos. Não tem como... — disse ele, hesitante, passando a mão pela nuca. — Você vai contar a ele, não vai? — Abri a boca, mas a voz não saiu. — Liz, você tem que contar a ele. Ele tem o direito de saber.

Sequei as lágrimas.

— Preciso que você vá embora, Tanner. Por favor, vá embora.

— Só estou dizendo que, se você o ama, se realmente gosta desse cara, você tem que terminar. Precisa deixar que ele siga em frente com a vida dele.

A última coisa que ele me disse era que não queria me machucar.

Foi muito difícil acreditar nisso.

Capítulo 32

Elizabeth

Eu não sabia como dizer a Tristan o que Tanner tinha me contado. Fomos de carro até a casa da minha mãe, e ele percebeu que Tanner tinha falado algo que me deixou incomodada, mas não me pressionou para contar. Tentei disfarçar usando o meu melhor sorriso na festa de casamento da mamãe e do Mike, mas por dentro meu coração estava muito confuso.

Emma carregou Tristan para a pista de dança. Não consegui deixar de sorrir ao ver Emma pisando nos pés dele quando tocou uma música lenta. Mamãe veio em minha direção em seu lindo vestido marfim e sentou-se ao meu lado.

— Você não trocou uma palavra comigo a noite toda — observou ela, com um sorriso meio triste.

— Mas eu vim. Não é o suficiente? — Uma parte de mim se sentia traída com esse casamento tão rápido. Ela sempre dava um jeito de apressar as coisas em seus relacionamentos, mas até agora ela não tinha sido louca o suficiente para acabar no altar com um homem que mal conhecia. — O que você está fazendo, mamãe? Seja honesta comigo... Você está com problemas financeiros de novo? Podia ter pedido minha ajuda.

O rosto dela ficou vermelho de vergonha, ou talvez de raiva.

— Para com essa bobagem, Liz. Não acredito que você está insinuando isso de novo justo hoje.

— Mas... é que foi tão repentino.

— Eu sei.

— E sei que ele tem muito dinheiro. Olha essa festa.

— O dinheiro não importa — argumentou ela. Ergui uma sobrancelha. — De verdade.

— Então, o que é isso tudo? Qual foi o motivo de você correr pra se casar, se não foi dinheiro? O que você está ganhando com isso?

— Amor — sussurrou. — Estou ganhando amor.

Por algum motivo, aquelas palavras me machucaram. Meu coração doeu quando ela confessou que amava outro homem que não era meu pai.

— Como você pôde? — perguntei com os olhos cheios de lágrimas. — Como você pôde jogar fora todas as cartas daquele jeito?

— O quê?

— As cartas do papai. Eu as encontrei na lata de lixo, antes de ir embora com Emma. Como você pôde?

Ela suspirou profundamente, torcendo as mãos.

— Liz. eu não as joguei fora, simplesmente. Eu li cada uma daquelas cartas por dezesseis anos seguidos. Todas as noites. Centenas de cartas. E, um dia, acordei e percebi que aquilo não era mais um conforto pra mim, e sim algo que me impedia de seguir em frente com a minha vida. Seu pai era um homem maravilhoso. Ele me ensinou a amar incondicionalmente. Ele me ensinou o que era estar apaixonada. E, depois, eu esqueci. Esqueci tudo que ele me ensinou no dia em que partiu. Fiquei completamente perdida. Eu tinha que me libertar daquelas cartas pra me curar. Você sempre foi tão mais forte que eu.

— Eu me sinto fraca. Quase todo dia, eu me sinto fraca.

Ela segurou meu rosto e encostou a testa na minha.

— Essa é a diferença. Você sente. Eu estava entorpecida. Não sentia nada. Mas você *sente*. Você precisa saber o que é se sentir fraca pra encontrar forças novamente.

225

— Mike... ele te faz feliz de verdade? — perguntei.

O rosto dela se iluminou.

Ela realmente o amava.

Eu não sabia que poderíamos nos permitir amar novamente.

— Tristan. Ele te faz feliz?

Fiz que sim com a cabeça.

— E isso te dá medo?

Assenti mais uma vez.

Ela sorriu.

— Ah, isso significa que você está no caminho certo.

— No caminho certo?

— Apaixonando-se.

— Mas é muito cedo... — respondi, com a voz trêmula.

— Quem disse?

— Eu não sei. A sociedade? Quanto tempo você precisa esperar pra se apaixonar de novo?

— As pessoas falam muito e se atrevem a dar conselhos sobre como superar o luto. Elas dizem que você não deve namorar por anos, que deve esperar o tempo passar, mas a verdade é que não existe tempo para o amor. A única coisa que importa para o amor é a batida do seu coração. Se você o ama, não deixe isso te atrapalhar. Apenas se permita sentir novamente.

— Tem uma coisa que preciso contar a ele. Uma coisa horrível, e acho que vou perdê-lo.

Minha mãe franziu a testa.

— O que quer que seja, ele vai entender se realmente gostar de você da mesma forma que você gosta dele.

— Mamãe. — Lágrimas escorreram pelo meu rosto enquanto eu observava aqueles olhos tão parecidos com os meus. — Achei que tinha perdido você para sempre.

— Sinto muito por tê-la abandonado, querida.

Eu a abracei.

— Não importa. Você voltou.

Tristan dirigiu no caminho de volta para casa, já que eu tinha tomado algumas taças de vinho a mais. Emma, por sua vez, dormiu na cadeirinha no banco de trás assim que saímos. Não trocamos uma palavra, mas dissemos o suficiente um ao outro quando minha mão, depois de ter passado tanto tempo solitária, se uniu à de Tristan.

Não consegui desviar os olhos daquele gesto tão simples. Beijei a mão dele. Como eu ia contar que foi Steven quem causou o acidente?

Como eu começo a dizer adeus?

Ele olhou para mim e abriu um meio-sorriso.

— Você está bêbada?

— Um pouco.

— Está feliz?

— Muito.

— Obrigado por me convidar. Acho que meus pés estão machucados de tanto que Emma pisou neles, mas eu adorei.

— Ela adora você — comentei.

Seus olhos focaram na estrada escura.

— Eu adoro ela.

Ah, meu coração. Parou ou acelerou? Um pouco de cada, talvez.

Beijei a mão dele mais uma vez. Passei os dedos em cada linha da palma.

Quando paramos na frente de casa, Tristan tirou Emma da cadeirinha e carregou-a no colo até o quarto. Ele a colocou na cama, e encostei no batente da porta, observando-os. Ele tirou os sapatos dela e os deixou junto ao pé da cama.

— É melhor eu ir pra casa — disse ele, vindo em minha direção.

— Provavelmente.

Ele sorriu.

— Obrigado de novo por hoje. Foi ótimo. — Ele beijou minha testa e saiu do quarto. — Boa noite, Lizzie.

— Não.

— Não o quê?

— Não vá. Fique aqui hoje.

— O quê?

— Fique comigo.

— Você está bêbada.

— Um pouco.

— E você quer que eu fique?

— Muito.

Suas mãos seguravam minha cintura, e Tristan me puxou para junto de seu corpo.

— Se eu ficar, vou te abraçar a noite toda, e eu sei que isso te assusta.

— Muitas coisas me assustam. Muitas coisas me dão medo, mas você ficar comigo a noite toda não me amedronta mais.

Ele passou o dedo pelos meus lábios. Ergueu meu queixo e me beijou devagar, carinhosamente.

— Adoro você — sussurrou.

— Adoro você — respondi.

Os dedos dele deslizaram para o meu peito, e ele sentiu as batidas do meu coração. Apoiei minhas mãos no peito dele, fazendo o mesmo.

— Gosto disso — sussurrou.

— Eu também — respondi.

Os olhos dele se dilataram, e senti sua respiração em mim. Inspirei, viciada nele. Seu cheiro era como a brisa que corria entre pinheiros, refrescante, reconfortante, tranquilo. *Como um lar.* Fazia muito tempo que eu não me sentia em casa.

Sentimos a respiração um do outro, imploramos um ao outro silenciosamente para irmos além. Fomos para o meu quarto, onde tiramos nossas roupas e nos beijamos.

— Todo mundo na cidade acha que isso é errado. Todos pensam que somos uma bomba-relógio prestes a explodir — comentei. — E tenho quase certeza de que vou acabar estragando tudo. E aí todos vão dizer: "Eu avisei."

— Por um segundo, vamos fingir que eles estão certos. Vamos fingir que, no fim, não vamos ficar juntos e felizes. — Ele suspirou em minha pele, os lábios tocando minha barriga nua. — Mas, enquanto o ar continuar enchendo meus pulmões, enquanto eu respirar — sua língua tocou o elástico da minha calcinha —, vou lutar por você. Vou lutar por nós.

Capítulo 33

Elizabeth

Primeiro, me apaixonei pela ideia. Me apaixonei pela ideia de que um homem me faria rir e chorar novamente. Eu me apaixonei pela ideia de alguém me amar, mesmo estando tão despedaçada, com meu coração em cacos. Eu me apaixonei pela ideia de sentir seus beijos, seus toques, seu calor.

Numa manhã gelada, caminhei até a varanda segurando uma caneca de café quente. Tristan estava deitado na grama coberta de neve, fazendo anjinhos e olhando para as nuvens com Emma ao seu lado. Eles brigavam o tempo todo, mas pelas coisas mais bobas do mundo. Naquela manhã, Tristan enxergava uma girafa na nuvem, e Emma jurava que era um pinguim. Depois de um tempo, ele fingiu concordar com ela.

Os lábios de Emma se abriram num sorriso, e os dois continuaram em silêncio, movendo os braços e as pernas, criando perfeitos anjos de neve.

E foi naquele momento silencioso que descobri. Eu o amava. Eu o amava muito. Não era apenas um sonho, não era apenas uma ideia.

Era real.

Era verdadeiro.

Era amor.

Ele me fazia sorrir. Ele me fazia feliz. Ele me fazia rir num mundo que estava decidido a me fazer chorar.

Lágrimas se formaram em meus olhos, e tentei entender como eu poderia me permitir amar um homem que também me amava.

Era um sentimento muito especial ser correspondida no amor. Encontrar um homem que não somente me amava, mas que adorava a melhor parte de mim — minha filha. Não tinha palavras para expressar o quanto eu era abençoada.

Eu e Emma amávamos Tristan, e ele nos amava da mesma forma. Talvez ele amasse mais nossas cicatrizes. Talvez a verdadeira forma de amor nasça da dor mais profunda.

Tudo aconteceu de uma forma muito inusitada. Primeiro, nós mentimos, nos usamos para nos agarrar ao passado. Depois, nos apaixonamos sem querer.

Eu sabia que tinha que contar a verdade sobre o acidente a ele. Sabia que precisava fazer isso, mas eu não conseguiria naquela manhã. Naquela manhã, queria que ele soubesse apenas de uma coisa.

Os dois levantaram. Emma correu para dentro de casa para tomar café da manhã, e eu fiquei na varanda, encostada na grade, com um sorriso que era reservado apenas a Tristan. Ele estava com as mãos nos bolsos do jeans e tinha um pouco de grama grudada na camisa e no cabelo molhado. Com certeza Emma o havia derrubado no jardim. Ele percorreu o caminho até a varanda sorrindo para mim.

— Eu te amo — eu disse a ele.

Seu sorriso tornou-se ainda mais amplo.

Porque ele já sabia.

Capítulo 34

Elizabeth

Naquela noite, abri o armário e olhei para todas as roupas de Steven. Respirei fundo e comecei a tirar tudo dos cabides. Esvaziei a cômoda. Esvaziei as gavetas.

Respirei fundo e coloquei tudo em caixas para doação.

Em seguida, fui até minha cama e removi os lençóis.

Eu estava realmente preparada para deixar Tristan entrar na minha vida, e sabia que isso significava que eu tinha que deixar Steven partir. Eu sabia que, para seguir em frente, tinha que contar a Tristan tudo sobre o acidente. Ele merecia e precisava saber. Se ele realmente falou a verdade quando disse que ia lutar por mim, por nós, sem se importar com mais nada, nós ficaríamos bem.

Pelo menos, era isso que eu esperava. E, mesmo assim, uma grande parte de mim sabia que nada ficaria bem. A contagem regressiva da nossa bomba-relógio estava prestes a começar.

~

— Precisamos conversar — eu disse a Tristan um dia, quando estávamos na varanda. — É sobre Tanner, sobre aquele dia em que ele veio aqui, antes do casamento da minha mãe.

— Ele te machucou? — perguntou Tristan, acariciando meu rosto. Ele deu um passo na direção do hall, aproximando-se de mim, e eu recuei. — O que ele disse?

As palavras estavam na ponta da minha língua, mas eu sabia que, se falasse, aqueles gestos carinhosos iriam desaparecer para sempre. Eu sabia que, quando ele ouvisse o que Tanner descobriu, eu iria perdê-lo. Eu não estava pronta para acordar do sonho que estávamos vivendo.

— Amor... por que está chorando? — indagou Tristan. Eu nem tinha notado as lágrimas em meu rosto. Logo minha visão estava completamente embaçada. — Lizzie, o que houve?

Balancei a cabeça.

— Nada, nada. Você acha... você pode me abraçar um pouquinho?

Ele me abraçou bem apertado. Inspirei seu cheiro, tendo quase certeza de que, se contasse a verdade a ele — e eu sabia que tinha que contar —, perderia aquele momento. Tristan não ia mais me abraçar, não ia mais me tocar, não ia mais me amar. Ele acariciou minhas costas, e eu o abracei com mais força, como se eu quisesse me agarrar a algo que já tinha perdido.

— Você sabe que pode confiar em mim, não sabe? Você pode me dizer qualquer coisa. Estarei aqui sempre que precisar — prometeu ele.

Afastei-me e dei um leve sorriso.

— Acho que preciso descansar, só isso.

— Então, vamos pra cama.

Ainda com a mão nas minhas costas, Tristan me conduziu para o quarto.

— Eu quis dizer sozinha. Preciso passar a noite sozinha.

A decepção em seus olhos tempestuosos partiu meu coração, mas ele me deu um sorriso triste.

— Sim, é claro.

— Nos vemos amanhã — prometi. — Passo na loja do Sr. Henson.

— Tá. Combinado. — Ele parecia apreensivo. — Você está bem? — murmurou, claramente preocupado. Assenti. Ele segurou meu rosto e beijou minha testa. — Eu te amo, Lizzie.

— Também te amo.

Ele se encolheu.

— Então por que parece que estamos dizendo adeus?

Porque eu acho que estamos.

Capítulo 35

Tristan

6 de abril de 2014
Um dia antes do adeus

— *Estou morto* — murmurei ao olhar para o espelho do banheiro.

A garrafa de uísque vazia estava na bancada, o frasco de comprimidos laranja ao lado, minha vista completamente embaçada. Eu ouvia meus pais falando do lado de fora sobre os últimos detalhes, os planos para o funeral, nosso transporte da igreja para o cemitério.

— *Estou morto* — repeti. A gravata estava pendurada no pescoço, esperando o nó. Pisquei e, quando abri os olhos novamente, vi Jamie diante de mim, arrumando minha gravata.

— *O que aconteceu, meu amor?* — murmurou ela, meus olhos se enchendo de lágrimas. Levantei a mão e toquei seu rosto suave. — *Por que você está assim?*

— *Estou morto, Jamie, eu morri.* — Solucei, sem conseguir controlar minha dor. — *Quero que tudo acabe. Quero que isso acabe. Não quero mais ficar aqui.*

— *Shh* — sussurrou, aproximando os lábios do meu ouvido. — *Amor, você precisa respirar fundo. Está tudo bem.*

— *Não está nada bem. Não está nada bem.*

Ouvi a batida na porta do banheiro.

— *Tristan, sou eu, seu pai. Abre a porta, filho.*

Eu não conseguia. Estava morto. Estava morto.

Jamie olhou para a pia e viu a garrafa de uísque vazia e o frasco.

— Amor, o que você fez? — Encostei na parede e deslizei para dentro da banheira, soluçando. Jamie veio, apressada, até mim. — Tris, você tem que vomitar agora.

— Não posso... não posso...

Minhas mãos cobriram o rosto, estava tudo embaçado. Minha mente me pregava peças. Eu estava desmaiando. Eu sentia que ia desmaiar.

— Amor, pense em Charlie. Ele não ia querer ver você assim. Vamos lá. — Ela me levou até o vaso sanitário. — Não faça isso, Tris.

Vomitei. Senti tudo queimando dentro de mim. Minha garganta parecia pegar fogo quando finalmente botei o uísque e os comprimidos para fora do meu corpo.

Encostei de novo na parede. Abri os olhos e Jamie tinha ido embora, ela nunca esteve ali.

— Sinto muito — murmurei, passando as mãos pelo cabelo. O que seria de mim? Como eu iria sobreviver?

— Tristan, por favor, precisamos saber se você está bem — gritavam minha mãe e meu pai do outro lado da porta do banheiro.

— Estou bem — menti. Ouvi o suspiro de alívio da minha mãe. — Já vou sair.

Eu quase conseguia sentir a mão do meu pai no meu ombro, tentando me confortar.

— Tudo bem, filho. Nós estamos aqui, esperando você. Não vamos a lugar algum.

Elizabeth disse que ia até a loja do Sr. Henson no dia seguinte, mas mudou de planos na última hora. Cinco dias se passaram sem que nos falássemos. As cortinas dela estavam fechadas a semana toda e, quando eu batia na porta, ela estava sempre de saída ou simplesmente me ignorava.

Parei no Doces & Sabores para ver se ela estava trabalhando e encontrei Faye gritando com um cliente, dizendo que os ovos mexidos dele não estavam quase crus.

— Oi, Faye — chamei, interrompendo a discussão.

Ela se virou em seus saltos altos e levou as mãos ao quadril. Dava para ver a hesitação em seu olhar. A última vez que nos vimos foi quando briguei com Tanner no bar, e eu sabia que ela não se sentia bem com a minha presença. Eu ouvia todos na cidade cochichando sobre mim, e tinha certeza de que algumas mentiras já haviam chegado a Faye.

— Oi — cumprimentou ela.

— Elizabeth está trabalhando hoje?

— Ela está doente. Já está em casa há alguns dias.

— Ah, certo

— Por que você não vai até lá? Vocês brigaram? — Ela pareceu nervosa. — Ela está bem?

— Não brigamos. Pelo menos eu acho que não. Ela só... — Pigarreei. — Ela não está falando comigo e não sei o motivo. Ela disse algo a você? Sei que você é a melhor amiga dela e...

— Acho melhor você ir embora, Tristan.

Pela forma como reagiu, dava para perceber que ela não acreditava em mim, que ela achava que eu tinha magoado Elizabeth.

Assenti, abri a porta para sair e parei.

— Faye, eu amo a Liz. Eu entendo o fato de você não confiar em mim e entendo até se me odiar. Por um longo tempo eu fui um monstro. Depois que Jamie e Charlie morreram, eu me transformei num monstro que nem eu reconheceria. Me perdoe por ter te assustado no dia da festa, me desculpe, eu surtei... Mas eu nunca a machucaria... Ela... — Levei meu pulso à boca, tentando controlar minhas emoções. — Ano passado, morri junto com minha esposa e meu filho. Fiquei fora da realidade, fora do mundo. Eu estava bem vagando sozinho, porque viver todo santo dia era uma tortura. Mas Lizzie apareceu e, apesar de eu estar morto, ela me viu. Ela teve a paciência de me ressuscitar. Ela trouxe a vida de volta à minha alma. Ela me tirou da escuridão. E agora não está atendendo minhas ligações, nem olhando para mim. Estou mal porque sei que alguma coisa a magoou e não consigo ajudá-la como ela fez comigo. Então, você pode me odiar à vontade. Por favor, até eu me odeio de vez em quando. Eu mereço isso e, por causa de Elizabeth, vou aguentar. Mas, se você puder me fazer um favor e ir até lá ver se está tudo bem, se você puder ajudá-la a respirar um pouco, eu te agradeceria do fundo do meu coração.

Saí do café e enfiei as mãos nos bolsos.

— Tristan! — Virei e vi Faye olhando para mim. Os olhos dela eram mais gentis. A postura rígida tinha ficado para trás.

— O que foi?

— Eu vou até lá — prometeu ela. — Vou ajudá-la.

Quando eu estava chegando à Artigos de Utilidade, vi Tanner pela vitrine e decidi me apressar. Sabia que provavelmente ele estava importunando o Sr. Henson, insistindo novamente para que vendesse a loja. Eu queria muito que ele desse um tempo.

— O que está acontecendo? — perguntei ao abrir a porta, e o sininho da entrada tocou.

Tanner virou-se para mim com um sorriso dissimulado no rosto.

— Só estamos falando de negócios.

Olhei para o rosto vermelho do Sr. Henson. Ele raramente ficava nervoso, mas dava para perceber que Tanner tinha falado alguma coisa que o havia deixado incomodado.

— Talvez seja melhor você ir embora, Tanner.

— Dá um tempo, Tristan. Eu só estava batendo um papo com o Sr. Henson. — Ele pegou umas cartas de tarô e começou a embaralhá-las. — Você consegue fazer uma leitura bem rápida pra mim, Sr. Henson?

Meu amigo permaneceu em silêncio.

— Vá embora, Tanner.

Ele sorriu e inclinou-se na direção do Sr. Henson.

— Você acha que as cartas vão me mostrar que você vai ceder esse espaço pra mim? É por isso que não quer ler? Não quer saber a verdade?

Minha mão pousou no ombro de Tanner, que recuou. *Bom*. A forma como ele desdenhava do Sr. Henson fazia meu sangue ferver.

— Está na hora de você ir embora.

O Sr. Henson suspirou, aliviado por eu ter assumido o controle da situação, e foi para a sala dos fundos.

Tanner afastou minha mão e fingiu tirar uma poeirinha do ombro.

— Fica frio, Tristan. Eu só estava me divertindo com o velho.

— Você precisa ir embora agora.

— Tem razão. Preciso mesmo. Tem gente aqui que tem um emprego de verdade. Mas olha, estou feliz de ver que você e Liz conseguiram superar tudo depois que ela contou sobre o acidente. Foi legal. Quer dizer, você é uma pessoa muito melhor que eu. Eu acho que não conseguiria nem ficar perto de uma pessoa sabendo que ela estava envolvida nisso tudo.

— O que você está querendo dizer? — perguntei.

Ele arqueou a sobrancelha.

— Você não sabe, não é? Merda... Liz disse que tinha te contado.

— Contado? Contado o quê?

— Que o marido dela estava dirigindo o carro que matou sua família. — Ele arregalou os olhos. — Ela não contou, não é mesmo?

Minha garganta ficou seca, e por um instante considerei a possibilidade de ele estar mentindo. Tanner me odiava porque eu e Elizabeth nos amávamos. Ele era um cretino filho da puta que enchia o saco de todo mundo e decidiu infernizar minha vida.

A última coisa que ele disse era que sentia muito e que não queria nos trazer problemas. Disse que estava feliz por eu e Elizabeth termos nos encontrado, que queria que ela fosse feliz. Mas eu sabia que tudo o que ele estava falando era um monte de merda.

Naquela noite, sentei na minha cama com meu celular na mão e liguei para meu pai. Eu não disse nada quando ele atendeu, mas ouvir a voz dele foi muito bom. Era disso que eu precisava.

— Tristan. — Dava até para sentir o alívio em sua voz. — Oi, filho. Sua mãe me contou que você telefonou há algum tempo, mas não disse nada. Ela também contou que com certeza viu você a caminho do mercado, em Meadows Creek, mas falei que era só imaginação. — Ele parou. — Você não vai falar nada? — Ele fez outra pausa. — Tudo bem. Eu sempre fui meio tagarela.

Era mentira. Meu pai sempre foi quieto, sempre preferiu ser um bom ouvinte. Coloquei o telefone no viva-voz e deitei na cama, fechando os olhos enquanto ele contava tudo que eu tinha perdido.

— Seus avós estão na cidade nos visitando, e imagino que você saiba o quanto eles me deixam louco. A casa deles está em reforma, e sua mãe achou que seria uma ótima ideia eles passarem um tempo aqui. Já faz três semanas que chegaram, e eu já bebi mais gim do que pensei ser possível para um ser humano. Ah! E sua mãe, não sei como, me convenceu a fazer ginástica com ela porque está preocupada com a minha alimentação à base de Doritos e refrigerante. Mas, quando eu apareci na aula, vi que era o único homem. Acabei fazendo uma aula de zumba. Minha sorte é que eu sei requebrar o quadril.

Eu ri.

Meu pai continuou falando, e eu ia de um cômodo a outro, ouvindo-o contar histórias, falar de esportes e de como os Packers ainda eram um dos melhores times da liga de futebol americano. Ele abriu uma lata de cerveja, e eu fiz o mesmo. Parecia até que estávamos bebendo juntos.

Quando era quase meia-noite, ele disse que precisava ir para a cama. Disse que me amava e que sempre estaria do outro lado da linha se eu precisasse conversar.

Antes de desligar, falei:

— Obrigado, pai.

Ouvi a voz dele falhar e a emoção dominá-lo.

— Ligue sempre que quiser, filho. Ligue a qualquer hora que precisar, de dia ou de noite. E, quando estiver pronto para voltar, vamos estar aqui. Não iremos a lugar algum.

O mundo precisava de mais pais como os meus.

Capítulo 36

Elizabeth

— Você tem quatro segundos antes que eu derrube essa porta, mulher! — gritou Faye na varanda. Quando eu a abri, ela se sobressaltou. — Pelo amor de Deus, quando foi a última vez que você tomou banho?

Eu vestia pijama, e meu cabelo estava preso no coque mais bagunçado de todos os tempos, os olhos inchados. Levantei o braço e cheirei minha axila.

— Passei desodorante.

— Ah, querida — murmurou ela, entrando na minha sala. — Cadê a Emma?

— É sexta-feira, Emma passa a noite fora — expliquei e desabei no sofá.

— O que está acontecendo, Liz? Seu namorado foi até o café dizendo que você não está falando com ele. Ele magoou você?

— O quê? Não. Ele é... Ele é perfeito.

— Então por que o voto de silêncio? E por que você parece uma mendiga? — Ela se sentou ao meu lado.

— Porque não posso mais falar com ele. Não posso mais ficar com ele.

Contei tudo sobre o acidente, explicando por que as coisas entre mim e Tristan não dariam certo. A seriedade no olhar de Faye era uma coisa que eu não via com frequência, o que só confirmou o quanto a situação era complicada.

— Amiga, você tem que contar a ele. O pobre homem está definhando sem saber o que fez de errado.

— Eu sei... é só... eu amo Tristan. E, por causa disso tudo, vou perdê-lo.

— Olha, não sei muito sobre amor pra ficar dando palpite. Quando meu coração foi sacaneado, eu joguei merda no cara, quase literalmente. Ainda assim me senti despedaçada e triste, mas alguém me disse uma vez que mesmo um coração partido valia a pena, porque, pelo menos, eu tinha experimentado o que era o amor.

Concordei e deitei em seu colo.

— Quando é que a vida vai parar de nos machucar?

— Quando a gente aprender a dizer foda-se e passar a se concentrar nas pequenas coisas que nos fazem sorrir.

— Sinto muito por Matty ter magoado você.

Faye tirou o elástico do meu cabelo antes de começar a penteá-lo com os dedos.

— Tudo bem. Foi só um pouquinho. Então, o que vamos fazer esta noite? Podemos dar uma de menininhas e ver *Diário de uma paixão* ou algo do tipo, ou... pedir pizza, beber cerveja e assistir *Magic Mike XXL*.

Magic Mike ganhou.

No dia seguinte, à tarde, eu e Emma entramos na Artigos de Utilidade e encontramos Tristan sorrindo atrás do balcão do café.

— Oi, meninas! — disse ele com o maior sorriso do mundo.

— Oi, Pluto! — exclamou Emma, subindo em uma das cadeiras.

Ele se inclinou e apertou o nariz dela.

— Oi, Fifi. Chocolate quente?

— Com marshmallow extra! — gritou ela.

— Com marshmallow extra! — ecoou ele, virando-se. Aquele bom humor não era um bom sinal. Eu não sabia o que significava ou como interpretá-lo. Nós não conversávamos há dias, e ele estava agindo como se tudo estivesse bem. — Você quer alguma coisa, Elizabeth?

Ele me chamou de Elizabeth, não de Lizzie.

— Só água — falei, sentando ao lado de Emma. — Está tudo bem? — perguntei, enquanto Tristan servia água para mim e entregava um copo de chocolate nem tão quente assim para Emma, porque ela sempre pedia para colocar gelo. Ela pulou da cadeira e foi atrás de Zeus.

— Está tudo bem. Tudo ótimo.

Franzi o cenho.

— Precisamos conversar. Sei que você deve estar preocupado por eu estar te evitando...

— Você está me evitando? — Ele sorriu. — Não percebi.

— Sim, é só que...

Tristan começou a limpar o balcão.

— Seu marido matou minha família? É, isso não foi legal.

— O quê? — Senti um nó na garganta, meus ouvidos ainda ecoando o que ele havia acabado de dizer. — Como você...?

— Seu melhor amigo, Tanner, deu uma passada aqui ontem. Ele queria, você sabe, convencer o Sr. Henson a fechar a loja. E depois nós tivemos uma conversinha. Ele acha incrível eu ter conseguido superar o fato de que seu marido matou minha família.

— Tristan...

Ele atirou o pano no balcão diante de mim.

— Há quanto tempo você sabe?

— Eu... Eu queria contar a você.

— Há quanto tempo?

— Tris... Eu não sabia...

— Que droga, Elizabeth! — gritou ele, batendo com o punho na bancada. Emma e o Sr. Henson olharam para nós, preocupados. O Sr. Henson foi rápido e levou Emma para dentro. — Quanto tempo? Você sabia disso quando disse que me amava?

Fiquei em silêncio.

— Você já sabia disso no dia do casamento da sua mãe?

Minha voz ficou trêmula.

— Achei... achei que ia perder você. Eu não sabia como contar.

Ele deu um sorriso irônico e assentiu.

— Maravilha. São 2 dólares e 20 centavos pelo chocolate quente.

— Me deixa explicar.

— São 2 dólares e 20 centavos, Elizabeth.

Os olhos de Tristan se tornaram sombrios novamente, com a mesma frieza que eu não via em seu olhar desde o dia em que o conheci. Levei a mão ao bolso, peguei umas moedas e coloquei-as na frente dele. Tristan recolheu o dinheiro e o jogou na caixa registradora.

— Vamos conversar depois — insisti. — Se você deixar, eu explico tudo da melhor forma possível.

Tristan virou de costas para mim e se agarrou à bancada onde ficavam as máquinas de café. Ele abaixou a cabeça, e vi o quanto suas mãos estavam vermelhas por segurar o balcão com tanta força.

— Você precisa de mais alguma coisa? — perguntou.

— Não.

— Então, faça o favor de sair da minha vida.

Tristan tirou a mão do balcão, chamou Zeus, que veio correndo, e os dois saíram da loja, fazendo a sineta tocar quando a porta se abriu. O Sr. Henson e Emma saíram em seguida da sala dos fundos.

— O que aconteceu? — perguntou ele, vindo até mim. Pousou a mão no meu ombro, mas não conseguiu fazer meu corpo parar de tremer.

— Acho que acabei de perdê-lo.

Capítulo 37

Tristan

7 de abril de 2014
O adeus

Fui até a parte alta nos fundos do cemitério, com Zeus ao meu lado. As pessoas cercavam os caixões, vestidas de preto, com lágrimas nos olhos. Minha mãe chorava e tremia abraçada ao meu pai. Todos os amigos, meus e da Jamie, estavam lá, desolados.

A professora do Charlie chorou o tempo todo.

Ela provavelmente estava pensando que não era justo. Não era justo que Charlie não tivesse a oportunidade de aprender como fazer cálculos com frações, ou o que era álgebra. Que ele não tivesse a oportunidade de dirigir um carro. Que ele nunca fosse dançar valsa com a mãe no dia do seu casamento. Que ele nunca tivesse a chance de me apresentar a seu primeiro filho. Que ele nunca tivesse a chance de dizer adeus...

Sequei as lágrimas e funguei. Zeus se aproximou de mim e deitou aos meus pés.

Droga, não consigo respirar.

O caixão de Jamie foi o primeiro a ser baixado, e minhas pernas cambalearam.

— Não vá... — sussurrei.

Depois foi a vez de Charlie.

— Não...

Minhas pernas desmoronaram. Desabei no chão e levei as mãos à boca, chorando. Zeus me confortava, lambia minhas lágrimas, tentava me fazer acreditar que tudo estava bem, que eu estava bem e que, de algum modo, as coisas iam melhorar. Mas não acreditei nele.

Eu não deveria ter abandonado meus pais, mas eu os abandonei. Deveria ter dito a Jamie e Charlie que eu os amava intensamente, mas minha voz não saiu.

Levantei-me e fui embora, segurando a coleira de Zeus bem firme.

Deixei Jamie.

Abandonei meu filho.

E aprendi o quanto dói ter que finalmente dizer adeus.

～

— Então, você está fugindo — constatou o Sr. Henson uma semana depois, quando estacionei o carro na frente da loja e entrei para me despedir.

Dei de ombros.

— Não estou fugindo. Só estou me mudando. As coisas vêm e vão, o senhor deveria saber disso bem melhor que eu.

Ele passou os dedos pela barba grisalha.

— Mas não é isso que você está fazendo. Você não está se mudando, está fugindo.

— Mas o senhor não entende. O marido dela...

— Não foi ela.

— Sr. Henson...

— Meu ex adorava coisas esotéricas. Por todo o tempo que passamos juntos, ele tentou me convencer a abrir a loja dos seus sonhos nessa cidade. Ele acreditava no poder da magia, no poder de cura dos cristais. Acreditava que a magia tinha uma forma de tornar a vida mais suportável. Eu achava que ele era louco. Eu tinha um emprego fixo, trabalhava o dia inteiro, nem dava bola pra essas coisas. Falei que o desejo dele de abrir esse tipo de loja era ridículo. Nós éramos um casal gay, e a vida já era difícil o bastante pra nós. A última coisa de que precisávamos era ser um casal gay que acreditava em magia.

"Um dia, de repente, ele foi embora. No início eu não entendi, mas, depois de um tempo, percebi que a culpa era minha. Eu não soube dar o valor que ele merecia, e, quando o perdi, aquilo acabou comigo. Depois que ele partiu, me senti muito sozinho, e me dei conta de que provavelmente era assim que ele se sentia o tempo todo. Ninguém deve se sentir só quando está apaixonado. Pedi demissão e decidi transformar o sonho dele em realidade. Estudei o poder curativo dos cristais e das ervas. Trabalhei duro para entender o que ele gostava, o sonho dele, mas já era tarde demais. Ele já estava com outra pessoa que o amava.

"Não vire as costas pra Liz, porque ela não teve nada a ver com o acidente. Não jogue fora a chance de ser feliz. No final, não são nas cartas de tarô, nos cristais ou nos chás especiais que reside a magia. A magia está nos pequenos momentos. Nos pequenos gestos, nos sorrisos gentis e nas risadas silenciosas. A magia é viver todos os dias e se permitir respirar e ser feliz. Meu querido, a magia é amar."

Mordi meu lábio inferior, absorvendo suas palavras. Eu queria acreditar nele, e uma pequena parte de mim entendia perfeitamente o que ele dizia. Mas outra parte, enterrada no fundo da minha alma, sentia culpa. Jamie merecia mais. Na minha opinião, amar outra pessoa depois de tão pouco tempo era egoísmo.

— Não sei como fazer isso. Não sei como posso amar Elizabeth, quando nunca disse adeus ao passado.

— Você vai embora pra dizer adeus ao passado?

— Acho que vou embora pra aprender a respirar de novo.

O Sr. Henson franziu a testa, mas disse que entendia.

— Se precisar de um lugar pra ficar ou um amigo pra conversar, estarei aqui.

— Que bom — falei, abraçando-o. — E se você acabar vendendo a loja para aquele idiota, volto aqui pra brigar com unhas e dentes.
Ele sorriu.
— Combinado.
Abri a porta da frente, ouvindo o sininho tocar pela última vez.
— Você cuida delas? Da Emma e da Lizzie?
— Eu garanto que elas nunca vão queimar a língua com o chá e o chocolate quente.
Depois de nos despedirmos, saí da loja e entrei no meu carro, com Zeus ao meu lado. Dirigimos por horas. Não tinha certeza de aonde estávamos indo, nem sabia se tinha um lugar para ir, mas dirigir sem destino parecia ser o melhor a fazer.

Estacionei na porta de casa às três da manhã, e a luz da varanda ainda estava acesa. Quando eu era mais novo, sempre chegava em casa bem depois do horário estipulado, e fazia a vida deles um inferno. Apesar disso, minha mãe sempre deixava a luz acesa para que eu soubesse que eles estavam me esperando.
— O que você acha, garotão? Vamos entrar? — perguntei a Zeus, que estava deitado todo encolhido no banco do carona, abanando o rabo. — Tudo bem. Vamos entrar.
Bati cinco vezes na porta antes que alguém a abrisse. Meu pai e minha mãe estavam de pijama, olhando para mim como se eu fosse um fantasma. Pigarreei.
— Olha, sei que fui uma merda de filho nesse último ano. Sumi e não dei explicação. Eu estava perdido, perambulando por aí, enquanto minha mente tentava encontrar um caminho a seguir. Sei que disse coisas terríveis antes de ir embora, que culpei vocês pelo que aconteceu. Mas eu... — Coloquei as mãos nos bolsos da calça. — Eu só estava pensando se poderia ficar aqui um tempo. Porque ainda estou

perdido. Ainda estou tentando me encontrar. Mas não sei se consigo fazer isso sozinho. Eu só preciso... só preciso do meu pai e da minha mãe por um tempo, se não tiver problema pra vocês.

Eles saíram da casa e me abraçaram.

Casa.

Eles me fizeram sentir em casa.

Capítulo 38

Elizabeth

— Ele foi embora? — perguntei ao Sr. Henson. Minhas mãos se apoiaram no balcão enquanto ele preparava meu chá, na sexta-feira à tarde. Eu tinha acabado de deixar Emma na casa dos avós e, como não tinha visto nem ouvido nada sobre Tristan durante alguns dias, estava à beira de um colapso. Precisava falar com ele ou, pelo menos, saber que estava bem.

— Faz dois dias. Sinto muito, Liz.

A personalidade animada do Sr. Henson tinha desaparecido, o que me assustava.

— Quando ele volta?

Silêncio.

Coloquei as mãos no quadril e bati o pé no chão.

— Para onde ele foi?

— Não sei, Liz.

Eu ri, o nervosismo e a preocupação crescendo dentro de mim.

— Ele não retorna minhas ligações. — Meu queixo tremia, e senti meus olhos arderem com as lágrimas. Dei de ombros. — Ele não me atende.

— Querida, vocês dois passaram por muitas coisas. Sei que deve ser muito difícil pra você...

— Não. Não pra mim. Quer dizer, eu entendo que ele não queira mais falar comigo. Eu entendo que ele esteja me ignorando. Mas eu tenho uma filha de 5 anos que está perguntando onde estão Pluto e Zeus. Ela quer saber aonde os amigos dela foram. Ela me pergunta o tempo todo por que Zeus não apareceu pra brincar de pega-pega e por que Tristan não está lendo historinhas pra ela antes de dormir. Sim, estou triste porque ele não quer falar comigo, mas estou com muita raiva por ele ter abandonado Emma sem dizer nada. Estou puta porque ela está chorando de saudades. E estou mal por não saber pra onde ele foi nem quando vai voltar. Ele disse que ia lutar por nós, mas no final sequer tentou. — Minha voz falhou. — Emma merece mais do que isso.

Ele segurou minha mão. Uma ligeira onda de conforto me invadiu.

— Vocês todos merecem mais do que isso.

— Bem, é melhor eu ir. Se o senhor ouvir algo... — As palavras se esvaíram. Eu não sabia se queria que o Sr. Henson pedisse a Tristan que voltasse ou que fosse para o inferno. Saí da loja completamente confusa.

Naquela noite, fui para a cama antes das dez. Não dormi, só fiquei encarando o teto do meu quarto escuro. Virei de lado e vi o espaço vazio na cama. Quando Kathy me ligou dizendo que Emma queria voltar para casa mais cedo, eu estaria mentindo se dissesse que não fiquei feliz.

Quando Emma chegou, deitei na cama com ela. Li uns capítulos de *A menina e o porquinho* na minha melhor voz de zumbi, e as risadas dela me lembraram do que realmente importa na vida.

Quando acabei, ficamos olhando uma para a outra. Beijei a ponta do nariz dela, e ela beijou a ponta do meu.

— Mamãe? — perguntou ela.

— Sim?

— Eu te amo.

— Também te amo, querida.

— Mamãe?

— Sim?

— A voz de zumbi do Pluto era boa, mas a sua é melhor. — Ela bocejou antes de fechar os olhos. Passei os dedos por seus cabelos indomados, e ela começou a perder a batalha contra o sono.

— Mamãe? — murmurou pela última vez naquela noite.

— Sim?

— Estou com saudade do Zeus e do Pluto.

Aconcheguei-me ao seu lado e dormi logo em seguida. Eu também estava com saudade.

Muita, muita saudade.

Na manhã seguinte, acordei com o barulho de alguém tirando neve da calçada em frente de casa.

— Tristan... — murmurei para mim mesma. Vesti um roupão e calcei o chinelo rapidamente. Abri a porta, e o pequeno fio de esperança desapareceu quando me deparei com Tanner em pé na calçada, limpando o jardim.

— O que você está fazendo? — perguntei, cruzando os braços.

Ele olhou para mim, sorriu e deu de ombros.

— Queria ver como você e Emma estavam. — Ele parou de tirar a neve e apoiou o queixo no cabo da pá. — Além do mais, tenho certeza de que você está brava comigo.

Bufei.

Brava?

Eu estava muito mais do que brava, estava furiosa.

— Você não tinha o direito de contar a Tristan sobre o acidente. — Tentei encará-lo. Talvez assim ele conseguisse ver o quanto havia me magoado. Talvez assim ele enxergasse como destruiu tudo entre mim e Tristan. *Você não sente nem um pouquinho de remorso?*

Ele não me encarou. Baixou os olhos e chutou a neve com as botas.

— Achei que você já tivesse contado.

— Tanner, você sabia que eu não tinha contado nada a ele. Não estou entendendo as suas atitudes ultimamente. Isso é porque eu não quis sair com você? Você ficou com vergonha? Todas as hipóteses já passaram pela minha cabeça, e ainda não entendi como você foi capaz de fazer algo tão cruel. Não consigo compreender por que fez isso comigo.

Ele resmungou algo.

— O quê? — perguntei. — Fala.

Ele não falou.

Saí da varanda e fui até ele.

— Você faz parte da minha vida há anos, Tanner. Você foi no meu casamento. É o padrinho da minha filha. Você me abraçou no enterro do meu marido. Então, se existe um motivo pra você estar tão estranho, uma razão pra você ter provocado essa separação entre mim e Tristan, me conte. Porque se houver algo real, um motivo legítimo pra você não querer que eu fique com ele, talvez eu consiga ignorar meus sentimentos. Talvez eu possa tentar olhar pra você e não sentir meu estômago revirar.

— Você não entenderia — retrucou ele, ainda com a cabeça baixa.

— Vamos ver.

— Mas...

— Tanner!

— Que droga, Elizabeth, eu te amo! — gritou ele finalmente, olhando para mim. Suas palavras me atingiram com força, e dei um passo para trás, cambaleante. Senti meu coração parar de bater por um momento. Ele largou a pá e ergueu as mãos em um gesto de rendição. — Estou apaixonado por você. Sou apaixonado por você há anos. Desde que te conheci. Escondi meus sentimentos por muito tempo, porque meu melhor amigo também te amava. E você o amava. Eu nunca disse nada porque sabia que, se alguém merecia seu amor, esse alguém era Steven. Mas depois que ele morreu... — Tanner se aproximou de mim e colocou uma mecha de cabelo solto atrás da minha orelha. — Quando você voltou para a cidade, não pensei que fosse querer tanto ficar com você. Enterrei meus sentimentos mais uma vez. Mas aí esse cara, Tristan, apareceu, e eu assisti a tudo de camarote mais uma vez. Vi outra pessoa te fazer sorrir, vi outro cara te fazer feliz, outra pessoa te amando. E a cada dia, eu sentia mais ciúmes. A cada dia, eu te queria ainda mais. Queria suas risadas, seus sorrisos, *você*. Queria você, Liz. Então, tentei acabar com tudo entre você e Tristan. Sei que isso foi uma coisa baixa, nem sei como pedir que você me perdoe, mas... — Ele suspirou, e seus dedos se entrelaçaram nos meus. — Eu te amo muito e não sei se meu coração aguenta mais viver sem você.

Em vez do calor de Steven ou da ternura de Tristan, senti frieza no toque de Tanner. Segurar a mão dele me deixou com a sensação de estar mais sozinha do que nunca.

— Você nos fez terminar de propósito — desabafei, atônita. Soltei a mão de Tanner. — Você interferiu na minha vida, nas minhas escolhas, porque você *me ama*?

— Ele não é o cara certo pra você.

Balancei a cabeça.

— Não é você quem decide isso.

— Mais cedo ou mais tarde, ele ia te magoar. É um monstro, sei que é. E olha o que aconteceu... No primeiro sinal de problemas, ele foi embora. Eu nunca te abandonaria, Liz. Eu lutaria por você.

— Talvez você devesse fazer isso.

Ele franziu o cenho.

— Devesse fazer o quê? Lutar por você? Eu vou lutar, prometo.

— Não. — Cruzei os braços, endireitando o corpo. — Talvez você devesse ir embora.

— Lizzie...

— *Não* — sibilei, minha voz firme. — Não me chame assim. Você está louco se acha que quero alguma coisa com você. Quando você ama alguém, não faz de tudo pra magoá-lo. Quando você ama de verdade, quer a felicidade da pessoa, muito mais do que a sua própria. Tristan não é o monstro, Tanner. As pessoas deveriam ter medo de você. Você é doente. Mentiroso. Me deixe sozinha. Não volte mais aqui. Quando me vir na cidade, olhe para o outro lado. Porque eu realmente não quero nada com você.

— Você não está falando sério. — O corpo dele tremia, e o rosto estava pálido. Subi os degraus da varanda, ainda ouvindo-o gritar: — Você não quer isso, Liz! Você está com raiva, mas vai ficar tudo bem. Nós vamos ficar bem, não vamos?

Quando entrei em casa, bati a porta e me apoiei nela. Meu coração estava disparado. Continuei ouvindo Tanner gritar do lado de fora, falando sobre como tudo ficaria bem.

Mas eu sabia que não era verdade.

A única forma de tudo ficar bem era não olhar para a cara dele nunca mais.

Capítulo 39

Tristan

Passaram-se algumas semanas desde que saí de Meadows Creek, e elas logo se transformaram em meses. Eu ficava no quintal na maior parte do tempo, cortando e entalhando madeira. Realizar trabalhos manuais parecia ser a única coisa que eu era capaz de fazer.

Quando maio chegou, eu ainda pensava em Elizabeth. Ainda sentia saudade de Emma. Ainda estava tentando aprender a dizer adeus a Jamie. Ainda queria Charlie de volta. Nunca imaginei ser possível perder tudo no mundo duas vezes seguidas num período tão curto.

— Tristan? — chamou minha mãe, saindo na varanda do quintal. — Você quer entrar pra jantar?

— Não. Estou bem.

Ela suspirou.

— Tá.

Minha mão segurava o cabo do machado, e abaixei a cabeça.

— Na verdade, acho que estou com fome.

A felicidade que tomou conta dela quase me fez sorrir. Eu não estava nem um pouco com fome, mas sua alegria me despertou a vontade de comer. Minha mãe passou momentos muito difíceis depois do acidente. Nem imagino a culpa que ela sentiu, a luta diária por saber que era ela quem estava dirigindo. E eu definitivamente não havia facilitado as coisas.

O mínimo que eu poderia fazer era sentar à mesa e jantar com meus pais.

— Você está pensando em vender a casa de Meadows Creek? — perguntou meu pai.

— Não sei. Provavelmente. Vou ver isso semana que vem.

— Se quiser ajuda, me avise. Não sei muito sobre vender casas, mas, depois de uma pesquisa no Google, com certeza vou me sair melhor do que qualquer pessoa da minha idade — brincou ele.

Eu ri.

— Vou pensar no assunto.

Quando ergui os olhos, vi minha mãe me olhando com a mesma expressão de quando me chamou lá fora. Eu me mexi na cadeira.

— O jantar estava ótimo — eu disse, elogiando seus dotes culinários.

Ela continuou triste.

— Obrigada.

— O que houve? — perguntei.

— Você parece... O que aconteceu? Você parece tão desolado.

— Eu estou bem.

— Não está.

Meu pai pigarreou e olhou feio para minha mãe.

— Deixa pra lá, Mary. Dê um tempo a ele.

— Eu sei, eu sei. É que sou mãe, e o pior sentimento o mundo é saber que seu filho está sofrendo e não conseguir ajudar.

Estendi a mão por cima da mesa e segurei a dela.

— Não estou bem. Mas estou chegando lá.

— Jura? — perguntou ela.

— Juro.

Eu ainda não tinha visitado o cemitério desde meu retorno à cidade. Fiquei horas no carro tentando pensar no que deveria fazer com minha vida. Como seguir em frente. Quando me vi parado na porta do cemitério, senti um frio na barriga. Fiz um esforço enorme para sair do carro.

A última vez que estive aqui foi no enterro. Meus olhos se encheram de lágrimas ao ver as lápides dos túmulos de Jamie e Charlie. Abaixei para colocar algumas flores.

— Oi. Desculpe não ter visitado vocês antes. A verdade é que eu estava tentando ao máximo fugir, porque não sei viver sem vocês. Abandonei tudo e tentei encontrar algo que pudesse substituí-los. Procurei alguém que nem ao menos existia, porque não conseguia imaginar viver sem uma família. Não sei o que fazer sem vocês. Não sei como existir... então me digam o que fazer. *Por favor.* Eu estou completamente perdido. Não sei se consigo continuar sozinho.

Meu coração disparou no peito, e caí por terra, finalmente me permitindo sentir a perda dos dois. Eles eram meu mundo. Charlie era meu coração, e Jamie, minha alma, mas eu decepcionei os dois quando fui embora. Quando não vivi o luto que a memória deles merecia. *Eu tentei substituí-los.*

— Por favor, me façam despertar. Digam-me que sou mais forte do que acho que sou. Que meu coração não vai mais ficar em pedaços.

Fiquei ali, sentado, até o sol se pôr. Com os braços em volta dos joelhos, imóvel, olhando para as palavras nas lápides. Sentindo saudades das pessoas que me conheciam melhor do que eu mesmo, que conheciam o vazio em meu peito. Tentei preenchê-lo, mas talvez devesse continuar oco por dentro.

A cada dia, eu sentia a dor, as memórias. Eu pensava neles todos os dias; acho que essa era a benção por trás do coração despedaçado.

— Se eu pudesse contar um segredo pra você, Jamie, diria que ainda amo Elizabeth. Diria que ela é uma coisa boa nesse mundo. Que ela é a razão de eu conseguir respirar novamente. Então, o que devo fazer? Como posso me afastar dela e seguir em frente, mesmo sabendo que ela não pode ser minha? Eu só queria... — Pigarreei, sem saber o que realmente queria. Respostas para perguntas que não foram feitas, talvez. — Só queria saber se você vai ficar bem. Se está tudo bem eu me apaixonar de novo. — Levantei para ir embora, beijei a ponta dos meus dedos e pousei-os sobre as lápides cinza.

Quando me virei para sair, uma pequena pluma branca veio voando e caiu bem em cima do meu braço. Uma onda de conforto me invadiu.

— Vai dar tudo certo. Vou ficar bem — murmurei, ciente de que aquela pluma era, na verdade, um beijo das pessoas que eu amava. Eu sabia que ficaria bem um dia, porque certamente eu não estava sozinho.

~

— O que você tem aí? — perguntou minha mãe uma tarde, enquanto eu sentava à mesa de jantar que eu e meu pai havíamos feito e dado a ela no Natal, há alguns anos.

Eu segurava a foto que Emma tinha tirado de mim e de Elizabeth com as plumas brancas. Eu olhava aquela foto todos os dias desde que tinha partido de Meadows Creek.

— Não é nada.

— Deixa eu ver — pediu ela, sentando ao meu lado. Entreguei a foto para minha mãe e ouvi um suspiro doloroso sair de seus lábios.

— É ela.

— Ela quem?

— Kevin! — gritou minha mãe. — Kevin! Vem aqui!

Meu pai correu até a sala.

— O que houve?

Ela passou a foto para o meu pai, e ele estreitou os olhos.

— Essa é a jovem do dia do acidente. Eu estava aflita na sala de espera; Jamie e Charlie passavam por cirurgia. Eu chorava e soluçava descontroladamente, e ela me abraçou. Ficou comigo o tempo todo, me confortando, dizendo que tudo ficaria bem.

— É ela? — perguntei, apontando para a fotografia. — Tem certeza?

— Sem sombra de dúvidas. Quando Jamie e Charlie saíram da cirurgia, eu não sabia o que fazer, quem eu ia ver primeiro... Então, ela ficou com Jamie enquanto eu fui ver Charlie. — Ela olhou para mim, confusa. — Por que você tem uma foto junto com ela?

Tentando entender o que estava acontecendo, peguei a foto da mão do meu pai e me deparei com uma Elizabeth sorridente. *Ela ficou ao lado de Jamie.*

— Eu não sei.

Capítulo 40

Elizabeth

Adeus

— Não — sussurrei na sala de espera, diante do médico.

— Sinto muito. Ele não sobreviveu à cirurgia. Nós fizemos todo o possível para estancar a hemorragia, mas não conseguimos... — Os lábios dele se moviam, mas eu não escutava. Meu mundo tinha sido roubado de mim, minhas pernas fraquejaram. Tentei me sentar na cadeira mais próxima.

— Não — murmurei de novo, cobrindo o rosto com as mãos.

Como ele pôde ter partido tão rápido? Como ele me deixou aqui sozinha? Não, Steven...

Antes da cirurgia, segurei a mão dele. Disse o quanto o amava. Beijei-o pela última vez.

Como ele pôde ter partido?

O médico pediu licença e saiu da sala, mas eu sequer o notei. Kathy e Lincoln apareceram alguns minutos depois, tão arrasados quanto eu. Ficamos muito tempo no hospital, até que Lincoln disse que precisávamos ir embora, tínhamos que começar a planejar o enterro.

— Encontro vocês em casa — eu disse a eles. — Emma está na casa de Faye, graças a Deus. Vocês podem buscá-la?

— Aonde você vai? — perguntou Kathy.

— Só quero ficar aqui mais um pouquinho.

Ela franziu o cenho.

— Querida...

— Não, de verdade, estou bem. Vou embora daqui a pouco. Será que... será que vocês podem esperar um pouco pra contar a ela?

Kathy e Lincoln concordaram.

Fiquei horas na sala de espera, sem saber o que estava esperando. Parecia que todos ali estavam fazendo exatamente isso: aguardando uma resposta às suas orações, esperando um milagre.

Num canto, vi uma mulher mais velha chorando muito, totalmente sozinha, e acabei me aproximando dela. Ela estava machucada, coberta de hematomas, como se tivesse acabado de sobreviver a algo terrível. Mesmo assim, seus tempestuosos olhos azuis me assombravam. Eu não deveria interromper aquele momento de espera, mas não consegui me conter. Abracei-a, e ela não me mandou embora. Ficamos assim por algum tempo, desabamos juntas.

A enfermeira veio informar à mulher que seu neto e sua nora tinham saído da cirurgia, mas que o estado deles era muito grave.

— Você pode vê-los. Pode visitá-los no quarto, mas eles estão inconscientes. Apenas para a senhora saber. Mas pode segurar a mão deles.

— Como eu... — A voz dela estava trêmula, as lágrimas caíam. — Como posso escolher quem eu vou ver primeiro? Como eu...

— Eu fico com um deles até a senhora chegar — ofereci. — Eu seguro a mão de um deles.

Ela me pediu que ficasse com a nora. Quando entrei no quarto, senti um arrepio no corpo todo. A pobre mulher estava sem cor no rosto. Parecia quase um fantasma. Puxei uma cadeira para sentar e segurei a mão dela.

— Oi — sussurrei. — Sei que isso é estranho, nem sei o que dizer, mas, vamos lá, meu nome é Elizabeth. Conheci sua sogra, e ela está muito preocupada com você. Então, você precisa lutar. Ela contou que seu marido está voltando de uma viagem e que ele está desesperado. Você precisa continuar lutando. Sei que é difícil, mas você precisa ser forte.

Lágrimas caíram dos meus olhos Olhei para aquela mulher desconhecida e, ao mesmo tempo, tão familiar em meu coração. Pensei no *quão arrasada eu ficaria se não tivesse tido a chance de, pelo menos, segurar a mão de Steven antes de ele morrer.*

— Seu marido precisa que você seja forte — sussurrei em seu ouvido, na esperança de que minhas palavras chegassem até sua alma. — Temos que ter certeza de que seu marido vai ficar bem. De que ele vai segurar sua mão. De que ele vai ter a chance de dizer que te ama. Você não pode ir ainda. Continue lutando.

Senti um aperto na minha mão e olhei para os dedos dela.

— Senhora? — Ouvi uma voz. Virei para a porta e vi uma enfermeira. — Você faz parte da família?

Não tirei os olhos das nossas mãos.

— Não. Eu só...

— Preciso pedir que a senhora se retire.

Assenti.

E soltei a mão dela.

~

— Ele continua deixando esses bilhetinhos. — Suspirei, sentada na gangorra com Faye. Emma brincava no trepa-trepa e no escorregador. — De vez em quando, encontro um bilhete na minha janela e não sei o que fazer. Ele diz que ainda me ama, que me quer, e depois... nada. Não entendo, não sei o que pensar.

— Ele está fazendo joguinho, e isso não é legal. Só não entendo por que fazer essa merda toda com você. Será que ele só está querendo te sacanear? Tipo, será que ele está se vingando por você não ter contado sobre o acidente?

— Não. — Balancei a cabeça. — Ele não faria isso.

— Já faz meses, Liz. Ele não telefonou. Não tentou entrar em contato, a não ser por esses bilhetes que aparecem, do nada, de vez em quando. Isso não é normal.

— Nunca existiu nada de normal entre nós dois.

Ela desceu na gangorra e olhou para mim.

— Talvez esteja na hora de encontrar algo normal, então. Você merece ter uma vida normal.

Não respondi, mas achei que talvez ela tivesse razão.

Só queria que os bilhetes não me dessem tanta esperança de que um dia ele ia voltar

Só preciso de um tempo para acertar as coisas.
Eu volto logo. Te amo. — TC

Espere por mim. – TC

Todo mundo estava errado sobre nós.
Só espere por mim, por favor. – TC

～

— Tem uma coisa roxa na sua boca, Sam — avisei quando cheguei no café.

Ele limpou a boca bem rápido e ficou um pouco envergonhado. Nas últimas semanas, Matty estava deixando Sam ir para a cozinha na hora do almoço para que ele aprendesse a preparar alguns itens do cardápio. Ele parecia feliz por finalmente fazer uma coisa de que gostava, e era muito bom nisso.

— Obrigado — respondeu ele, pegando uma pilha de pratos e levando-a para a máquina de lavar. Enquanto ele saía pela porta, Faye entrava, e eles hesitaram por um instante, um cedendo passagem para o outro.

Quando Faye me viu, deu um gritinho. Sorri.

— Adorei o batom roxo, amiga — elogiei.

— Obrigada. É novo.

— Acho que já vi esse batom antes.

— Não. — Ela balançou a cabeça. — Comprei ontem à noite.

— Não, acho que acabei de vê-lo há cinco segundos, na boca do Sam.

Ela corou e olhou em direção à porta.

— Que merda! O estranho do Sam usa a mesma cor de batom que eu? Preciso encontrar outro, então.

Ergui a sobrancelha.

— Você não me engana. Pode me contar.

— Contar o quê?

— O apelido que você deu para o você-sabe-o-quê dele.

Ela revirou os olhos.

— Pelo amor de Deus, Liz, temos quase 30 anos. Você não acha que já está na hora de pararmos de agir como se tivéssemos 5? — perguntou ela, indo até o balcão atender um cliente que queria um pão doce. A seriedade em seu tom de voz me fez pensar se Faye não estaria mesmo amadurecendo, até que ela gritou: — Sam Supergigante!

Caí na risada.

— E pensar que nos últimos meses você ficou tentando me convencer de que ele era uma aberração.

— Ah, mas ele é. Sem dúvida. Ontem à noite, ele fez coisas arrepiantes — disse ela, puxando a cadeira de uma mesa vazia e se sentando. Eu realmente não sabia como ela conseguia manter esse emprego.

— O que foi que ele fez? — perguntei, sentando-me do outro lado da mesa. *Se não pode vencê-la, junte-se a ela.*

— Bom, para começar, ele fica perguntando o tempo todo o que eu estou sentindo, o que é muito esquisito. Parece até que ele quer saber mais sobre mim.

— Cara, na boa. Isso é totalmente esquisito — zombei.

— Não é? Ontem ele passou lá em casa. Perguntei em qual quarto ele queria trepar, e ele falou: "Não. Quero levar você a um lugar chique." E depois do jantar e dos drinques, ele me levou até a varanda, beijou o meu rosto e disse que adoraria sair comigo de novo! Ele nem tentou enfiar o pênis na minha vagina.

— QUE CARA ESTRANHO!

— NÃO É? — Ela olhou para a cozinha, onde Sam estava começando a esquentar a chapa. Um sorrisinho surgiu nos lábios dela. — Acho que ele não é tão esquisito assim.

— Não. Acho que não. Estou feliz por ele estar trabalhando na cozinha. Lembro bem quando ele me disse o quanto queria isso.

— Sim, e olha que ele é bom pra cacete.

— Estou surpresa por Matty deixá-lo cozinhar.

Ela deu de ombros.

— Ele teve que deixar. Eu o chantageei, ameacei divulgar um vídeo dele pelado dançando Spice Girls se ele não desse uma chance ao Sam.

— Você é terrível, Faye. — Levantei da cadeira e voltei ao trabalho. — Mas uma amiga maravilhosa.

— É, eu sou de Escorpião. Eu amo uma pessoa até que ela faça alguma coisa que me deixa maluca. Aí eu viro o diabo.

Gargalhei.

— Ah, merda! — falou Faye bem alto, pulando da cadeira. Ela colocou as mãos nos meus ombros e me girou, deixando-me de costas para a janela da frente. — Não entra em pânico.

— O quê?

— Olha, lembra quando seu marido morreu e você desapareceu por um ano, e depois voltou superdeprimida e começou a transar com um idiota, que, na verdade, não era um idiota, mas um homem ferido por ter perdido a esposa e o filho? Aí vocês começaram um sex-cionamento meio esquisito, em que fingiam que estavam com outras pessoas, e, um dia, vocês se deram conta de que "olha, quero que você seja você e que eu seja eu" e se apaixonaram? E aí você descobriu que seu marido estava envolvido no acidente que provocou a morte da família dele, e a coisa ficou feia, e o cara saiu da cidade e, mesmo assim, sem nenhuma explicação, ele continuou a deixar recadinhos que fizeram você ficar ainda mais confusa e magoada e "meu Deus, parece que estou de TPM nas quatro semanas do mês e não posso mais tomar sorvete porque minhas lágrimas quentes derretem o pote todo"? Você se lembra disso tudo?

Eu pisquei.

— Sim, isso me parece familiar. Obrigada pelo flashback.

— De nada. Então tá, não surta, porque é o seguinte: sabe o cara por quem você se apaixonou? Ele está do outro lado da rua, entrando na loja de vodu.

Dei meia-volta e vi Tristan parado na frente da loja do Sr. Henson. Meu coração parecia que ia parar de bater, e senti um formigamento se espalhando pelo corpo.

Tristan.

— Você está surtando — disse ela.

Balancei a cabeça.

— Não estou.

— Você está surtando — repetiu Faye.

— Estou. O que ele está fazendo aqui?

— Acho que você tem que ir lá descobrir — disse Faye. — Você merece uma resposta pra todos aqueles bilhetinhos.

Ela tinha razão. Eu precisava saber. Eu precisava pôr um ponto final nesse assunto. Precisava seguir em frente, abrir mão de qualquer fiapo de esperança de que um dia ele voltaria para mim. Porque eu definitivamente ainda estava esperando por ele.

— Matty, Liz vai sair pra almoçar — gritou Faye.

— Ela acabou de chegar. E ainda está na hora do café da manhã! — retrucou ele.

— Tudo bem. Ela vai fazer um intervalo para o café da manhã então.

— Nada disso. Ela tem que trabalhar o turno todo.

Faye começou a cantarolar "Spice Up Your Life", e Matty ficou vermelho como um pimentão.

— Pode ir, Liz. Demore o tempo que precisar.

Capítulo 41

Tristan

Estacionei na porta da loja do Sr. Henson e corri para dentro. Ele tinha me ligado no dia anterior e parecia bastante estressado, dizendo que a loja ia fechar por causa do idiota da cidade. Tanner provavelmente estava envolvido nisso, e o Sr. Henson não devia estar nada bem. Eu precisava fazer alguma coisa para ajudá-lo, afinal, ele foi a primeira pessoa a me estender a mão quando eu estava completamente perdido.

Quando entrei na Artigos de Utilidade, levei um susto ao ver que o Sr. Henson tinha encaixotado tudo. Toda a magia que havia naquele lugar parecia ter desaparecido. As prateleiras estavam vazias. Todas as misteriosas mercadorias foram guardadas.

— O que diabos está acontecendo? — perguntei, indo na direção do Sr. Henson.

— Tanner conseguiu. Vou fechar a loja.

— O quê? Achei que o senhor fosse me ligar antes de decidir qualquer coisa. — Passei os dedos pelo cabelo. — O senhor não pode fechar a loja. Ele convenceu as pessoas na reunião do conselho? Ele não pode fazer isso!

— Não importa mais, Tristan. Já vendi a loja.

— Pra quem? Vou desfazer esse negócio de qualquer jeito. Pra quem o senhor vendeu?

— Para o idiota da cidade.

— Tanner não pode ficar com a loja. O senhor não pode deixar ele ganhar.

— Eu não estava falando do Tanner.

— Então de quem está falando?

Ele virou, pegou minha mão e colocou um molho de chaves nela.

— De você.

— O quê?

— É sua, cada centímetro, cada metro quadrado — disse o Sr. Henson.

— O que o senhor está falando?

— Bem. — Ele se sentou sobre uma caixa. — Já vivi meu sonho. Já experimentei a magia que esse lugar pode oferecer. E agora quero passá-lo para alguém que precisa de um pouquinho de magia na vida. Alguém que precisa continuar sonhando.

— Não vou ficar com a loja.

— Ah, mas essa é a beleza da coisa. Você vai ficar com ela, sim. Já e sua. Já cuidei de toda a papelada. Tudo o que precisa fazer é rubricar alguns papéis.

— E o que eu vou fazer com isso? — perguntei.

— Você tem um sonho, Tristan. Sua loja de móveis artesanais. Sua e do seu pai. Aqui você vai ter uma clientela muito maior do que eu consegui com meus cristais e o tarô. Nunca deixe ninguém acabar com seu sonho, meu filho. — Ele se levantou da caixa, foi até o balcão, pegou seu chapéu, colocou-o na cabeça e seguiu na direção da porta.

— E o senhor? O que vai fazer? — perguntei ao vê-lo sair, o sininho tocando.

— Vou procurar um novo sonho, porque nunca somos velhos demais pra sonhar, pra descobrir um pouco de magia. Ouvi por aí que a cidade precisa de algumas reformas e tenho um dinheiro guardado. Nós nos falamos depois, nos veremos em breve.

Ele saiu, dando uma piscadela.

Corri até a porta e olhei para a rua, mas o Sr. Henson já tinha desaparecido.

Por um momento pensei que ele fosse fruto da minha imaginação, mas, quando vi as chaves na minha mão, percebi que era real.

— O que você está fazendo aqui?

Eu me virei e vi Elizabeth atrás de mim, com os braços cruzados.

— Lizzie — murmurei, quase chocado por vê-la tão perto. — Oi.

— Oi? — Ela bufou e entrou na loja. Eu a segui. — Oi? — repetiu, agora gritando. — Você desaparece durante meses, sem nem ao menos me dar uma chance de me explicar, e de repente volta e tudo que diz é "oi"? Você é... você é... um PUTO!

— Lizzie — falei, dando um passo na direção dela. Ela recuou.

— Não. Não chegue perto de mim.

— Por que não?

— Porque, sempre que você chega perto de mim, não consigo pensar direito, e, nesse momento, preciso dizer algumas coisinhas. — Ela fez uma pausa e olhou ao redor. — Meu Deus, onde estão as coisas? Por que esse monte de caixas?

Eu a observei por um instante. Seu cabelo estava mais comprido e mais claro. Ela não usava maquiagem, e seus olhos tinham o poder de me deixar apaixonado novamente.

—Você ficou com ela.

— O quê? — perguntou Elizabeth, encostando no balcão.

Eu me aproximei dela, apoiando minhas mãos na bancada, cercando-a.

— Você ficou com Jamie.

Sua respiração tornou-se irregular, e ela olhou para os meus lábios. Fitei os dela.

— Tristan, não tenho ideia do que você está falando.

— No dia do acidente, minha mãe estava sozinha na sala de espera, porque eu e meu pai estávamos no avião, voltando de Detroit. Você a viu, a abraçou.

— Era sua mãe?

Assenti.

— E ela disse que, quando Jamie e Charlie saíram da cirurgia, você ficou com Jamie. Você segurou a mão dela. — Meus lábios pairavam sobre ela, e eu podia sentir sua respiração. — O que aconteceu quando você estava no quarto com Jamie?

Ela piscou algumas vezes antes de inclinar ligeiramente a cabeça para trás para fitar meu rosto.

— Eu me sentei ao lado dela, segurei sua mão e disse que ela não estava sozinha.

Passei a mão pela testa ao ouvir suas palavras.

— Ela não sofreu, Tristan — continuou ela. — Quando faleceu, os médicos disseram que ela não sentiu nenhuma dor.

— Obrigado — eu disse. Precisava saber disso.

Minha mão esquerda deslizou até a cintura de Elizabeth.

— Tristan, não.

— Diga para eu não te beijar — supliquei. — Diga para eu não fazer isso.

Ela não disse nada, seu corpo trêmulo junto ao meu. Minha boca se aproximou da dela, e eu a beijei com intensidade, pedindo perdão por tudo que fiz, por todos os erros que cometi. Quando nossos lábios se separaram, ela ainda estava tremendo.

— Eu te amo — eu disse.

— Não. Você não me ama.

— Amo.

— Você me abandonou! — gritou ela, afastando-se. Foi para o outro lado da loja, esfregando a boca com as costas da mão. — Você me abandonou sem me dar a chance de explicar.

— Não consegui lidar com tudo que estava acontecendo. Pelo amor de Deus, Lizzie, foi tudo muito rápido!

— E você acha que eu não sei disso? Eu estava passando pelos mesmos pesadelos que você e queria explicar o que aconteceu. Queria que as coisas entre nós dessem certo.

— Ainda quero que dê certo.

Ela riu com sarcasmo.

— Então foi por isso que você continuou deixando aqueles bilhetes? Era um sinal de que você queria que desse certo? Porque você acabou me confundindo ainda mais. Acabou me magoando ainda mais.

— Do que você está falando?

— Dos bilhetinhos. Aqueles que você deixou na janela do meu quarto nos últimos cinco meses, com suas iniciais. Como os bilhetes que trocávamos antes.

Estreitei os olhos.

— Lizzie, eu não deixei nenhum bilhete pra você.

— Pare com essa palhaçada.

— Não, é sério. Eu só voltei à cidade hoje.

Ela olhou para mim como se não me reconhecesse. Eu me aproximei, e ela se afastou.

— Pare. Pare. Não quero mais ficar brincando, Tristan. Talvez, se você tivesse voltado alguns meses atrás, eu teria te perdoado. Talvez até um mês atrás, mas hoje, não. Pare com os bilhetes e não brinque mais com meu coração, nem com o da minha filha.

Ela virou de costas e saiu da loja, deixando-me extremamente confuso. Quando fui atrás dela, ela já tinha voltado para o café do outro lado da rua.

Senti um aperto no peito e voltei para a loja. Quando a sineta tocou de novo, eu me virei rápido, na esperança de que fosse Elizabeth. Mas era Tanner.

— O que você está fazendo aqui? — perguntou ele, a voz ansiosa.

— Agora não, Tanner. Não estou de bom humor.

— Não, não, não. Você não pode estar aqui. Você não pode ter voltado. — Ele começou a andar de um lado para o outro, passando a mão na nuca. — Você vai acabar arruinando tudo. Ela estava quase voltando pra mim. Ela estava se reaproximando de mim.

— O quê? — O olhar dele me deu ânsia de vomito. — O que você fez?

Ele bufou.

— É meio ridículo. Você vai embora de repente, larga ela sozinha por meses e, no segundo que volta, ela já está em seus braços. Beijando você como se fosse a merda do príncipe encantado. Meus parabéns. — Ele revirou os olhos e foi até a porta. — Não deveria ser assim — murmurou para si mesmo ao sair da loja.

Fui atrás de Tanner, seguindo-o até a oficina.

— Foi você quem deixou os bilhetes na casa da Elizabeth?

— O quê? Foi mal, mas você era o único que podia fazer isso?

— Você usou minhas iniciais.

— Ah, vamos lá, Sherlock. Será que você é o único com as iniciais T e C?

Ele foi até um carro, abriu o capô e começou a consertar uma peça.

— Mas você sabia que ela ia pensar que era eu. Como você descobriu sobre os bilhetes?

— Vai com calma, cara, você fala como se eu tivesse câmeras vigiando vocês dois.

Ele olhou para mim com um sorriso inquietante. Fui até ele, puxei-o pela gola da camisa e joguei-o contra um carro.

— Você é maluco? Qual é o seu problema?

— Qual é o meu problema? — berrou. — Qual é o *meu* problema? Eu ganhei no cara ou coroa! E ele a tirou de mim! Eu disse cara, e ele, coroa, e a moeda caiu no cara! Mas ele achou que poderia simplesmente fazê-la se apaixonar por ele. Foi ele quem estragou tudo. Ela era minha. E zombou de mim durante anos! Implorou que eu fosse o padrinho de casamento dele. Que eu fosse o padrinho de batismo da filha dele. Por anos e anos ele ficou esfregando aquela felicidade na minha cara, quando Elizabeth deveria ser minha! Até que eu resolvi consertar tudo.

— O quê? — perguntei, soltando a camisa dele. Os olhos de Tanner estavam arregalados, enlouquecidos, e ele não conseguia parar de sorrir. — Consertar o quê?

274

— Ele disse que o carro estava com problemas. Pediu que eu desse uma olhada, porque ia passar um dia fora da cidade com Emma. Eu sabia que era um sinal, que ele queria que eu fizesse aquilo.

— Aquilo o quê?

— Que eu cortasse o freio. Ele estava me devolvendo Elizabeth. Porque eu ganhei no cara ou coroa. E tudo foi perfeito, mas quando ele pegou a estrada, Emma não estava no banco de trás, ela estava doente.

Eu não conseguia mais compreender suas palavras. Eu não acreditava no que ele estava dizendo.

— Você tentou matar os dois? Você cortou o freio?

— EU GANHEI NO CARA OU COROA! — berrou Tanner, como se suas palavras fizessem sentido.

— Você é completamente louco.

Ele riu.

— Eu sou louco? Você está apaixonado por uma mulher cujo marido assassinou sua família!

— Ele não matou ninguém. Foi você. Você matou minha família.

Ele negou, balançando o dedo.

— Não, era Steven quem estava atrás do volante. Era ele quem estava dirigindo. Eu só fui o mecânico que deu uma olhada no carro.

Empurrei Tanner contra o carro mais uma vez.

— Isso não é nenhum jogo. É com a vida das pessoas que você está brincando.

— A vida é um jogo, Tristan. E é melhor você ir embora agora, porque eu já ganhei. Chegou a hora de eu receber meu prêmio, e a última coisa que preciso é de alguém no meu caminho.

— Você é doente — falei, afastando-me dele. — Se você chegar perto de Elizabeth, eu mesmo te mato.

Tanner riu de novo.

— Qual é, cara, você vai me matar? Acho que já tenho o triplo da sua experiência nessa categoria. Ou o quádruplo, contando com hoje, mais tarde.

— Como assim?

— Você acha mesmo que Elizabeth ficaria comigo tendo ao seu lado uma menininha que a lembrasse do marido morto o tempo todo?

— Se você encostar o dedo em Emma... — ameacei, tentando me controlar ao máximo para não dar um murro na cara dele.

— O quê? O que você vai fazer? Me matar?

Nem me lembro de ter socado a cara dele.

Mas lembro dele estirado no chão.

— Lizzie! — gritei, entrando no café. — Temos que conversar.

— Tristan, estou trabalhando. Tenho certeza de que já falamos tudo.

Segurei seu antebraço e puxei-a.

— Lizzie, é sério.

— Tire suas mãos dela — disse Faye. — Agora!

— Faye, você não está entendendo. Lizzie, foi Tanner. Ele que fez tudo isso. Foi ele quem deixou os bilhetes, causou o acidente, ele estava por trás de tudo.

— Do que você está falando? — perguntou Elizabeth, a confusão transparecendo em seus olhos.

— Explico depois, agora preciso saber onde está Emma. Ela está em perigo, Lizzie.

— O quê?

Faye suspirou.

— O que você fez com Tanner? — indagou, olhando para o outro lado da rua. Dois policiais conversavam com ele, e Tanner apontava na minha direção. *Merda*.

— Ele é doente. Ele disse que vai machucar Emma.

Elizabeth tremia, extremamente nervosa.

— Por que ele diria isso? Sei que Tanner não é nenhum santo, mas ele nunca iria...

Ela foi interrompida quando os policiais entraram no café

— Tristan Cole, você está preso por agredir Tanner Chase.

— O quê? — Elizabeth respirou fundo, completamente confusa. — O que está acontecendo?

O policial continuou falando enquanto me algemava.

— Esse cara foi flagrado pela câmera de segurança da oficina agredindo Tanner Chase. — Ele se voltou para mim. — Você tem o direito de permanecer calado. Tudo que disser poderá e deverá ser usado contra você no tribunal. Você tem direito a um advogado e, se não puder pagar um, um defensor lhe será indicado.

Eles me arrastaram para fora do café, e Elizabeth veio atrás de nós.

— Espere, isso só pode ser um mal-entendido. Tristan, fale pra eles. Diga que tudo é um engano — implorou ela.

— Lizzie, cuida da Emma, tá? Assegure-se de que ela esteja bem.

Eu realmente esperava que ela acreditasse em mim. Eu realmente esperava que ela garantisse que Emma estivesse bem.

~

— Deixo você sozinho na loja por três horas e, quando volto, te encontro atrás das grades — brincou o Sr. Henson.

— O que você está fazendo aqui? — perguntei, confuso.

Ele franziu o cenho, e um policial abriu a cela.

— Paguei sua fiança.

— Como sabia que eu estava aqui?

— Ah, eu vi nas cartas de tarô. — Revirei os olhos, e ele riu. — Tristan, essa cidade é a mais fofoqueira de todas. Ouvi as pessoas falarem. E esse passarinho me contou — disse ele ao virarmos no corredor.

Elizabeth levantou do banco na entrada da delegacia e veio até mim.

— Tristan, o que está acontecendo?

— Emma está em segurança?

Ela fez que sim com a cabeça.

— Ela está com os avós.

— Você explicou a eles o que está acontecendo?

— Ainda não, só pedi que cuidassem dela. Nem eu sei o que está acontecendo, Tristan.

— Tanner armou tudo, Lizzie. Foi tudo culpa dele. Foi ele quem deixou os bilhetes nos últimos cinco meses. Ele provocou o acidente de Steven. Ele mesmo me contou, Lizzie. Você tem que acreditar em mim. Ele acha que tudo é um tipo de jogo, e tenho certeza de que não vai desistir até conseguir o prêmio.

— E qual é o prêmio?

— Você.

Ela engoliu em seco.

— O que nós vamos fazer? Como podemos provar que ele fez tudo isso?

— Não sei. Não sei qual é o próximo passo, mas temos que falar com Sam e levar a polícia até sua casa.

— O quê? Por quê?

— Tanner disse algo sobre câmeras. Acho que ele instalou alguma coisa na sua casa.

As mãos dela tremiam, e eu as segurei.

— Vai dar tudo certo — garanti. — Vamos pensar numa forma de resolver isso. Vai ficar tudo bem.

Capítulo 42

Elizabeth

Um grupo de policiais foi até a minha casa junto com Sam e o pai dele para procurar câmeras escondidas.

Eles encontraram oito, incluindo uma dentro do meu jipe.

Acho que vou vomitar.

Eram câmeras bem pequenas, as mesmas que Sam tinha mencionado quando trocou as fechaduras.

— Não acredito nisso. Que droga, Elizabeth. Desculpe — falou Sam, franzindo a testa. — Tanner foi a única pessoa da cidade que comprou essas câmeras.

— Quantas você vendeu pra ele?

Ele engoliu em seco.

— Oito.

— Como ele pôde fazer isso? Como ele conseguiu instalar essas câmeras? Ele estava nos vigiando todo esse tempo? — perguntei aos policiais, que recolhiam o equipamento.

— É difícil dizer, senhora, mas vamos investigar. Vamos colher as digitais e buscar mais provas. Vamos solucionar esse caso.

Depois que todos foram embora, Tristan me abraçou.

— Temos que buscar Emma. Você precisa ficar ao lado dela.

— Sim, vamos.

Tristan ergueu meu queixo para que eu olhasse bem dentro de seus olhos.

— Vamos resolver tudo isso, Lizzie. Eu prometo.

Durante o percurso até a casa de Kathy e Lincoln, rezei para que aquilo fosse verdade.

~

— Liz, o que você está fazendo aqui? — perguntou Lincoln, abrindo a porta. Tristan ficou no carro me esperando.

— Sei que Emma ia passar a noite com vocês, mas acho que eu me sentiria melhor se ela ficasse comigo hoje.

Lincoln franziu o cenho, e Kathy se aproximou para me cumprimentar.

— Liz, o que está acontecendo?

— Só vim buscar Emma. — Sorri. — Prometo que explico tudo depois.

— Mas Tanner acabou de levá-la. Ele disse que você estava com problemas no carro e queria que ele a deixasse em casa.

Meu Deus.

Virei e olhei para Tristan. A preocupação estava tão clara em meu rosto que ele fechou a mão e mordeu o próprio punho. Corri na direção dele.

— Tanner está com ela.

— Ligue pra polícia — disse ele.

Entrei no carro, e ele começou a dirigir. Falei com os policiais, e eles disseram que estavam a caminho da minha casa e que nos encontrariam lá.

Eu não conseguia parar de tremer. Minha mente estava confusa, e eu não enxergava direito por causa das lágrimas. Minha cabeça doía. Fui ficando mais tonta a cada segundo. Eu ia desmaiar. Eu ia...

— Lizzie — disse Tristan com firmeza, agarrando minha mão. — Lizzie! Olha pra mim. Olha pra mim!

Solucei, incapaz de olhar para ele.

— Preciso que você respire, por mim, está bem? Preciso que você respire.

Inspirei fundo.

Mas não sei se soltei o ar dos pulmões.

— Você consegue pensar em algum lugar para onde ele possa tê-la levado? — interrogou um policial.

— Não. Não. — O parceiro dele estava ao meu lado, anotando tudo. O processo todo era lento, e eu não entendia por que eles estavam parados ali quando poderiam estar procurando Emma. — Desculpe, quando vocês realmente vão começar a procurar minha filha?

Tristan deu vários telefonemas. Ele fez questão de contar tudo a todos, e não demorou muito para Faye, Sam, Kathy e Lincoln aparecerem na minha sala. Mamãe e Mike já estavam na estrada a caminho e deveriam chegar logo.

— Senhora, sei que está preocupada, mas há um protocolo a ser seguido quando uma criança está desaparecida. Precisamos de uma foto recente e também de mais detalhes, como a cor do cabelo e dos olhos. Ela tinha algum motivo para, talvez, fugir de casa?

— Você está de brincadeira. — Bufei, sem conseguir acreditar nas palavras que saíram da boca dele. — Acabamos de encontrar câmeras escondidas na minha casa, e você tem a coragem de me perguntar se minha filha fugiu em vez de ter sido raptada? Tanner Chase está com a minha filha, então, que tal fazer a droga do seu trabalho e encontrá-la? — berrei, sem querer descontar tudo nos policiais, mas eu não tinha a quem culpar naquele momento. Eu me sentia tão impotente. *Fui eu que fiz isso. Isso é culpa minha. Minha filhinha pode estar ferida, ou pior ainda...*

— Lizzie, vai dar tudo certo. Vamos encontrá-la — murmurou Tristan em meu ouvido. — Vai ficar tudo bem.

Mas não a encontramos naquela noite. A busca continuou por horas, e checamos cada pedacinho da cidade, cada canto da floresta. Não encontramos nada. Absolutamente nada. Mamãe e Mike chegaram, e eles não sabiam o que dizer além de "eles vão encontrá-la".

Desejei que as palavras me trouxessem mais conforto, mas isso não aconteceu. Eles estavam tão apavorados quanto eu.

Pedi a todos que fossem para casa, mas eles se recusaram e acabaram cochilando na sala. Quando finalmente cheguei no quarto, Tristan estava lá para me abraçar.

— Sinto muito, Lizzie.

— Ela é só uma criança... por que ele iria machucá-la? Ela é tudo pra mim.

Ele me abraçou por mais alguns minutos, até que ouvimos alguém bater na janela do meu quarto. Quando olhamos, um post-it estava grudado no vidro.

Tantos livros neste galpão. Qual será que Emma quer ler?
Venham descobrir sozinhos. –TC

— Meu Deus! — murmurei.

— Temos que chamar a polícia — alertou Tristan, pegando o telefone. Olhei pela janela e vi Bubba do lado de fora.

— Não, Tristan. Não podemos. Ele disse para irmos sozinhos.

Saí de casa, e Tristan me seguiu. Ele pegou o ursinho, que estava acompanhado de outro post-it.

Bibliotecas e galpões são uma mistura esquisita.
Galpões parecem melhores para carros, na minha opinião. –TC

— Ele está no seu galpão — eu disse a Tristan, que imediatamente me fez recuar com um gesto, seguindo na minha frente.

— Fique atrás de mim — pediu ele ao caminharmos na direção do seu quintal.

— Você é mesmo um herói, Tristan. — Tanner riu, olhando em nossa direção nas sombras, até que se aproximou da luz do galpão. — Olha como você cuida de Elizabeth.

— Tanner, o que está acontecendo? — perguntei, confusa e aterrorizada.

— Você ouviu isso? — sussurrou Tristan. Parei para ouvir o barulho de um carro dentro do galpão.

— Emma está lá dentro, não está? — perguntei a Tanner.

— Você sempre foi inteligente. É por isso que eu te amo. Idiota pra cacete, mas inteligente.

— Você tem que deixar ela sair, Tanner. O gás do escapamento faz mal. Ela pode acabar morrendo.

— Por que você escolheu esse cara? — perguntou ele, encostado na serra de mesa de Tristan. — Não entendo.

— Não escolhi Tristan, Tanner. Aconteceu.

Tristan se aproximou ainda mais do galpão, mas Tanner protestou.

— Não, não, não. Pode parar por aí, Casanova. Ou eu atiro. — Ele colocou a mão para trás e pegou uma arma. *Meu Deus.*

— O que você quer? — perguntei, chorando, meus olhos fixos no galpão onde o carro ainda estava ligado. *Minha filhinha...* — Tanner, por favor, deixa ela sair.

— Eu só queria você — respondeu ele, girando o revólver. — Desde o primeiro dia, eu queria você. E aí, Steven roubou você de mim. Vi você primeiro, mas ele não ligou. Ganhei no cara ou coroa e, mesmo assim, ele tirou você de mim. Depois que ele morreu, dei um tempo pra você chorar. Sentir falta dele. Fiquei aqui, te esperando e, de repente, do nada, esse cara aparece e rouba você de novo! — Tanner balançou as mãos, a emoção transbordando de seus olhos. — Por que você não me escolheu, Liz? Por que não voltou pra mim? Por que não consegue me ver?

— Tanner — falei, aproximando-me dela cautelosamente —, eu vejo você.

Ele negou.

— Não. Você só está com medo. Não sou burro, Liz. Não sou burro.

Encarei seu olhar assustado e continuei andando em sua direção. Precisei de todo meu autocontrole para esconder meu medo. Fiz de tudo para me manter calma.

— Não tenho medo de você, Tanner Michael Chase. Não tenho. — Toquei o rosto dele. Seus olhos se arregalaram, e sua respiração ficou pesada. — Eu vejo você.

Ele fechou os olhos, deixando seu rosto deslizar pela minha mão.

— Meu Deus, Liz. Você é tudo que eu sempre quis.

Minha boca roçou na dele, e senti seu hálito quente.

— Eu sou sua. Sou sua. Podemos fugir juntos — sugeri, minhas mãos tocando seu peito. — Podemos começar do zero.

— Só nós dois? — murmurou ele.

Minha testa encostou na dele.

— Só nós dois.

Sua mão livre tocou minhas costas, e eu estremeci. Os dedos dele levantaram minha blusa, e ele passou a mão pela minha pele.

— Meu Deus, eu sempre quis isso.

Senti seu hálito em meu pescoço, e ele me beijou suavemente. Um calafrio percorreu meu corpo. Sua língua tocou minha pele, explorando-a devagar.

Ouvimos o barulho do galpão se abrindo atrás de nós, e os olhos de Tanner se abriram.

— Sua vaca! — sibilou ele, sentindo-se traído. Ele me empurrou e ergueu a arma para atirar em Tristan, que tinha desaparecido dentro do galpão. Quando Tanner estava prestes a persegui-lo, agarrei sua perna, fazendo-o cair no chão.

A arma escorregou da mão dele e caiu entre nós, e nos engalfinhamos para pegá-la. O revólver estava entre nossas mãos, e Tanner me empurrou novamente, dando uma cotovelada no meu olho.

— Solta a arma, Liz! — gritou, mas eu não a soltei. Eu não conseguia. Tristan e Emma precisavam sair em segurança. Ele tinha que salvar minha filha. — Eu juro por Deus, Liz, eu vou atirar. Eu te amo, mas eu vou atirar. Solta a arma, por favor!

— Tanner, não faça isso! — implorei, sentindo a arma escorregar da minha mão. — Por favor.

Eu só queria que aquele pesadelo chegasse ao fim.

— Eu te amo — sussurrou ele, com lágrimas nos olhos. — Eu te amo.

O próximo som que ouvi foi o da arma disparando. Continuamos a lutar um com o outro, e ouvi o segundo tiro. Imediatamente senti alguma coisa queimar meu corpo, fazendo o vômito chegar à minha garganta. Meus olhos se arregalaram, e fiquei apavorada com todo o sangue. Era eu que estava sangrando? Eu estava morrendo?

— Lizzie! — gritou Tristan, saindo correndo do galpão com Emma nos braços.

Me virei para ele, meu corpo em choque, completamente coberto de sangue que não era meu. Tanner estava caído debaixo de mim, seu corpo imóvel, o sangue se derramando no chão. *Meu Deus.*

— Eu matei ele. Eu matei. Eu matei. — Chorei, tremendo incontrolavelmente.

Naquele momento, todo mundo que estava na minha casa já tinha ido para o jardim. Acho que ouvi gritos. Alguém dizia que ia ligar para a emergência. Uma mão pousou no meu ombro, suplicando que eu me levantasse. Emma não estava respirando, alguém disse. Outra voz mandava Tristan continuar a massagem cardíaca. Meu mundo girava. Parecia que tudo estava acontecendo em câmera lenta. As luzes vermelhas, brancas e azuis na frente da minha casa invadiam minha alma. Os paramédicos começaram a cuidar de Emma. Mamãe chorava. Faye soluçava. Alguém gritava meu nome.

Tinha tanto sangue.

Eu matei.

— Lizzie! — chamou Tristan, fazendo-me voltar à realidade. — Lizzie, meu amor. — Ele abaixou e tocou meu rosto. Minhas lágrimas caíram na mão dele, que abriu um sorriso triste. — Meu amor, você está em choque. Você foi baleada? Está ferida?

— Eu matei Tanner — murmurei, virando a cabeça para olhar o corpo dele, mas Tristan me impediu.

— Meu amor, não. Não foi você. Só preciso que você volte pra mim, tudo bem, Lizzie? Preciso que você abaixe a arma.

Olhei para minhas mãos cheias de sangue que ainda seguravam o revólver.

— Minha nossa — murmurei, soltando a arma. Tristan rapidamente me carregou no colo para longe do corpo imóvel de Tanner. Encostei a cabeça no peito dele enquanto os paramédicos corriam em nossa direção.

— Onde está Emma? — perguntei, olhando para todos os lados, procurando. — Onde está Emma?

— Ela está a caminho do hospital — explicou Tristan.

— Tenho que ir — falei, afastando-me de Tristan. Minhas pernas tremiam, e eu quase caí no chão. — Preciso ter certeza de que ela vai ficar bem.

— Lizzie — chamou ele, sacudindo meus ombros. — Preciso que você preste atenção em mim. Suas pupilas estão dilatadas, seus batimentos cardíacos, nas alturas, e sua respiração, irregular. Você tem que deixar o paramédico te examinar.

Os lábios dele continuaram se movendo. Tentei entender o que ele falava, mas não consegui.

Meu corpo ficou rígido, meus olhos fecharam.

Tudo ficou escuro.

～

— EMMA! — gritei, abrindo os olhos e sentando. Uma pontada de dor fez com que eu voltasse a deitar. Meus olhos percorreram o quarto, e vi equipamentos hospitalares.

— Bem-vinda de volta, querida — disse mamãe, sentando-se ao meu lado. Semicerrei os olhos, confusa. Ela se inclinou e passou a mão pelo meu cabelo. — Tudo bem, Liz. Vai ficar tudo bem.

— O que aconteceu? Onde está Emma?

— Tristan está com ela.

— Ela está bem? — perguntei. Tentei sentar novamente, mas uma dor no lado esquerdo do meu corpo não permitiu. — Jesus!

— Fique calma. A bala a atingiu de raspão na lateral do corpo. Emma está bem, só estamos esperando que ela acorde. Ela está com um tubo pra respirar melhor, mas está bem.

— Tristan está com ela? — perguntei.

Mamãe fez que sim. Minha cabeça começou a funcionar melhor quando olhei para o meu corpo. O lado esquerdo estava com ataduras, e eu estava coberta de manchas de sangue, minhas e de...

— Tanner... O que aconteceu com Tanner?

Mamãe franziu a testa, balançando a cabeça.

— Ele não resistiu.

Virei a cabeça e olhei pela janela. Eu não sabia se me sentia aliviada ou confusa.

— Você poderia dar uma olhada em Emma? — perguntei.

Ela beijou minha testa e disse que voltava logo. Mas eu preferia que ela não se apressasse. A solidão parecia ser a melhor coisa para mim.

Capítulo 43

Tristan

Eu me sentei ao lado do leito de Emma e olhei para aquela garotinha que já tinha passado por mais coisas que uma criança de 5 anos deveria experimentar. Seus pequenos pulmões se esforçavam para inspirar e expirar, seu peito subindo e descendo. O pequeno tubo em seu nariz trazia lembranças terríveis. O apito das máquinas em volta dela me recordava da última vez que segurei a mão de Charlie.

— Ela não é Charlie — murmurei para mim mesmo, tentando ao máximo não comparar as duas situações.

Os médicos disseram que Emma ficaria bem, que só levaria um tempo até ela acordar, mas eu não conseguia parar de me preocupar e de me lembrar da dor em minha alma. Peguei a mãozinha dela e me inclinei sobre o leito.

— Oi, Fifi. Você vai ficar bem. Só queria que você soubesse que vai ficar bem, porque conheço sua mãe, e sei que você tem a mesma força dela. Então, continue a lutar, tá? Continue lutando, e depois quero que você abra os olhos. Quero que você volte para nós, Fifi. Preciso que você abra os olhos — supliquei, beijando a mão dela.

As máquinas começaram a apitar bem rápido. Aquilo me provocou uma pontada no peito. Olhei em volta.

— Alguém me ajude! — gritei.

Duas enfermeiras entraram correndo. Levantei e cedi espaço para elas. *Isso não pode estar acontecendo de novo. Não pode est...*

Virei-me de costas e comecei a rezar. Eu nunca fui do tipo religioso, mas tinha que tentar, só para o caso de Deus estar me ouvindo naquele dia.

— Pluto — murmurou uma voz bem baixinha.

Corri de volta para Emma. Seus olhos azuis estavam abertos, e ela parecia confusa, perdida. Peguei sua mão e olhei para as enfermeiras.

Elas sorriam, e uma disse:

— Ela está bem.

— Ela está bem? — repeti.

Elas assentiram.

Ela está bem.

— Meu Deus, Fifi, você me deu um susto — falei, beijando sua testa.

Ela inclinou a cabeça um pouco para o lado.

— Você voltou?

Apertei a mão dela.

— Sim, eu voltei. — Ela tentou falar, mas ainda respirava com dificuldade, e começou a tossir. — Devagar. Respire fundo.

Ela obedeceu e se acomodou no travesseiro, os olhos sonolentos.

— Achei que você e Zeus tinham ido embora pra sempre, como o papai.

Ela estava quase dormindo, e aquelas palavras partiram meu coração.

— Estou aqui, querida.

— Pluto? — sussurrou, os olhos quase fechando.

— Sim, Fifi?

— Por favor, não vá embora de novo.

Sequei as lágrimas e pisquei algumas vezes.

— Não se preocupe. Eu não vou a lugar algum.

— Zeus também não?

— Zeus também não.

— Promete? — perguntou ela, bocejando.

Emma dormiu antes de escutar minha resposta, mas ainda assim respondi, sussurrando gentilmente em seus sonhos:

— Prometo.

— Tristan?

Vi Hannah na porta.

— Ela acabou de acordar — avisei, levantando. — Está bastante cansada, mas bem.

Percebi o alívio em seu olhar, e ela levou a mão ao coração.

— Graças a Deus. Liz acordou e me pediu que eu visse como ela estava.

— Ela acordou? — perguntei. Comecei a andar até a porta para ir ao quarto de Elizabeth, mas parei e olhei para Emma.

— Pode ir. Eu fico com ela — ofereceu Hannah.

~

— Você acordou.

Elizabeth estava sentada, olhando pela janela. Ela se voltou em minha direção, e um sorriso surgiu em seus lábios.

— Emma está bem?

— Sim. — Sentei ao lado dela. — Ela está bem. Sua mãe está com ela. Como você está?

Peguei sua mão, e ela olhou para os nossos dedos.

— Acho que levei um tiro.

— Fiquei apavorado, Lizzie. Você me assustou.

Ela puxou a mão da minha. Deu um pequeno suspiro e fechou os olhos.

— Não sei como lidar com isso tudo. Só quero ir pra casa com a minha filha.

Passei a mão pela nuca e estudei cada parte do seu rosto, as ataduras em seu corpo, as manchas de sangue. Sua expressão triste. Queria fazê-la se sentir melhor, menos sozinha, mas não sabia como.

— Você poderia perguntar aos médicos quando vamos pra casa?
— Claro — assenti. Levantei, parei na porta e disse: — Eu te amo, Lizzie.

Ela deu de ombros antes de voltar a olhar pela janela.

— Você não tem que me amar só porque levei um tiro, Tristan. Você deveria ter me amado antes disso.

Emma recebeu alta antes de Elizabeth e ficou em casa com Hannah. Eu não queria sair do lado de Lizzie até que ela fosse liberada. Quando chegou a hora, ela não recusou minha oferta de levá-la para casa, mas não abriu a boca durante todo o trajeto.

— Deixa que eu te ajudo — sugeri, saindo do lado do motorista e me apressando para ajudá-la a sair do carro.

— Estou bem — sussurrou ela, recusando. — Estou bem.

Eu a segui até a porta de casa; ela pediu que eu fosse embora, mas não fui. Hannah estava dormindo com Emma na caminha dela.

— Tristan, pode ir, de verdade. Eu estou bem, eu estou bem.

Fiquei pensando em quantas vezes ela iria repetir aquilo antes de perceber que era mentira.

— Vou tomar um banho e ir para a cama. — Ela foi até o banheiro e respirou fundo, segurando no batente da porta. Seu corpo vacilou por um instante, e eu me apressei em segurá-la, mas ela se afastou de mim. — Não preciso de você, Tristan. Estou bem sozinha — disse friamente. Mas dava para sentir, pelo tom de voz, que ela estava com muito medo. — Não preciso de mais nada, a não ser da minha filha — continuou suavemente, segurando minha camisa para não cair. — Eu... eu... — Ela começou a chorar e eu a abracei. Suas lágrimas molharam minha blusa. — Você me abandonou.

— Eu sinto muito, meu amor.

Suspirei. Eu não sabia o que dizer, pois era verdade, eu tinha abandonado as duas. Fugi quando as coisas se complicaram. Eu não sabia como lidar com o fato de que amava Elizabeth, porque amá-la significava que um dia eu poderia perdê-la, e perder as pessoas que você ama é a pior sensação do mundo.

— Fiquei com medo — confessei. — Fiquei com raiva. E fiz tudo errado. Você precisa acreditar em mim. Eu não vou a lugar algum. Estou aqui. Estou aqui e vou ficar.

Ela virou de costas e limpou o nariz com a mão, tentando parar de chorar.

— Desculpe, só preciso de um banho.

— Vou esperar você terminar.

Seus lindos olhos castanhos olharam para mim, e um leve sorriso surgiu em seus lábios.

— Está bem.

Ela fechou a porta do banheiro. Ouvi o barulho da água e encostei na porta, esperando que ela terminasse.

— Estou bem, estou bem — repetia ela.

Ouvi sua voz ficar trêmula, e o choro voltou. Levei a mão à fechadura e abri a porta. Vi que ela estava sentada na banheira, as mãos cobrindo o rosto, o sangue pisado escorrendo do cabelo. Sem pensar, entrei na banheira e a abracei.

— Tanner se foi? — perguntou ela, tremendo.

— Sim.

— Emma está bem?

— Sim.

— Eu estou bem?

— Sim, Lizzie. Você está bem.

Fiquei com ela aquela noite toda. Não deitei ao seu lado, mas sentei na cadeira de sua escrivaninha, dando a ela a distância de que precisava, mas também deixando claro que ela nunca mais estaria sozinha.

Capítulo 44

Elizabeth

Acordei com o barulho do cortador de grama vindo do quintal. O sol tinha acabado de nascer, e não havia qualquer motivo para alguém cortar a grama àquela hora. Fui até a varanda nos fundos da casa e vi Tristan no local onde havia acontecido o incidente com Tanner. Levei a mão ao coração e desci a escada, sentindo a grama molhada da manhã nos meus pés.

— O que você está fazendo? — perguntei.

Ele olhou na minha direção e desligou o cortador.

— Eu não queria que você visse o gramado daquele jeito quando olhasse para o quintal. Eu não queria que você se lembrasse do que aconteceu. — Ele colocou a mão no bolso e pegou uma moeda. — Tanner deixou cair essa moeda... você já a tinha visto antes? — Ele a jogou na minha direção. — É uma moeda com dois lados iguais. É só cara.

— Ele nunca ganhou nenhum cara ou coroa, então? — constatei, um pouco chocada.

— Nunca. Não acredito que não percebi tudo antes, que ele quase conseguiu fazer mal a você e a Emma... Eu devia ter percebido que tinha algo errado. Devia ter percebido...

Ele é tudo para mim. Eu queria muito pensar melhor sobre toda aquela situação. Sobre o fato de ele ter nos abandonado, sobre seu retorno. Eu queria duvidar de que ele poderia ser a pessoa certa para mim, mas meu coração silenciava minha mente. Meu coração dizia apenas para eu sentir, viver o momento, porque era tudo que eu tinha, aqui e agora. Num piscar de olhos, eu poderia perder tudo. Eu precisava abraçar esse homem que estava diante de mim.

— Eu te amo — sussurrei.

Os olhos sombrios de Tristan sorriram, melancólicos, e ele colocou as mãos nos bolsos.

— Não mereço isso.

Eu me aproximei, e meus dedos se entrelaçaram em sua nuca, trazendo seus lábios para perto dos meus. Os braços dele envolveram minha cintura, e eu estremeci ao sentir um pouco de dor.

— Você está bem? — perguntou ele.

— Já senti dor muito pior.

Meus lábios tocaram os dele, e senti o ar saindo de sua boca. Acompanhei sua respiração; enquanto ele expirava, eu inspirava. O sol da manhã se erguia atrás de nós, iluminando levemente a grama.

— Eu te amo — sussurrei novamente.

Ele encostou a testa na minha.

— Lizzie... preciso provar que não vou abandonar você de novo, que sou bom o suficiente pra você e pra Emma.

— Cala a boca, Tristan.

— O quê?

— Eu disse cala a boca. Você salvou a vida da minha filha. Salvou a minha vida. Você não é só bom. Você é tudo pra nós.

— Nunca vou deixar de amar vocês duas, Lizzie. Prometo que vou te provar o quanto eu te amo por toda a minha vida.

Meu rosto roçou a barba espessa, e meu dedo tocou seus lábios.

— Tristan?

— Sim?

— Me beija?

— Claro.

E foi exatamente o que ele fez.

Na manhã seguinte, Emma e eu estávamos sentadas na varanda da frente, bebendo o chá e o chocolate quente que o Sr. Henson havia trazido. Um carro se aproximou, e Emma começou a gritar, superanimada, quando o motorista parou e abriu porta de trás. Zeus saiu correndo do carro na direção dela.

— Zeus! — gritou ela com um sorriso enorme no rosto. — Você voltou!

Ele balançava o rabo de alegria, a animação tomando conta dos dois. Derrubou Emma no chão e começou a lambê-la.

Fiquei muito feliz ao ver o casal de meia-idade que saiu do carro.

— Desculpe — falei, apontando para Emma e Zeus. — Eles são muito amigos.

Antes que eu falasse mais alguma coisa, a senhora me abraçou.

— Muito obrigada — murmurou ela. — Muito obrigada.

Quando nos separamos, sorri para aquela que, sem dúvida, era a mãe de Tristan.

— Ele tem seus olhos. Da primeira vez que o vi, achei algo familiar. E, agora entendo, eram os seus olhos.

— Acho que não nos apresentamos ainda. Sou Mary, e esse é meu marido, Kevin.

— É um prazer conhecê-los. Sou Elizabeth, e aquela é minha filha, Emma.

— Ela é linda — disse Kevin. — Ela se parece muito com você.

— Você acha? Sempre achei que era a cara do pai.

— Acredite em mim, querida. Ela é você em miniatura. Vamos entrar. Tristan disse que você decorou a casa. Que tal você me mostrar tudo?

Mary deu uma piscadela, e nós entramos. Emma e Zeus nos seguiram.

— Então, Tristan já contou sobre a loja que o Sr. Henson deixou pra ele? — prosseguiu ela.

— Contou sim, e achei incrível. Tristan é muito talentoso. Acho que ele vai se sair muito bem. — Sorri e me virei para Kevin. — Ouvi dizer que o senhor vai ser sócio dele?

— Esse é o plano — respondeu. — Acho que vai ser muito bom. Um novo começo pra todos nós.

Enquanto eu mostrava a nova casa de Tristan, Mary comentou que eu deveria pensar em voltar a trabalhar com design de interiores. Pela primeira vez em muito tempo, considerei a possibilidade de recomeçar. Eu não sentia medo como antes. Na verdade, a ideia me inspirava. Eu tinha esperança de que, no futuro, minha filha sentisse muito orgulho de mim.

Capítulo 45

Elizabeth

— Então, vocês estão juntos... Tipo, juntos mesmo? — perguntou Faye uma noite enquanto estávamos sentadas na gangorra do parquinho. Emma corria com outra criança, e de vez em quando brincava no escorregador e no balanço. Já fazia meses desde o incidente com Tanner, e, desde então, Tristan estava trabalhando na loja que havia ganhado do Sr. Henson, transformando-a em seu sonho.

— Não sei. Quer dizer, estamos bem, mas não sei o que isso significa. Nem sei se preciso saber. É bom tê-lo junto de mim.

Faye franziu o cenho.

— Não — disse ela, pulando da gangorra e fazendo com que eu me estatelasse no chão.

— Ai! — gemi, passando a mão na bunda. — Você devia ter me avisado que ia sair da gangorra.

— Mas qual é a graça de avisar? — Ela riu. — Agora, vamos.

— Vamos pra onde?

— Pra loja do Tristan. Essa coisa de "não sei o que está rolando entre nós, mas tudo bem" é um monte de merda e já está me irritando Vamos exigir respostas dele agora. Vamos, Emma!

Emma correu.

— Vamos pra casa, mamãe?

— Não. Vamos ver o Puto — respondeu Faye.

— Você quer dizer o Pluto? — perguntou Emma.

Faye gargalhou.

— Sim, foi isso que eu quis dizer.

Elas começaram a descer a rua, e corri para alcançá-las.

— Acho que poderíamos fazer isso outro dia. Ele está estressado com a loja, trabalhando com o pai e arrumando tudo para a inauguração na semana que vem. Acho melhor não incomodá-lo.

Elas não me deram bola e continuaram no mesmo ritmo. Quando chegamos, as luzes da loja estavam apagadas.

— Viu? Ele nem está aqui.

Faye revirou os olhos.

— Aposto que ele está dormindo num canto.

Ela virou a fechadura, que estava destrancada, e entrou.

— Faye! — protestei num sussurro. Emma a seguiu, e eu me apressei em acompanhá-las, fechando a porta atrás de mim. — Não deveríamos estar aqui.

— Bom, talvez eu não — concordou ela, acendendo a luz, iluminando centenas de plumas brancas espalhadas pela loja. — Mas você, definitivamente, deveria estar aqui. — Ela foi até mim e beijou minha testa. — Você merece ser feliz, Liz. — Ela se virou e saiu da loja, deixando Emma e eu de pé ali.

— Está vendo as plumas, mamãe? — perguntou Emma, animada.

Comecei a andar pela sala, tocando as obras de arte de Tristan, que estavam cobertas de plumas brancas.

— Sim, filha. Estou vendo.

— Eu estou apaixonado por você — disse uma voz baixa e grave, forçando-me a virar. Tristan estava na porta, com um terno preto e o cabelo penteado para trás. Meu coração parecia que ia parar de bater, mas as batidas não importavam naquele momento.

— E eu estou apaixonada por você.

— Vocês ainda não tinham visto meus móveis, certo? — perguntou ele, andando pela sala, olhando cada peça em madeira que ele e seu pai haviam criado.

— Não. É maravilhoso. Você é maravilhoso. Essa loja vai ser um sucesso.

— Não sei — retrucou ele, sentando-se sobre uma cômoda. Havia algumas palavras gravadas nos puxadores e várias frases de livros infantis entalhadas nas gavetas. Era formidável. — Meu pai desistiu de ser meu sócio.

— O quê? — perguntei, confusa. — Por quê? Achei que era o sonho de vocês...

Ele deu de ombros.

— Ele disse que acabou de conseguir o filho de volta e não queria perdê-lo entrando numa sociedade com ele. Até entendo, mas não sei se consigo fazer tudo sozinho. Preciso encontrar um novo sócio.

— E você sabe se conseguiremos encontrar algum? — perguntei, sentando ao lado dele enquanto Emma corria, pegando as plumas.

— Não sei. Tem que ser a pessoa certa. Alguém inteligente. Que entenda um pouco de design de interiores, porque eu só sei vender móveis, mas acho que a loja teria mais sucesso se conseguíssemos combinar as coisas, entende? — Minhas bochechas ruborizaram. — Você conhece alguém que possa estar interessado? Preciso começar logo.

Abri um grande sorriso.

— Acho que conheço uma pessoa.

Ele passou o dedo nos meus lábios antes de levantar e ficar de frente para mim.

— Cometi muitos erros na vida e, provavelmente, ainda vou cometer outros. Eu estrago as coisas. Estraguei as coisas entre nós. Sei que talvez você nunca consiga me perdoar pelo que fiz, pela forma como fui embora, e não espero isso de você. Mas não vou desistir. Eu nunca vou parar de tentar consertar isso. Consertar nós dois. Eu te amo, Lizzie, e se você me der uma chance, vou passar o resto dos meus dias provando que sou seu. Com as partes boas, ruins e também as feias.

— Tristan — murmurei. Comecei a chorar, e ele me abraçou. — Senti tanto a sua falta — falei, encostando a cabeça em seu peito.

Ele abriu a gaveta do lado esquerdo da cômoda, e vi uma caixinha preta lá dentro. Ele a pegou e, quando abriu, vi um anel lindo, todo trabalhado em madeira, com um grande diamante no centro.

— Casa comigo.

— Eu... — Olhei para Emma. — Eu tenho uma filha. É um pacote completo, Tristan. Não quero obrigá-lo a entrar definitivamente na vida de Emma, mas ela faz parte da minha.

Ele abriu a gaveta do meu lado direito, onde havia uma caixinha preta menor. Meu coração derreteu na hora. Ele a abriu, e vi uma aliança praticamente idêntica à minha, mas num tamanho menor.

— Eu amo a sua filha, Lizzie. Ela não é um pacote. Emma é uma preciosidade. E cuidar dela pelo resto da minha vida vai ser uma honra. Porque eu te amo. Eu te amo. Amo seu coração, amo sua alma, amo você, Elizabeth, e nunca vou deixar de amá-la. De amar você e sua linda filha.

Ele foi até Emma, trouxe-a para junto de nós e sentou-a na cômoda ao meu lado.

— Emma e Elizabeth, vocês querem se casar comigo? — perguntou ele, segurando uma aliança em cada mão.

Eu estava sem palavras. Minha filhinha querida me deu uma cotovelada com um grande sorriso bobo nos lábios, o mesmo que eu provavelmente tinha nos meus.

— Mamãe, diz que sim! — ordenou ela.

Fiz exatamente o que ela disse.

— Sim, Tristan. Com toda a certeza do mundo.

Ele sorriu.

— E você, Emma? Quer casar comigo?

Ela ergueu as mãos e gritou o "sim" mais alto que eu já a tinha ouvido gritar. Ele colocou as alianças em nossos dedos e, um segundo depois, nossos melhores amigos e nossos familiares entraram na loja. Emma correu atrás de Zeus, dizendo para o cachorro que, agora, eles eram parte da mesma família.

Todos festejaram, comemorando nosso futuro juntos, e eu senti que meu sonho tinha se tornado uma nova realidade.

Tristan me abraçou, e nossas bocas se tocaram como se tivessem se passado séculos desde último beijo. Ele permaneceu com os lábios nos meus, saboreando-os, e eu retribuí seu beijo, prometendo silenciosamente que o amaria dali em diante. Ele encostou a testa na minha e eu suspirei, olhando o anel no meu dedo.

— Isso significa que você quer me contratar?

Ele me pegou no colo e me beijou intensamente, enchendo-me de esperança, felicidade e amor.

— Quero.

Epílogo

Tristan

Cinco anos depois

Debaixo da mesa de jantar que Emma me ajudou a construir, vi os três dormindo. Eles transformaram a mesa num forte, exatamente como faziam todos os sábados, quando assistíamos a filmes e acampávamos do lado de fora da casa. Emma dizia que já estava muito velha para brincar de faz de conta, mas o irmãozinho dela, Colin, insistia, e ela não conseguia recusar.

Colin era muito bonito e muito parecido com a mãe. Ele ria como ela, chorava como ela e amava como ela. Toda vez que ele beijava minha testa, eu sabia que era o homem mais sortudo do mundo.

Engatinhei para debaixo da mesa e dei um beijo na barriga da minha mulher. Em poucas semanas, estaríamos trazendo mais um milagre ao mundo. Acrescentando mais um membro à nossa linda família.

Fiquei olhando para Lizzie, Emma e Colin por um bom tempo. Zeus veio se juntar a nós, acomodando-se debaixo do braço de Emma. Como consegui ter uma segunda chance na vida? Como consegui ser feliz de novo? Lembro do momento exato em que morri. Lembro de estar sentado no quarto de um hospital quando o médico me deu a notícia de que Charlie havia morrido. Também morri naquele dia. A vida parou de existir, e eu parei de respirar.

Depois, Elizabeth apareceu e me ressuscitou. Ela insuflou vida em meus pulmões, apagando com sua luz as sombras da escuridão. Uma luz tão brilhante que comecei, aos poucos, a acreditar em dias felizes. Sem carregar a dor do passado e o medo do futuro. Parei de viver no passado e decidi abrir mão do futuro. Eu nos escolhi. Escolhi o presente.

Alguns dias ainda eram difíceis, e outros, bem mais fáceis. Nós nos amávamos de uma forma que nosso amor só aumentava. Nos dias tranquilos, nos abraçávamos. Nos sombrios, nos abraçávamos com mais força.

Deitei ao lado de Elizabeth, abraçando-a, e ela se aconchegou a mim. Seus olhos castanhos se abriram, e seu sorriso doce surgiu.

— Você está bem? — sussurrou ela.

Beijei sua orelha.

— Estou bem.

Seus olhos se fecharam, e a senti sua respiração em meus lábios. Cada vez que ela expirava, eu inspirava seu ar, trazendo-a para dentro de mim, assegurando-me de que ela era minha. Para sempre, sem me importar com o que o futuro traria. Todo dia, eu ansiava por ela. A cada dia, eu a amava ainda mais. Cada vez que meus olhos se fechavam, e ela colocava a mão em meu peito, eu sabia que a vida nunca era totalmente ruim; alguns dias apenas deixavam feridas que se curavam com o tempo. O tempo foi capaz de me tornar inteiro novamente.

Meus filhos eram meus melhores amigos. Todos eles. Charlie, Emma, Colin, e o anjinho ainda sem nome que estava na barriga da minha linda mulher. Todos eles eram espertos, engraçados e muito amados. Sei que não faz muito sentido, mas, às vezes, quando eu olhava nos olhos de Emma, era como se eu quase pudesse ver Charlie sorrindo, me dizendo que ele e Jamie estavam bem.

E Elizabeth...

A mulher tão bela que me amou mesmo quando eu não merecia ser amado. O toque dela me curou, o amor dela me salvou. Nenhuma palavra poderia expressar o que ela significava para mim.

Ela era o meu tesouro.

Eu a adorava por tudo que ela era, e também pelo que não era. Eu a adorava na luz do sol e nas trevas da noite. Adorava-a com seus gritos e seus sussurros. Adorava quando brigávamos e também quando estávamos em paz.

Era muito óbvio o que ela significava para mim, era claro o motivo de eu sempre a querer por perto.

Ela era simplesmente o ar que eu respirava.

Quando eu estava prestes a adormecer debaixo da mesa, com meus filhos aconchegados entre mim e a mãe deles, beijei suavemente minha mulher.

— Eu te amo — sussurrei.

Ela sorriu, dormindo.

Porque ela já sabia.

Agradecimentos

Em primeiro lugar, gostaria de agradecer aos meus maravilhosos leitores no Brasil! Tive a oportunidade de visitar o país três meses antes de escrever *O ar que ele respira*, e vocês mudaram meu modo de ver o mundo. O amor, a paixão e o apoio que eu recebi de vocês me ajudaram a criar este romance. Seu amor tornou-se minha inspiração. Obrigada por me lembrarem dos motivos de eu ter me apaixonado por contar histórias.

Agradeço também ao Grupo Editorial Record por apostar em mim mais uma vez e por trazer Tristan e Lizzie ao Brasil. Eu nunca imaginei que estaria um dia trabalhando com a melhor editora do país!

Agradeço ao meu incrível grupo de leitoras críticas que com certeza são as melhores mulheres que já conheci. Vocês são muito talentosas, e me sinto grata por cada uma de vocês fazer parte da minha vida!

Alison, Allison, Christy e Beverly: muito obrigada pelo tempo que vocês dedicaram à leitura deste livro! Suas anotações e comentários me ajudaram muito, e eu não imagino melhores pessoas com quem trabalhar.

Àqueles que deixaram meu livro lindo: meu modelo Franggy, pela foto, e minha designer de capa, Staci, da Quirky Bird.

MUITO OBRIGADA aos blogueiros e aos leitores que deram uma oportunidade aos meus livros e ajudaram em sua divulgação pelo mundo. Não consigo encontrar palavras para expressar o que vocês significam para mim. Obrigada!

E finalmente um agradecimento especial à minha família: vocês são minha vida. Muito obrigada por sempre acreditarem em mim.

Este livro foi composto na tipografia ITC Berkeley Oldstyle Std,
em corpo 11,5/16, e impresso em papel off-white
no Sistema Cameron da Divisão Gráfica
da Distribuidora Record.